为纯粹的乐趣而读。

错

初禾·著

长江出版社
CHANGJIANG PRESS

欢迎来到第九军区。

错

惜

目　录 CONTENTS

第一章 玫瑰少年

一道劲窄的身影从军部走廊上疾驰而过，慢悠悠踱步的文职军官们见怪不怪地让路，离得最近的，头发丝都被吹起来几缕。

“那不是风隼的洛攸？”

“嗯，又来跟血皇后要人了。”

“跑这么快，我还以为出什么事了！”

“你还不知道啊？风隼几个支队长长期为了抢人打破头，去得晚了，就只能捡别人挑剩下的……”

SS 级的精神力足够洛攸听清身后的议论，但他没工夫回去解释风隼虽然爱抢人，但从未因为抢人打破头。

只见他在拐角轻盈地一折，灵巧得像从青空掠过的燕。

还剩最后一段长廊了，前面就是血皇后的办公室！

然而就在此时，拐角猝不及防地出现一人。

若是平时，洛攸敏锐的反应力不至于让他直接撞上去。

但此时他为了抢人正全速往前冲，拼命刹车，军靴在地上蹭出一声刺耳的响动，将冲撞的力道降到了最低，还是不可避免地撞到了来人。

出入要塞军部的，即便是文职军官，也接受过对抗训练，刚才那种冲撞顶多趔趄一下。

但面前的人竟然直接摔了下去，洛攸当即目瞪口呆。

呆完了他才发现，对方连制服都没穿，黑色的长雨衣罩着身体，雨衣宽松肥大，但既然这么不经撞，里面的躯体大约十分瘦弱。

他赶时间，但把人撞倒了，也只能自认倒霉，蹲下来伸出手，“嗨，没事吧？”

地上的人支起手臂，抬头看向洛攸。

看清对方容貌时，洛攸愣住了。

那是一张非常年轻的脸，像是尚未成年，即便成年了，也是刚满18岁。

少年面色苍白，黑发黑眸，鼻梁和下巴略显锋锐，瞳孔很深，像是旋转着一团浓黑的雾，看不到底。

洛攸脑中忽然闪现出一个词——昳丽。

第九军区不怎么重视文化教育，昳丽这个词还是他看闲书学到的。

少年的长相无可挑剔，漂亮得近乎中性，美丽不足以形容那种冲击感，而艳丽又显得庸俗。

洛攸想来想去，觉得只有昳丽是最准确的。

“没事。”少年站了起来，右手按在腹部。

洛攸一看就明白，自己将人家腹部撞痛了。

不过少年的身高让他有些惊讶。他原本以为少年顶多一米七，但站起来一比，其实矮不了他多少，就是瘦，竹竿一样，雨衣显得空落落的。

“这儿难受？”洛攸指了指自己的腹部，“我看看？”

说完就要伸手，少年却往旁边一侧，躲开了，眉心还紧紧拧起来，似乎很不愿意被人碰。

洛攸有分寸，知道那一撞撞不出什么大问题，既然人家不愿意让他看，那他就不看，血皇后还在前头等着他。

“那我先走了啊，有点儿急事。”

少年点头，“嗯。”

洛攸刚迈出一步，又猛地退回来，挡在少年面前。

少年困惑地看着他。

他扯住自己胸口的队徽：“我是风隼三支队的队长洛攸，如果还痛，就去检查一下，有问题来找我，我一定对你负责。”

少年唇角动了下，但在开口之前，洛攸已经冲了出去。

此时洛攸还不知道，他们马上又要见面了。

走廊尽头那间乱得宛如杂物室的房间是风隼太空战队总长的办公室。

白枫星际联盟是军事政权，曾有十大军区，第十军区在与约因虫族的战斗中沦陷，第九军区成了迎战虫族的最前线。

安息要塞则是前线的前线，精锐部队称为风隼。

这支精锐部队的老大是个打起仗来令对方闻风丧胆，回到驻地却会把办公室弄得一团糟的女少将。

血皇后是她的绰号之一。

她还有一个绰号，叫疯女人。

“新兵 28 人，这儿签字，签完领走。”鹰月差点被一个超大号战机模型给砸着，恨不得马上将洛攸赶走，她好继续摆弄战机研究所送来的新品模型。

全息投影走马灯似的播放着新队员的等身图像，旁边显示密密麻麻的指标。

这批新队员从身体素质上来看还算不错，精神力最低 A+++，稍微磨炼一下就能升上 S，体能、速度、技能也没有太大问题，还有几个兼修工程的技术人才，放在预备队适应一段时间，就能执行实战任务了。

但洛攸数来数去，发现少了一人。

是他数学不及格，还是疯女人玩他?

“这字签不了吧？”洛攸说，“我申请的是 28 人，你给我 27 人？”

“嗯？不是 28 吗？”哗啦一声响，模型又塌了一堆，鹰月暴躁地跳出来，“不可能！不是 28 老娘把模型吃掉！”

洛攸右手在投影上拨动，“1、2、3……26、27。”

鹰月一拍脑门，不提吃模型的事了，“哦对，还有一个小孩儿。”

洛攸怀疑自己听错了，“小孩儿？”

风隼什么时候招过童军？

叩叩叩——

门上响起礼貌的敲门声，鹰月啧了声，“来了吧这是？正好，他来得晚，你也来得晚，你活该当他队长。”

洛攸还在想到底是谁，就见门自动打开，熟悉的身影站立在门口。

他一下没反应过来，这不是被他撞倒的少年吗？

“这下齐了，28人，来签字，赶紧的！”鹰月招呼少年进来，“从今天起，你就跟他训练了。”

洛攸脑子嗡一声，不等少年迈入，就迅速把门关上。

被挡在门外的少年：“……”

“我跟你要的是能打仗的战士！不是撞一下就摔倒的小孩儿！”洛攸双手撑在桌沿，又急又气。

约因虫族这两年频繁在“太空荒漠”活动，时不时对安息要塞来个偷袭，风隼每次出击，都会有一定伤亡，需要不断补充新鲜血液。

文职军官们说风隼几个支队长为抢人打破头，打破头虽然是造谣，但抢人却不假，每次送到鹰月这儿来的新人有限，虽然都经过了初步选拔，但能力还是有强有弱，谁不想将最强的拉入自己的支队？

鹰月在分配队员上从来不搞平均那一套，先来选挑，后来捡漏。

刚才那27人不是这批新人中能力最拔尖的，但洛攸能接受，带回去下力气练一练，只要功夫深，个个是战神。

但最后这位是来搞笑的吗？

“他不是小孩儿了，喏，你自己看资料，年满18。”鹰月将少年的投影摆在洛攸面前，洛攸几乎和对方的影像贴了脸。

“从首都星来的，知书达礼，比你们有礼貌多了。”鹰月人模狗样地架上装饰眼镜，又准备往模型堆里扎。

“知书达礼……”洛攸觉得自己快被传染疯病了，“我要个知书达礼的人来干啥？等他跟约因虫说‘长官你好’吗？”

鹰月扑哧笑起来。

洛攸强迫自己冷静，抱着一丝希望调出少年的指标。

精神力那一栏空白，体能技能一团糟，跟在安息城随便抓一个小摊贩差不多。

不，小摊贩都比他强。

起码人家生活在第九军区这种地方，没打过仗也感受过打仗的氛围，从首都星来的懂个屁！

“这不好吧？”洛攸跟鹰月讲道理，“陆军没精神力就算了，咱们是太空军，没精神力怎么上战机？”

人类不断进化，寿命延长到了两百年，盛年期漫长，盛年期结束后，可以自主选择死亡还是走入衰败的老年期。

在进化中，部分人类具备了精神力，精神力虽然不与武力直接挂钩，但是精神力越强，对战机的掌控度就越高，精神力高的人，还能从精神层面碾压精神力低的人。

整个风隼，就没有哪一个的精神力等级在 A 之下。

“谁跟你说小季没有精神力？”鹰月道，“他的精神力是无法探知状态。”

洛攸：“啊？”

“你以为你的上司我是这么不负责的人？把一个没有精神力的孩子扔你队上？我疯了？”鹰月哼了声，“精神力无法探知，但有。你知道这意味着什么吗？”

洛攸立马想到一百年前那位率领联盟中央军击溃虫族主力舰队的传奇元帅卡修李斯。

那位大人物在初入军营时，精神力判定也是空白。

鹰月神神秘秘道：“意味着我们可能拥有下一个卡修李斯。”

对英雄的向往令洛攸不由得屏住呼吸。

血皇后却在这时话锋一转，夸张地大笑起来，“来得晚想得还美呢你！他也可能是个判定永远升不上 D 的小废物。”

洛攸："……"

"行了行了，别耽误老娘时间，人你领回去，想怎么调教就怎么调教。"鹰月拧开模型的动力系统，手上炸出一团火花。

她冲洛攸眨眼，"一切可能在你手中。"

洛攸不是不能带新人，但门口那个也太夸张了。细皮嫩肉的，一看就没吃过苦，是养在首都星的玫瑰。

昳丽的玫瑰花，就该待在远离战火的花园，这是前线，鲜活的生命瞬间就能在太空里消失得无影无踪。

玫瑰可经不起炮火的摧残。

但洛攸正想继续争辩，鹰月忽然态度一变，收起玩笑的口吻，俨然在指挥舰上冷静发号施令的女战神，"洛攸，我给你输送了那么多人才，你也该给我培养出一两个人才了。他你领回去，一年后，我要他进入你的主力队。"

疯女人又说疯话了，洛攸眼前一黑。

但军人必须服从，反抗未果，他站在走廊上，和"玫瑰少年"干瞪眼。

还是"玫瑰少年"先开口，"你好。"

声音很冷，大约是因为修养良好，才肯吐出这两字。

洛攸忽然想起，方才只注意看对方的指标，忽略了人家的姓名。

叫季……季什么来着？

"你叫什么？"从要塞军部返回风隼营地的路上，洛攸尴尬地提问。

他们乘坐的那架飞行器很旧了，一些零件松弛，发出嘎吱嘎吱的声响。

洛攸倒是习惯了，但少年似乎感到不适，坐在狭窄的座位上，皱着眉看向窗外，轮廓被阳光照得近乎透明，听见他的声音，迟疑了片刻才侧过脸来，眼中有种被打搅了的不悦。

座舱丁点儿大，洛攸不得已近距离观察少年。

之前在军部，只觉得少年漂亮、弱不禁风，现在发现少年的美和他以前见过的俊男美女都不同，有点他一时不太好形容的东西在里面。

就好像人再漂亮，也不该是这种漂亮。

少年不大高兴地看着他，神情茫然。

他暗暗想——娇气。

娇气的少年声音却不娇，很低很沉，但还不到成熟男性的暗哑，“季酒。”

“哪个 jiu？”

少年眉心皱得更深，仿佛被他的失礼所震惊。

他也震惊，不懂这姓季的小东西哪来这么多讲究，他不知道是哪个 jiu，问一问怎么了？

第一军区来的人都这么麻烦吗？

“祭酒的酒。”少年不再看他，从眼尾扫出漠然余光。

洛攸：“……”

你说了等于白说。

少年又说：“饮酒的酒。”

“哦，就是酒鬼的酒呗。”洛攸大剌剌地说。

前线不缺酒鬼，一场仗打完，总有些士兵喜欢借酒浇愁。饮酒这两个字文绉绉的，他下意识就把饮酒改成了酒鬼，没别的意思，但少年不满地哼了一声。

于是他给季酒又贴了一个标签——傲娇。

红蜚抬头看了看悬浮着的数字计时器，又将视线转回观察窗，脸上的纠结和沉重都快拧到一块儿了。

“那个……就是你挑回来的新队员啊？”

此时是上午 11 点 50 分。

风隼三支队执行太空歼击任务，属于尖刀部队，训练任务将一天的时间挤得满满当当，早上和晚上各有一轮常规体能训练，下午和上午 9 点之后，则是战术演练、实战模拟、精神力专项训练、陆战训练。

风隼虽然是太空军，但陆战技能他们也必须掌握。

除了体能训练，其他训练几乎都需要前辈指导，或者队友配合，一个人不太方便完成。

现在，队里的模拟舱全被占用，使用时间最长、今年以来数次出现情况不明故障的那个也正在运行。

季酒一个人在里面，独自进行初级太空驾驶训练，因为精神力时有时无，人机连接总是中断。虽然现在风隼已经装备了无需精神力也能操作的战机，模拟舱也有非精神力模式，但他与精神力较上了劲，两个多小时练下来，被不断连接又断掉的精神力折磨得浑身大汗，面色惨白，和那模拟舱堪称一对破铜烂铁兄弟。

洛攸忧心忡忡，双手撑在观察窗边。

人机连接每一次中断，对身体都会造成负面影响。

季酒的各项指标正在疯长疯跌，他担心季酒这么搞下去，会死在模拟舱里。

但是一周前他见季酒似乎撑不住了，强行接管模拟舱，季酒却冷着一张脸对他说："我对我的身体有分寸，请你不要多管闲事。"

虽然他平时话是多了点，还爱管这管那的，可他不是队长吗？

队长还不可以啰里吧唆了？

队里就没人说过他多管闲事，这四个字太刺耳了，他的脸也立即冷下来，"行，今后你想怎么练就怎么练。"

练死活该！

不过话虽然说出去了，他一个当队长的，总不能真把季酒给晾着，回头就让医疗官给盯着。

医疗官晚上发来季酒的体检报告，那些胡乱变化的指标已经恢复正常。

这太奇怪了。

身体素质再好，在精神力失控造成的伤害下，指标都需要一定时间和药物治疗，才能恢复正常，季酒却只花了几个小时，就自己把自己治好了。

难怪能天天去模拟舱里找虐。

洛攸还是担心，自己碍着面子不方便管，就把刚结束域外巡逻任务的副队长红蜚拉来。

三支队的新队员是首都星来的小少爷，这件事早就成风隼的笑话了。

红蜚回来之前，就有所耳闻，但真见到了，还是震惊得不行。

这小脸白的，这细胳膊细腿儿的，哪像一个太空战士啊？

洛攸心里烦季酒，一会儿觉得人是小玫瑰，一会儿觉得人是小白脸，但听别人说季酒这不行那不行，他又不乐意。好歹这崽子是他领回来的，亏也是他在血皇后那儿吃的，怎么还轮到别人吐槽了？

听红蜚这么一说，洛攸下意识就道："他训练挺刻苦的，还天赋异禀，精神力损伤对他的影响很小。"

红蜚诧异地瞪起眼。

洛攸有点烦，"干吗？"

"不是你跟我说，新来的孤僻不合群，成天净瞎练，不注意身体，还听不进人话吗？"红蜚说，"现在你又夸他了？"

洛攸哑巴了会儿，更烦了。

"不过精神力这点可能真是他的优势。"红蜚比洛攸大几岁，能力不差，但性格温暾一些，洛攸是扛战旗的人，他则是持重盾的人，彼此互补，"人机连接频繁断开，都无法对他造成实质伤害，那他说不定能够免疫精神力压制。"

模拟舱里，季酒又一次断连，躺在座椅上虚脱地喘气，身体指标再次变得乱七八糟。

如果是其他人，此时已经被紧急扔进医疗舱了。

但季酒能够自我恢复。

洛攸盯着观察窗，面色凝重。

红蜚刚才说的，他也想过。

他们这些拥有精神力的战士，无时无刻不在追求精神力的精进，因为在作战中，精神力等级越高，越能自由操纵战机，令战机发挥最大功效。

更重要的是，一旦精神力等级不如对方，就非常容易被入侵压制，这在实战中是致命的。

季酒如果能够免疫精神力压制，那敌方纵然是 S 级精神力，兴许也无法控制季酒。

季酒只会输在作战能力上。

马上就是午餐时间，陆续有队员结束训练，从模拟舱里走出来。

季酒是最后一个，远远落在队伍后面，也向食堂走去。

红蜚笑了声，“我还以为他不吃饭。”

洛攸不满地一扬眉，“你当他仿生人？”

“不是。”红蜚饶有兴致地解释道，“你不觉得他这点儿反差挺有趣的吗？讨厌队友，不和任何人一起训练，不爱说话，老是一个人待着。但他其实并没有脱离队伍。早上体能训练，他最后一个完成，都喘成老狗了，还掉在倒数第二名后面不肯停下来。大家进模拟舱，他也进模拟舱，一看大家要去吃午饭了，他也出来了。”

洛攸轻轻“啊”了声。

这些红蜚不说，他也观察到了，但他没怎么往深处想。

其实除开固定的体能训练，其他训练都有很大的自主性，如果没有集体战术操练，那队员们就可以自由安排。

想约人对战可以，提升陆战技能可以，学习经典战例也可以。

而且食堂 24 小时供应餐食，不存在去晚了就得饿肚子的可能。

季酒这么不爱和人交往，那应该别人进模拟舱，他就去练陆战射击；别人训练精神力，他就死磕战术；别人吃饭他上班，别人睡觉他吃饭。

但根本不是！

季酒从来不真正一个人待着，始终跟在队友们身后，拙劣而别扭地模仿着他们。

“我觉得他还是挺想成为咱们队里的一员，不然也不会训练得这么辛苦。”红蜚叹了口气，“就是年纪太小，不怎么懂事，性格也有问题，别人排斥他，那他肯定不会主动接近。”

洛攸这人，最见不得自己手下的队员受委屈。

红蜚这么一说，把他给说心酸了，双手往脸上一捂，“你说我是不是有点儿对不起小玫瑰啊？”

红蜚乐了，“你这戏还真足。”

“这不你给我煽情煽出来的吗？”洛攸松开手，脑中浮现出季酒那张挑不出错，却过分冷白的脸，忽然觉得季酒可怜巴巴。

“对了，季酒到底是怎么到了咱们这儿，你打听清楚了吗？”红蜚问。

“鹰月啥都不肯说，我估计她也不知道。”洛攸说，“应该是哪个富人家的小孩儿，犯错被扔来了。”

季酒一看就是优渥家庭出来的孩子，能从联盟中心的第一军区跑来前线从军，还半个字不肯提到家庭，明眼人都看得出是怎么回事。

要不是自个儿犯了错，被家里人放弃。

要不是个私生子，摆脱不了被“流放”的命运。

第九军区和首都星相隔遥远，整个风隼没有一人去过首都星。洛攸也从未想过有生之年会去首都星看看。

他以军人的身份守卫着身后的疆土，并不在意自己能否回头看看那千万光年里璀璨的群星。

安息要塞似乎也没有从首都星来的将领，季酒从那么远的地方来，应该没有机会再回去了。

说不定季酒的家人希望季酒就这么死在边疆。

想到这，洛攸的同情心简直要泛滥了。

“他姓季。”红蜚忽然说，“我巡逻时就在想，他和那个季家会不会有关系？”

洛攸轻嗤一声，“你想多了，姓季的多的是。我让藏椿查过，那个季家没有他这号人。”

在白枫联盟，季是个大姓，但并非所有姓季的人，都和“那个季家”有关系。

季、金鸣、柏林斯，是联盟三大家族。

人类在进入星际时代之后，爆发了成百上千次大大小小的战争，各个军事政权兴起又衰亡，三大家族凭借强大的军事力量和科技发展水平，成了最后的赢家。

目前联盟许多重要位置上，都有三大家族的人，最高军事议会的首脑正是季刑褚元帅。

季酒要真是那个季家的孩子，就算因为什么原因被扔到安息要塞来了，怎么也得有点风声，或者一举一动被盯着，不至于过去一个月了，还一点动静都没有。

红蜚也只是说说，两人又聊了会儿季酒，就各干各的事去了。

洛攸这心里沉甸甸的，泛滥的同情心没来得及收回去，下午又溜达到模拟舱附近，正好遇到一群其他支队的队员。

一问来干吗的，人家说来看小少爷。

那语气那神态，活像看的不是人，是动物园的猴儿。

洛攸火气马上上来，板着脸将人全都赶走。

"他有名字，季酒，不是什么小少爷！我洛攸的队员，轮得到你们指指点点？滚！"

不知道谁给季酒起了个小少爷的绰号，现在全风隼都这么叫，三支队的队员瞧不上季酒，糙哥们儿平时凑一起喝酒打屁，话一多就难免提到小少爷，七个支队干什么都彼此较劲，三支队有个小少爷，其他支队可不得冲上来参观吗？

洛攸不能纵容这种风气。

把人都撵走后，洛攸正琢磨给自个儿队员上个思想教育课。都什么素质，不懂得和自家队友要团结友爱吗？

结果一转身，就看见季酒在后面安静地看着自己。

这就尴尬了。

他以为季酒在模拟舱里，听不到外面的动静，才这么正气凛然地维护季酒。

哪知道人家在外面，刚才他说的每一句话季酒都听得清清楚楚。

季酒脸上没表情，还是冷冷的，但看向他的眼神认真且专注。

讲道理，季酒脸冷，目光也是冷的。

可洛攸莫名觉得脸颊有点烫。

季酒怕不是觉得他是个憨憨？

在洛攸将前来围观的队员轰走之前，季酒已经进入模拟舱好一会儿了，中途出来，只是因为模拟舱又出现故障，他一个人捣鼓了半天，还是没能排除故障，只得去控制中心，寻求工程师的帮助。

整个风隼，他打交道最多的除了食堂师傅，就是工程师纽安忒。

纽安忒是位从星舰上退下来的工程师，资历很深。

每次季酒请他帮忙排障，他都笑眯眯地跟来。季酒不说话，他也不说话。不像其他队员那样打量季酒。

只有季酒问起武器系统、中央控制系统等专业问题时，他才会滔滔不绝。

季酒主动断开与模拟舱的连接，脱掉作战服，正要打开舱门，就在监控器中注意到外面的喧哗。

那些人又来了。

季酒不由得皱起眉。

最近一周，时常有人盯着他。那些视线带着轻蔑、好奇，有时还有厌恶，笼罩在他身上。

即便他不去理会，也听得见身后的议论。

“小少爷没有精神力吧？”

“前线不欢迎小白脸儿。”

“回去当你的仪仗兵吧！”

季酒不在乎那些冷嘲热讽，但听多了终归觉得烦。

此时他大可以待在模拟舱，等那些人走了再出去，可这样会耽误不少时间。

他按下解锁键，门自动打开一条缝，外面的动静清晰地传进来。

“他有名字，季酒！”

季酒眼睫轻轻一颤，先是看向监控器，后又看向门缝。

洛攸背对着他，挡在他和十几名牛高马大的队员之间，声音洪亮，无形的精神力像沙漠上的热浪一般袭向四周，压得那些队员不得不低头。

季酒也僵在一门之后。

倒不是被洛攸的精神力压制住了，而是感到新奇。

在这之前，精神力于他而言是个虚无缥缈的东西，他知道自己具备精神力，却难以控制自己的精神力，时有时没有。

而别人的精神力，他更是从未感知过。

此时，他好像嗅到了宇宙尘埃的味道，如置身在茫茫星海之中。

从第一军区到第九军区，需要经过 39 个跃迁点，每次跃迁时，他都能嗅到这种味道，但周围的人却无知无觉。

在他走神时，围观者已经被赶走。他并不想立即出现在洛攸面前，但手无意间碰到了门缝。

舱门自动打开。

洛攸完成一场即兴演讲，本想事了拂衣去，结果被当事人盯个正好，尴尬得脚趾头在靴子里紧紧抓了一下。

但当队长的，哪能被这点小风小浪击倒？

洛攸马上将裂开的情绪拍拍归拢，故意散出去的精神力也收好，向自家小队员走去。

季酒明显感到，那股从洛攸身上释放的气息不见了。

他眉心微沉，觉得有些可惜。

“被他们打搅了？”洛攸站在季酒面前，轻轻挑了下眉，“那你注意力不集中啊。”

模拟舱能够完全隔绝外界的响动，里面的人除非自己分心看监控器，否则就算外面天塌了，也不会察觉到异常。

这小朋友，肯定是不好好练习，偷看监控器。

“进去吧，人我都给你打发走了。放心，他们不会再来。”洛攸说着，还特有师长派头地拍拍季酒的肩。

觉得尴尬就这么化解了。

然而季酒非但没听他的，还朝旁边一躲，往前走去。

“上哪去？”洛攸忙喊。

“出故障了。”季酒说，“请纽安忒老师来看看。”

洛攸虽然是作战人员，但常年和战机磨合，战机就是老婆，别说小故障，就是棘手的大故障，他也能处理。

上午和红蜚聊过之后，他本就有意拉近和季酒的距离，让这倒霉孩子融入三支队这个大集体，只是苦于还没找到合适的机会。

现在机会不就来了吗？

“回来。”洛攸说，“纽安忒老师回城了，什么故障，我给你看看。”

季酒转身，将信将疑。

他上次见到纽安忒是四天前，没听说对方要离开要塞。

“纽安忒老师的孩子生病了，他临时请假。”洛攸装作赶时间，“我一会儿还有事，你到底要不要我帮你排障？”

季酒对控制中心的印象并不好，除了纽安忒，其他工程师和助手没一人搭理他。

权衡一番，季酒回到模拟舱门口，“麻烦你。”

洛攸心中一乐，面上却写着——是挺麻烦我的，但看在你是我队员的分上，我就勉为其难帮你看看。

这座模拟舱洛攸太熟了，他比季酒大 6 岁，像季酒这么大的时候，也老往模拟舱里钻。

只不过那时候，这座模拟舱是武器研发所刚送来的，性能没得说，大家抢着上，他一个新人，抢不过前辈，只有等到大家都休息了，才和新人兄弟们溜过来过瘾。

一群还没见识过战场残忍的小伙子，能从凌晨打到天亮。第二天训练时一个哈欠接一个打，被队长罚学第一军区的礼仪。

现在这座模拟舱成了队里最老的模拟舱，差不多快被淘汰了。

而当年一起大半夜跑来打对抗战的队友，也有几人已经牺牲。

洛攸摸着不再崭新的操作台，短暂失神。

“雷达系统失灵，无法识别扫描范围内的敌方目标。激光炮发射装置在人机确认连接的情况下，还是只能手动……”

季酒毫无起伏的描述将洛攸扯了回来。他用力闭一下眼，输入密码获取管理员权限，“老故障了，要不你靠近点儿，学学怎么处理？下次就不用去找纽安忒老师了。”

模拟舱内密布设备，但其实并不拥挤，一共四个座位，可以协同作战，也可以两两对战。

季酒站在洛攸的对角线上，洛攸说完，见人没过来，也不勉强对方，自顾自地开始排障。

过了会儿，季酒才走到他身边。

他心里好笑，觉得红蜚说得真是没错。

这家伙浑身都有种可爱的矛盾劲儿，既孤僻，又没孤僻到远离人群的程度，让过来看着，起初不乐意，不到五分钟，还是乖乖地过来了。

季酒本来专心地看着洛攸操作，但忽然又感知到了刚才那股气息。

洛攸并没有和模拟舱进行人机连接，可在排障过程中，无意间释放出微弱精神力，他自己都没有注意到，却被季酒“嗅”到了。

精神力并不是一种味道，拥有精神力的人感知到别人的精神力，是精神力层面的接触。

季酒轻轻打了个战。

有柔软而辽阔的气流从他的周遭冲刷而过，带着恒星坍塌的微尘，以及从无数光年外吹来的风。

他不由自主地朝洛攸靠近，吸了吸鼻子，想要“嗅”到更多。

他无法以调整精神力的方式来感知，只能调动嗅觉、感觉。

即便这样做并不能让他更靠近洛攸的精神力。

洛攸敏锐地捕捉到近旁的异常，一扭头，就对上季酒近在咫尺的眼。

那双眼有些迷茫。

“嗅什么嗅？”洛攸说，“我每天洗澡，不可能有汗臭！”

季酒立即收回视线，“我没嗅。”

洛攸指着自己颈窝，“还说没嗅？我这儿都感觉到了。小朋友，你队长在繁忙的工作中抽出时间帮你排障，你居然不好好听他说话，还嫌他身上有味儿！”

季酒说：“没有。”

洛攸也不是非要怎么着季酒，只是觉得逗着有点好玩儿，“那你在干吗？”

“精神力。”季酒说，“我感觉到你的精神力了。”

“胡说，我才没有……”话说一半卡住了，洛攸这才发现，自己的确在释放精神力，但非常微弱，季酒居然能够感受到？

无意间放出的精神力，即便是红蜚也不一定能捕捉，更何况精神力判定空白的季酒！

洛攸看季酒的目光有点难以置信。

血皇后有句话说得没错，季酒这样的人有无限可能，也许一辈子是个小废物，也许是下一个卡修李斯元帅。

洛攸忽然激动起来。

他与红蜚都想到了一点——季酒说不定能够无视精神力压制。

现在正好是个机会，季酒连他释放出的最微弱精神力也能感知，那不如马上来打个模拟战试试！

故障已经全部排除，季酒道了谢，正想继续训练，就见洛攸换上作战服。

“你……”

“跟我打一场。”洛攸动作麻利，态度也认真起来，“你这么闷头训练效率太低了，有人指导，你才能迅速进步。”

季酒眨了眨眼，“你想教我？”

洛攸说："一支队队长求我和他打模拟战，我都懒得理他。别磨蹭了，让我看看你的本事。"

洛攸本以为，这将是场有趣的较量，自己的精神力很可能无法影响季酒，但是十分钟之后，模拟战就以一边倒的局势结束了。

他甚至都没有从交战层面和季酒杠上，只是尝试利用精神力入侵，扰乱季酒与模拟舱的人机连接，季酒就方寸大乱，被他从模拟舱上拽了下来，身体指标乱窜，毫无招架之力。

他并不担心季酒，毕竟小玫瑰每天都在经历人机连接中断，自我恢复能力一绝。他试图逼季酒一把，丝毫没有收回精神力，反倒让精神力大军扑上。

不久他终于发现不对劲，季酒开始在座位上抽搐，失去意识。

模拟舱启动安全程序，终止了这场战斗。

洛攸这下慌了，抱起季酒就往医疗中心跑。

季酒不矮，却很轻，脸上没有一丝血色，发着抖，却本能地将脸颊靠向洛攸，呼吸他此刻暴涨的精神力。

季酒在医疗舱里躺得安详，洛攸在外头如坐针毡。

迭戈·卡菲斯从打开的电子门走出，洛攸赶紧冲过去，"他怎么样了？"

"你还好意思问！"

迭戈·卡菲斯是风隼的首席医疗官，卡修李斯元帅将约因人赶回老巢时，他还是个小孩，目睹过当年的悲壮与英雄凯旋，在安息要塞服役了百来年，是位经验丰富的大前辈。

"季酒的精神力体系遭到严重冲击，导致脑部神经受到影响，身体激素、循环系统混乱。"迭戈·卡菲斯轻轻瞪了洛攸一眼，"他是你的队员，你不至于不知道他的精神力有缺陷，他连人机连接都没能熟练掌握，你居然还和他对战，入侵他的精神力？"

洛攸现在也忒后悔。

他刚才不仅入侵季酒的精神力，还几乎没有收手，魔怔了似的想刺激季酒。

差一点就把人给刺激死了。

“那他现在？”

“刚稳定。”迭戈·卡菲斯是安息要塞少见的绅士，很少说重话，见洛攸已经够自责了，便不再敲打，“但还需要继续待在医疗舱里，指标恢复了再看看。”

红蜚得知洛攸把季酒揍去了医院，也匆匆赶来，“你还真和他打啊？”

洛攸摆摆手，以示自己现在不想说话。

他最清楚，今天自己确实冲动了。

试试季酒是不是有免疫精神力压制的能力，这事早晚得做，但今天要不是季酒察觉到了他无意间释放的微弱精神力，他不会立即和季酒打起来。

但出于某种他自己也说不清的心理，他不想跟红蜚解释，只说季酒的精神力系统和他们上午想象的不一样。

“懂了。”红蜚说，“弱是真弱。”

洛攸：“……”

倒也不必这么失落。

医疗舱外的光屏上布满密密麻麻的数字和符号，空气中飘浮着消毒药水的味道。

迭戈·卡菲斯的助手是一群医疗机器人，它们围着洛攸转了几圈，其中一个用洛攸自己的声音说：“洛队，这里有我们，你可以去‘恰饭’了。”

洛攸摇头，“我等他出来。”

“你不‘恰饭’吗？”

“我不‘恰’。”

“那真可惜，我们想‘恰’还‘恰’不到！”

前年医疗机器人进行过一次系统升级，采用真人语音模式。洛攸和另外十多位队员的声音被选中。

他这款的标签是“温柔大气还搞笑”。因为有助于让伤员乐观地接受治疗，使用率稳居第二——第一是风隼七队的队花。

他至今也没想通，自己的声音哪儿搞笑了。

深夜，季酒的指标趋于平缓。

洛攸从巴掌大的透明窗口往里面瞧，正在自言自语——你可别突然睁眼瞎我一跳啊，季酒就真的醒了。

那双深不见底的黑眼睛先是茫然，然后瞳孔紧缩，像是受到了惊吓。

洛攸这才意识到，季酒没吓着他，倒是他把季酒给吓着了。

想想也对，季酒晕得好好的，睁眼就看到一张脸悬在上方，是有点惊悚。

洛攸会看指标，知道季酒没事了，就把舱门打开，准备帮季酒把身上的管线都拔掉。

季酒却抬手挡住他。

“我自己来。”

洛攸乐了，“你害什么羞？你有的我也有，我有的你还没有呢！”

季酒冷飕飕地瞥过一眼，“我没有？”

洛攸撩起自己的衣服，露出玉石雕刻般的腹肌，“腹肌，你没有。”

季酒皱皱眉，低头拔管线，一副不想和洛攸说话的样子。

洛攸站在一旁看季酒和那一堆管线斗争。

进入医疗舱，大部分衣物是要被脱去的，最好一丝不挂。

但当代是文明社会，医疗机器人一般会给伤员留一条遮羞布。

季酒穿衣服时看着像根竹竿，风一吹就倒，但衣服一脱，也不是丁点儿肌肉都没有。

腹部有薄薄一层肌肉，远不及洛攸自己那么漂亮明显，但也绝不是小白鸡。

就是太白了，洛攸想，自己见过的姑娘都没这么白。

冷白冷白的，不大有人气儿。

洛攸视线朝上，停留在季酒胸口的挂坠上。

很多军人脖子或者手腕脚腕上都会戴装饰品，当作护身符，上战场时有心理上的安慰。

季酒的挂坠是块拇指指甲盖大小，形状不规则的白玉，由一根黑色的绳子串着。

季酒白，玉却更白，隐约泛着温润的荧白光芒，不是反射周围的光，像是从玉心透出来的。

洛攸没见过这样的玉，暗道大约是首都星的名贵装饰品。

季酒很快穿好衣服，转身时没注意脚下，险些被滑过来的医疗机器人绊倒。

“哎哟！”洛攸的声音从下方传来，“啧，看路啊兄弟！”

后面那句话带着点儿痞气，和机器人那矮小圆润的模样搭配使用，滑稽得令人捧腹。

季酒不确定地看向洛攸，“刚才是你在说话？”

洛攸给季酒讲了机器人的语音模式，又开玩笑道：“疗个伤都能听见你队长的声音，开不开心？”

季酒幽幽看了他一眼，“并不。”

洛攸是个化解尴尬的天才，笑道：“你这孩子，怎么不懂得说话的艺术呢？”

季酒不仅不懂得说话的艺术，连话都不大想说，向洛攸浅浅鞠了个躬，便转身离开。

洛攸看了会儿季酒的背影，有点想追上去，安安稳稳把人送回宿舍。但季酒也太拒人千里了。

这时，机器人又滑过来，在洛攸腿上撞了下，“追啊。”

“……”大哥，别用我的声音说话啊，搞得像我自己的想法似的！

季酒在离开医疗中心 50 米之后，被洛攸给追上了。

实际上，在洛攸还没有叫他名字时，他就已经感知到洛攸的精神力。

又是特别微弱的那种，就像夜风中夹杂着远处的烽火。

今天下午在模拟舱，当洛攸的精神力袭来时，他就像被一个浩瀚的宇宙所吞没，周围是无边无际的黑潮，从他的每一个毛孔渗入，他根本没有任何招架之力，人机连接几乎是顷刻间就断了。

但古怪的是，这次断连和之前的无数次感受截然不同，感觉不到任何肉体层面和精神力层面的痛苦，像是被禁锢在一个狭小而柔软的地方，看不见，听不到，那他在跃迁时“嗅”到的味道如同一张网，严严实实地勒住他。

让他完全感知不到其他。

以前，他不是没有面对过拥有高等级精神力的人。

但即便是 SS+ 的精神力，对他也不起任何作用。

他们看他的眼神从厌恶变成极端的恐惧。

他们怎么可能不怕呢？他精神力判定明明是空白，虽有精神力，却连最低级的 D- 都达不到，不就是个废物吗？

但他这个废物，却能够无视 SS+ 的精神力。

他们害怕他，看他的眼神如同在看一头怪物，恨不得将他丢去被约因人占据的广袤黑暗。

连他自己都以为精神力对他不起作用，却在洛攸这儿摔了个跟头。

“今天这事你别放在心上，是我考虑不周。”洛攸这会儿也想明白了，自己这队长当得确实不地道。

明明猜到季酒是个爹不疼娘不爱，受尽了委屈的小白菜，还不肯给人家多一点关心。

讲道理，季酒虽然身体素质和精神力都和风隼其他队员差了十万八千里，但季酒努力啊。

努力是什么？

那是联盟年轻人的蓬勃朝气，优良品德！

只要肯努力，有恒心，那暂时是个弱鸡又有什么关系？

弱鸡就不能梦想成为凤凰吗?

努力重要，方向也重要。季酒现在就需要他这个队长来指点迷津。

他就不信了，从今往后他把季酒拴在裤腰带上，和季酒打指导战，带季酒上歼击舰，想方设法提高季酒的精神力等级，一年后季酒还能这么弱!

而且!

虽然他不清楚季酒具体是因为什么原因被扔第九军区来，但缺少关怀是一定的，否则不可能养成这副冷心冷肺的德行。

他们风隼的医疗机器人都比季酒有人气儿。

宇宙那么大，相遇就是缘。既然季酒被送到了他面前，他成了季酒的队长，那他何不将季酒缺失的关怀补回来?

回宿舍的路上，洛攸的嘴就没停过，从风隼的队史讲起，东一榔头西一棒槌，讲到血皇后被模型烧掉了一大把头发。

季酒根本没听，追着那淡薄得一触即散的精神力，每每觉得自己碰到了，它又如尘埃般消失无踪。

滔滔不绝说了一长串，洛攸一回头，却发现季酒一点儿没被打动的样子，眼里空茫。

“少年，你好歹给我点反应?”

诱人的精神力彻底消失了，季酒才回过神，“你说什么?”

洛攸深呼吸，用力沉住气，心说小孩子就是小孩子，我跟个 18 岁的娃儿较什么真呢?

于是将刚才说的最后一句话重复了一遍，“你在咱们第九军区也没什么亲人吧。不嫌弃的话，你叫我一声哥，咱们就是兄弟了。”

季酒缓缓睁大眼，困惑地眨了下，然后转身进入宿舍。

看着在面前关闭的那扇门，洛攸摸了摸后脑勺。

不嫌弃的话……

这是嫌弃得很呢!

洛攸把小少爷打进了医疗舱，这事还没等到季酒从医疗舱里出来，就已经传遍三支队。

“我上次怎么说来着？洛队憋得越久，越容易爆发！”

江久坐在桌上，一拍大腿，“小少爷看咱们鼻子不是鼻子，眼睛不是眼睛的，宁可和人工智能玩儿，也不跟咱们说句话，欠收拾！”

“就是！我要是队长，我早收拾他了！”

“明天看看他的表现。”

“你还想看他表现？在医疗舱起不来了吧？”

“要不咱一起找血皇后去。这小少爷没用，小鸡仔儿似的，不能打还不理人，趁早退货！”

一帮兵爷畅想了一晚上，给小少爷想好了八百条出路，唯独不包括继续在三支队待着。

哪知第二天一早，体能训练时间，小少爷没事人似的又出现了。

“欸，你不说他在医疗舱起不来了吗？”达利梅斯扯扯江久的衣服，“人家活灵活现呢！”

江久盯着季酒，也挺诧异，“活灵活现不是你这种用法。”

季酒穿一身灰色作训服，和往常一样掉在队伍的最后。

联盟的正规军装是黑色，而风隼的代表色却是灰。

这是安息要塞天空的颜色。

隼在灰色的天空如飞箭一般掠过，溅起的风也是灰色。

常有支队长跟总长反映，建议换其他颜色的作训服。

灰色太没生气了，队员们一个个又糙肉黑皮的，穿上灰色作训服，显得灰头土脸，操练起来都没激情。

但不管是鹰月，还是前一任总长，都没答应过。

“给你们发红绿灯作训服，够不够有激情？”

季酒肤色冷白，灰色作训服穿在他身上，非但没有灰头土脸的感觉，还有点高级货的意思。

体能训练前半段只是热身，后半段才是重点，几十个障碍挡在队员们前面，在控制系统的指令下不断变换形态，自身能力越强，障碍越难以突破。

所以每次练下来，都不会有人因为“太简单”而没有被逼到极限。

上障碍之前，队员们的体能其实已经损耗大半。越障进行到后期，靠的是精神力在支撑。

季酒精神力飘忽，身体素质还差得远，每天早上都像去地狱走了一遭。

洛攸以前没专门看过季酒训练，如今决定好好关照这朵小玫瑰，才站在障碍场外仔细观察。

最后三套障碍时，季酒速度越来越慢，但又不肯放弃，艰难地攀着高墙，双手手指用力得像马上就要折断。

此时，其余队员里最慢的也已经完成整套障碍，辅助机器人像海滩上的螃蟹般涌上去，为他们放松肌肉。

洛攸以叹为观止的速度通过前面的几十道障碍，紧实的肌肉爆发出惊人的力量。

季酒双手剧烈颤抖，身体机能已经被拉到了极限，脑中隆隆作响，是催促他放弃的讯号。

每天翻越这座高墙，都是他最困难的时刻，手像已经不是自己的，后槽牙被咬得嘎吱作响，稍一松神，就会功亏一篑。

昨天在模拟舱受的伤终归还是影响到他了。这道墙，今天恐怕……

就在手指即将放开时，季酒忽然感知到熟悉的精神力。

那就像是一双强有力的手，一下子推在他的背上。

更像是一针高效醒脑剂，猛地从他血管中推入。

大脑里的嗡鸣消失了，视线重新变得清明。

季酒下意识看向右侧，只见洛攸轻盈地攀到他的上方，释放出来的精神力如无形的绳索，牵引着他步步向上。

“坚持！”洛攸在高墙顶部漂亮地飞身一翻，没来得及扎好的作训服被灌满了风，鼓荡起来。

季酒在下面看着，想到了悬崖上、雪原上、星舰上猎猎作响的战旗。

灌进肺里的全是洛攸精神力的味道，季酒略一闭眼，那些精神力仿佛在他五脏六腑间炸开，刺激着他的每一个细胞。

“来！”上方又传来洛攸的声音。

季酒抬眸，见洛攸逆着光，冲他伸出手。

“最后一步，我拉你！”

往日嘈杂的休息区此时鸦雀无声，所有人都看向障碍上的两道身影。

只有机器人还在兢兢业业地工作。

“洛，洛队在干吗？”

“我没有看错的话，洛队刚才秀了一回全风隼最快的速度。”

“谁跟你说这个！”

“啊，洛队在帮小少爷，他，他在指导小少爷！”

“是谁说队长昨天把小少爷给揍进医疗舱了？”

高墙是力量型障碍，最后两个则是考验速度和灵敏性的障碍。

季酒如果是体力充沛状态，通过后两个问题不大，但因为在高墙上已经被榨干，所以平常在过后两个时，总是拿不到得分点，还要被障碍击打。

“跟着我，调动你的精神力，提前判断障碍物的方向。”

洛攸说完已经飙了出去，不仅是单纯的速度快，遇到障碍时的瞬停瞬折反应更是快得惊心动魄。

季酒看着他，明知已经没有力气，还是跟了上去。

他难以控制的精神力突然在这一刻支配了他的身体。

障碍物袭来时，他往后一倒，接着侧身翻腾，前所未有地躲过了障碍物。

他始终注视着洛攸，而他们之间的距离时近时远。

那种被极度疲惫催生的沉重感消失了，精神力的疯涌让他觉得身轻如燕。

障碍被一个个避开，他无法判断，自己是靠着精神力拿到得分点，还是仅仅因为跟着洛攸。

终点近在眼前，一道模拟激光炮却突然杀到。

季酒提前捕捉到，但躲已经来不及了，他用尽力气，鱼跃向前，狼狈地摔倒在终点。

尘土涌起，被刻意压制的疲惫终于冲向四肢百骸。

季酒试图撑起身子，但手腕颤抖，使不出力。

眼前出现一双军靴，接着是一只手，带着笑意的声音从头顶浇下来，“干得不错啊，弟弟。”

弟，弟弟？

季酒抬头，刚对上洛攸的视线，就被某位擅自当别人哥哥的队长搂着肩膀拉起来。

季酒想挣扎，但论力量，他不是洛攸的对手。

“意志可嘉，不过身体嘛……”洛攸笑道，“啧，太瘦了。从今天起，我带你训练，体能、技能、精神力、作战，你哪里不清楚，直接来问我就行。”

季酒暂时说不出话，休息区的队员们已经跑过来了。

江久差点戳瞎自己的眼睛。

他们好端端的队长，怎么背叛组织，和小少爷哥俩好了？

洛攸刚松开手，季酒失去支撑，晃了下，向下栽去。

洛攸眼疾手快，又把人捞起来，耍戏法似的，“怎么都围上来了？红蜚说上午有场和二支队的集体模拟战，都去做准备啊。”

“不是！”江久疯狂暗示，“你拉着的这可是小少爷！”

“我知道是小少……”洛攸忽然打住，“对了，正式跟大家介绍一下，这是咱们的新队员，季酒，酒呢，是祭酒的酒，有文化吧！”

众人：“？？？”

季酒：“……”

洛攸现在是铁了心要让爹不疼娘不爱的可怜崽崽感受到社会的温暖，也是诚心希望队员们摒除成见，接纳季酒，于是在一片诡异的宁静中又补充道："他也是我的弟弟。"

达利梅斯嗷一声叫，下巴险些脱臼。

"好了，准备模拟战去吧。"洛攸颇有大将风范地挥了挥手，"大家都是队友，将来同生共死的，地域歧视那一套，我绝不允许出现在三支队。"

模拟战打了一半，江久突然自言自语："我这是哪门子的地域歧视？"

洛攸回头就拟订了一个季酒特训计划，只要没上战舰，就盯着季酒训练。

他本来以为季酒这傲娇性格，肯定会抗拒，但不管在户外训练场，还是模拟舱、精神力中心，他勾勾手，季酒脸上虽然没表情，但也会到他面前来。

他给季酒传授经验诀窍，季酒也听得很认真，看得出是真心想要进步。

一个月之后，季酒人机断连的次数明显减少，早晚的体能训练，不再被大部队甩在最后。

"你过来。"晚间训练结束后，洛攸又朝季酒勾手。

少年的变化，每天都能看见，洛攸目测季酒变得结实了，手臂肌肉轻微隆起，也不知道腰腹怎么样了。

等季酒走到近前，洛攸忽地伸手，将灰色的作训服撩起。

季酒瞬间睁大眼，下意识挡。

"别挡啊，我就看看。"洛攸欣赏着那比以前厚实不少的腹肌，内心十分满意，但觉得还是应当再敲打敲打季酒，于是把自己的军装解开。

八块漂亮的腹肌！

季酒："……"。

洛攸并没有炫腹的意思，只是想做个榜样，拍着腹肌说："看看我，再看看你，少年，不要懈怠，继续努力！"

季酒抿了抿唇，没反应。

洛攸觉得自己早就跟季酒混熟了，不再拘谨，“给个反应呗！”

季酒蹙眉，把作训服整理好，“嗯。”

眼看着竹竿少年一点点进步，洛攸欣慰归欣慰，但还是有一件烦心事。

队员们还是不接纳季酒，背地里小少爷小少爷叫得欢，不把季酒当自己人。

这事得怪季酒自己。

不搭理人始终是个问题，孤僻、沉默、不可爱，以前还知道训练吃饭远远跟着队友，现在直接给他当尾巴根儿了。

洛攸就琢磨，怎么才能让季酒显得可爱一点。

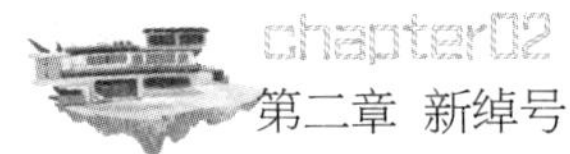

chapter02
第二章 新绰号

“可爱？”季酒以你在说什么的眼神看着洛攸。

洛攸苦口婆心，“可爱是种可贵的品德，能让自己容光焕发，也能让别人赏心悦目！弟弟，你就不想变得可爱吗？”

季酒没说话，不像听进去了的样子。

但洛攸并不灰心，一套说辞不管用，还有另一套说辞。

“你刚成年，不要这么酷，可爱才是……唉，你干吗？你是狗变的吗！”

季酒又感知到洛攸释放的精神力了。

精神力等级高的人，能够精确地控制精神力。洛攸这样 SS 级别的，更是不在话下。

此时既没人机连接，又没进行激烈的打斗，情绪也还没到激动的分儿上，如果将精神力比作触须，那洛攸的千万条触须现在应该是紧紧收拢的。

可季酒就是感知到了，那令他愉悦的微弱气息甚至牵引着他想要更多。

所以他才会靠近洛攸。

第一次“嗅”到洛攸的精神力是在模拟舱。

第二次是在洛攸从医疗中心追出来的时候。

第三次是洛攸陪他过完最后三个障碍。

自那之后，他“嗅”到的时候越来越多，有时他根本没有看见洛攸，就已经感知到那熟悉的精神力。

这不可能是因为洛攸经常释放精神力。

只可能是他对洛攸的精神力越发敏感。

从小，充斥在他耳边的冷嘲热讽都传达着一个观点——你就是个没有人类情感的怪物。

他平静地接受着谩骂和厌恶，情绪平静得像无风吹拂的海面。

洛攸的精神力，让他头一回体会到好奇这种感觉。

洛攸说完人是狗，又有点后悔，觉得季酒可能生气了。

“我只是说你随便嗅人的行为像狗。你看看你，多俊俏一孩子，大庭广众下,怎么能随便嗅人呢？而且上次不都说了吗,你队长我天天洗澡，真没汗臭！”

季酒摇头，“不是汗臭。”

有的事越描就越黑，洛攸下意识摸了下自己的脖子，手指还挪到鼻下闻了闻。

真没味儿！

被打了个岔，关于由酷小伙变身可爱小伙的话题没能继续下去。

洛攸觉得这事就不该跟季酒讨论，还是得去跟队员们说说。

三支队是相亲相爱的一家人，从来不搞拉帮结派和孤立那一套。

“洛队，你这就偏心了啊。”江久带头道，“季酒不跟我们来往，这不是我们的问题吧？但凡他有点融入集体的意识，我们也不至于把他丢一旁晾着。”

达利梅斯说：“就是，这都他自己的问题。”

两边都说不通，老队员这边还一致认为，季酒那种性格，永远都可爱不起来。

“我其实觉得季酒挺可爱的。”洛攸私底下跟红蜚说。

红蜚将洛攸从头打量到脚，“上次你可不是这么说的。”

“你们对他有偏见。”洛攸薅着自己的头发，他这队长当得太难了，“他也没那么孤僻，不懂就问，话虽然少，但意思都表达了，还喜欢跟着人。”

红蜚说：“哦，除了你，我们三支队其他队员都不是人了？”

洛攸拍大腿，“狭隘！”

“他就跟着你，其他人你看他搭理吗？”红蜚说，“他越是跟着你，就越是和其他人疏远。这是不是一种雏鸟情结？”

洛攸起了一手臂的鸡皮疙瘩，“把我当鸟妈妈？你说的这是人话吗？”

红蜚：“噗——”

洛攸烦，“你别老笑！他这么跟着我，是没啥机会和其他人接触。但我总不能把他赶走吧？”

红蜚想了想，“这事你急也没用，还是顺其自然。季酒来第九军区也不久，一直在要塞里待着，其实不算了解我们守卫的地方。下周你不是轮休了吗，不如带他去安息城住几天。等他熟悉我们这儿的生活，说不定就敞开心扉了。”

“你要休假？”刚结束一场歼击舰驾驶指导课，季酒摘下头盔，转向一旁的洛攸。

“我给你也申请了假期。”洛攸站起来，拉了季酒一把。

这种操作训练对他来说毫无难度，但对季酒来说，就是精神力的巨大消耗。

每次结束，季酒的作战服都会被汗水浸透，要他借个力才能起来。

“新兵头一年本来没有假期的。不过我说了把你当弟，就不会食言。”洛攸笑道，“跟哥回家休息几天。”

洛攸之前释放的大规模精神力还没有完全收回去，季酒被笼罩其中，感到很放松，“回家？”

“就是安息城。”洛攸说，“我住那儿。”

星际时代，人类拥有了更加辽阔的疆域，每个军区包含一个或数个星系，星球按照地球时代的习惯，被叫作城。

安息城，实际上就是安息星球。

重要的星球周围，有拱卫它的军事要塞，与星球同名，驻扎着太空军队，是星舰的停泊港。

季酒从第一军区来到第九军区，途中停靠的都是要塞，而非星球。

来到安息要塞之后，也从未踏上安息城的土地。

在安息要塞上，轻易就能看到安息城。

那是一颗蓝色的星球，和影像上的地球很像，是第九军区四个心脏星球之一，生活着大量平民，驻扎着联盟的陆军和太空军。

季酒对安息城本身并无兴趣，但既然洛攸生活在安息城……

“好，我跟你一起。”

连接安息要塞和安息城的只有军用航道，每天有大量摆渡飞船在航道上穿行，运送人员以及物资。

军用设备的舒适度不如民用设备，人和货物用同一艘飞船运送。

季酒被挤在角落，因为热和空气不流通，冷白的脸上很快泛起红晕。

洛攸就在他对面，两人脚边扔着一个鼓胀的行李包。

看到季酒涨红的脸，洛攸才意识到失策了。

他自己搭惯了这种飞船，没座位、闷、环境差，还老是被挤来挤去，但反正花不了多长时间，忍一忍就过去了。

倒是有那种只搭人的豪华飞船，但三天才飞一回，有独立舒适的座舱，还提供饮料食物。

不过风隼几乎就没人坐过，嫌耽误时间。

今天其实就有一艘豪华飞船，就在这艘起航三小时之后。

洛攸忽略了小玫瑰的矜贵，这会儿见人忍耐得很辛苦，心里相当过意不去。

“你……”洛攸看着季酒的眼睛，“以前没坐过这种飞船吧？”

季酒点头。

洛攸暗自叹了口气。

已经上了飞船，只能回来时给季酒安排豪华飞船了。

聊天能让人忘记难受，还能让时间过得快一点，洛攸马上想出一个话题，“那你以前坐的飞船是什么样子？”

季酒眉心轻轻皱了下，唇角那点幅度压了下去。

来第九军区前，他乘过很多次飞船，有星球和要塞之间的，也有上城和下城之间的。

上城与下城，是首都星粟生城独有的区域划分。

在反重力系统的作用下建造的浮空岛是上城，地面则是下城。

重要的政府机构、社交场所、高档居住区就在上城，下城居住的是平民百姓。

反重力系统是一项伟大的发明，但实际上，首都星并不需要浮空岛，第一军区的人口还没有稠密到必须转移一部分到浮空岛上的程度。

居住在浮空岛、在浮空岛上办公，不过是一种身份象征。

而维持浮空岛，每年需要耗费巨量能源和资金。

这些能源和资金如果交给第三军区之后的巡星军，足够养一支像风隼这样的精锐太空军三年。

有时华美的礼服，比坚硬的铠甲更加重要。

季酒回神，见洛攸正等着自己接话。

洛攸的眼睛很大，但平时很少睁得这么开。

也只有撑开时，眼中的锋锐才会淡去几分，又圆又钝，像瞪着大眼睛的动物。

季酒恍惚了一下，这才想起他们刚才在说飞船。

那是第一军区最普通的交通工具，大的宽敞，小的舒适。

可想到它们，他并无多少愉快的感觉。

还不如这艘破破烂烂的摆渡飞船。

洛攸尴尬上了。

这个问题问得不佳，可能让季酒小玫瑰想起在首都星爹不疼娘不爱的日子，还有打听人家背景的嫌疑。

他可不是这么嘴碎的人！

就在洛攸琢磨怎么把天聊下去时，一群穿陆军制服的大汉走过来。

他们每个人身高都在一米九以上，有的甚至超过两米，阔肩粗腰，很是雄壮。

在陆军里，这是很常见的身材。

洛攸这种只有一米八四的军人，虽然肌肉不输人，但整体显得劲瘦，和他们站在一起，就像个需要被保护的文职军官。

大汉们浩浩荡荡经过，其中一人不小心在洛攸背上撞了下，放在两人脚下的包也被不知道谁踩了一脚。

季酒的视线几乎是顷刻间冷了下来。

撞人的大汉转过来，双手并拢，笑着道："抱歉啊，太窄了这儿。"

这人长得虽然挺凶，脖子上还有一道可怖的伤疤，但是笑得很憨厚。

洛攸挥挥手，表示没事。

人家确实不是故意撞他踩他，就是粗鲁惯了，做事不讲究。

他自己乘飞船时也踩过别人，都能理解。

但打完招呼转回来一看，季酒脸色沉得能掉下冰碴子。

再看脚下的包，嚯，好大一脚印。

那包虽然是他的包，但也装着季酒的个人物品。

今天他去季酒的宿舍接人，看见季酒正在收拾东西。他包里没装什么，索性让季酒把行李都放他包里，他一个人背就行。

季酒的衣服塞不下，他还把衣服扔出来了。

"衣服就算了吧，你也不嫌麻烦。我家里有，你穿我的。"

现在包给人踩了。

洛攸马上做出判断——小玫瑰生气了。

"别气，人也不是故意的。"洛攸说着伸出双臂，撑在季酒肩侧。

季酒眼皮微微一抬，瞳孔掠过些许惊讶。

“算哥失误了，回来时带你坐豪华飞船，就不用这么挤了。”洛攸护着季酒，“现在只好委屈你将就一下了。放心，哥在呢，一会儿再有人挤过来，也是挤着哥，挤不着你。”

飞船舱里有一股不太好闻的味道，刚上来时季酒就闻到了。

但现在这股臭味消失了，或者说是被洛攸的精神力所覆盖。

季酒轻轻呼吸，不悦的情绪消失了。

一座乏善可陈的城市在季酒眼前铺陈开来。

以首都星的标准来看，这里的建筑低矮陈旧，粟生城下城条件最差的街区，也比这里繁华热闹。

飞船停泊港远离城区，洛攸口中的家在安息十七街。没有私车，就只能搭乘公共交通工具。

季酒和洛攸一起坐在悬浮车上，以一种前所未有的猎奇心态观察这个偏远的星球。

生活在安息要塞里的都是联盟军人，不管是什么军种，大家都穿着制服。

而在安息城，季酒看到的绝大多数人，竟然也都穿着军装。

不过他们的军装看上去并不正规，像仿制品和被淘汰的老款。

穿军装在这里似乎代表着一种潮流。

“那个也是士兵吗？”季酒以目光示意街边一个挺着啤酒肚的男人。

此人满脸横肉，正在摆摊卖香肠。

“当然不是。”洛攸说，“你没见他在做生意吗？”

季酒困惑地又看了一眼。

“你刚来，不了解第九军区的风土人情。”

洛攸颇有主人公意识，马上就当起导游，“这车还得开一会儿，让哥哥来给你介绍介绍。”

季酒认真地望着洛攸。

“安息城的一切都是为战争所存在，现役军人占人口总数的59%，其中包含科研人员和武器制造者。其余人要么是家属，要么和军队有别的关系，比如能源商、矿石供给商。”

洛攸说：“也有极少部分从其他星球流落过来的人，算是流民，他们在这儿一般待不长。常住者几乎都和军队有关系，要真一点关系都没有，那应该也不会生活在这儿了，早就移居其他军区。”

洛攸顿了下，又道：“我从小就听一句话——第九军区的人为保卫联盟而生。”

季酒看见洛攸的眼睛正在闪光，这意味着，洛攸为刚才那句话感到荣耀和自豪。

季酒却拧起眉，“没有谁是为了保卫某个不知道的事物而生。”

洛攸噎了下，“怎么会？我虽然没去过首都星，但我知道联盟。”

“你出生之前，就知道联盟吗？”

“……”

“你不知道，所以你不会为它而生。”

季酒语气平淡，就像在客观陈述一件事，洛攸却越听越觉得人家是在抬杠，把他都给杠偏了。

“你为你自己而生。”季酒又说。

洛攸又听出点维护，笑道：“那就一种形容，意思是第九军区时刻准备迎战。”

季酒眉心没有松开，洛攸不知道他又在想什么，继续往下说。

“生活在第九军区，即便不是战士，弦也是绷紧了的，平民也要定期接受军事训练。为两种情况做准备。一种是遭到袭击，能够迅速撤往后方。还有一种，是在现役军人都牺牲殆尽时，及时补充上去。”

季酒眸色欲沉。

“这也不是没有发生过。”洛攸道，“三百年前，虫子们突然发动攻击，当时我们几乎没有还手之力。第十军区沦陷，正规军被打没，就是平民顶上去了。所以吧，安息城的普通生活就是军事化生活，所有人都是战士。”

悬浮车经过好几个军队驻扎地，已经开到了靠近安息十七街中心的地方，沿街有不少摊贩，生活气息浓厚。

悬浮车是全自动的，一个机械女声报站："前方十七街东巷，下一站十七街市场。"

洛攸站起来，"我们就在这儿下。"

季酒想拿那个被踩了一脚的背包，但洛攸动作比他快，捞起就挂在肩膀上。

十七街东巷是住宅区，正是下午，住宅区一派宁静，行人不多，有两组治安队员正在巡逻。

洛攸的家在那一片或高或低的房屋中。

"我也只有轮休时回来，家里有点乱，你有个思想准备。"洛攸一边走一边给季酒打预防针。

这套房子是他 18 岁时，军部分给他的。

每一个穿上军装的新队员都会得到一套房产，算作一个家。

他在家住得少，但把周围的小摊餐馆都吃遍了，准备现在先回去休息片刻，等到天黑了，再带季酒去夜市吃点好的。

季酒说："没人帮你收拾？"

洛攸说："倒是有家务机器人。"

洛攸家里没有他说的那么糟糕，乱是乱了些，但因为几个月没住人了，所以还算干净。

本着不能让客人吃亏的道理，洛攸给卫浴系统上了能量条，水一热就让季酒先去洗澡。

季酒洗完了，他才接着洗。

"你要累了就睡个觉，就睡我的床。"洛攸的声音隔着水声和浴室门传来。

季酒"嗯"了一声，却没照做。

这套房子有上下两层，卧室在上面，楼梯下方堆着两个袋子。

季酒起初以为是粮食，走近一看，却是一包猫粮，一包狗粮。

而屋里并无猫狗。

来的路上，季酒注意到路边有好些流浪猫狗，都在懒洋洋地晒太阳。这两口袋想必是洛攸给它们准备的。

季酒找来两只碗，分别装上猫粮狗粮，把洛攸独自留在家里。

洛攸洗得浑身舒坦，从浴室出来没听见动静，还以为季酒在楼上睡觉，可上去一找，也没见着人，心头一惊。

“不会是跑了吧？”

季酒来历不明，如果还擅自离队，必然引起麻烦。

趿着拖鞋就冲出门，洛攸远远看见季酒正蹲在路边，周围围着一圈流浪猫。

原来是喂猫来了。

洛攸将心放回去，轻手轻脚地走近，听见季酒低声说：“喵喵，喵喵。”

洛攸：嗯？

这些流浪猫虽然没有家，但大约定期有人投喂，都不瘦，也不怕人。

季酒将碗一放下，就有猫凑过来，将狗粮也霸占了。

他摸着其中一只的脑袋，想将装狗粮的碗拿回来，对猫弹琴道：“给狗狗留点。”

喵喵。

狗狗。

洛攸一瞬间领悟到了叠词的可爱。

季酒察觉到后面的动静，侧过身来，和一圈猫咪一同望向洛攸。

洛攸猛然福至心灵，伸手指向流浪猫，学着季酒刚才的语气，“橘喵喵，白喵喵，黑喵喵。”

季酒：……

那根手指在指完猫后，指向了他。

洛攸：“季酒酒！”

季酒瞳光很轻地闪了下，“季，酒酒？”

洛攸也蹲下去，兴高采烈的，“我抠破脑袋没想到的办法，你倒是喂个猫就帮我想到了！”

季酒不解，“什么？”

“季酒酒一听就很可爱。”洛攸欣慰地拍了拍季酒的肩，“我回去就跟他们说，叫你季酒酒。”

季酒：“我不……”

“名字是一把钥匙。”洛攸坚定道，“一旦他们觉得你的名字可爱，那就离觉得你这个人可爱不远了。”

季酒要拒绝，却听洛攸继续道：“而且你本来就挺可爱的，他们只是被先入为主蒙蔽了视线。”

季酒顿了片刻，“你说我可爱？”

洛攸相当坦然，“难道你还有疑问？”

季酒确实有很多疑问。

“会和小动物说话的人，都可爱。”洛攸将猫粮放在手心，猫马上凑过来，“不过你能跟它们说话，为什么不和江久他们说话呢？”

“人和猫不一样。”季酒说。

“简单。”洛攸马上给队友改了品种，“你把他们当成猫不就行了？”

江久一个喷嚏打了老远。

“你还说喵喵。”洛攸拿出传销精神，“这还不可爱吗？我都叫不出这么可爱的词。”

季酒问：“那你叫什么？”

洛攸指着猫，“橘哥，白哥，黑哥，傻猫。”

被叫傻猫的那只冲上来就咬住洛攸的手指。

洛攸赶紧缩回来，冲季酒一眨眼，“我没你可爱咯。”

季酒被这一眼眨得愣了下。

没有人对他这样笑过。洛攸笑容明媚，如同精神力一般，经由视线，侵入他的世界。

他感到那些盘踞着的黑潮被挑起，疯长。

“怎么没看到狗？”洛攸左右看了看，发现两只流浪狗在对面的墙下面探头探脑。

“不知道。”季酒回神，“只有猫过来。”

洛攸的视线在流浪狗和季酒之间逡巡，“我好像知道为什么了。”

因为它们觉得你是同类！

季酒没看懂洛攸那忍笑的表情，“为什么？”

这就不好明说了。洛攸憋着，把两个空碗拿起来，觉得它们有点眼熟。

回家后洛攸终于想起来怎么眼熟了。

这两个碗，是他家里仅有的碗！

一个盛饭，一个装菜！

季酒将碗拿过去，“我帮你洗。”

天色渐暗，路上灯火点燃。洛攸招呼季酒，“酒酒，出去觅个食。”

季酒不适应，“不要这么叫我。”

洛攸假装没有听见。

从血皇后那儿将季酒领回来的那天，他就知道这是个傲娇，嘴上说着不要，心里指不定怎么开心。

傲娇越是说不要叫酒酒，他偏要叫酒酒。

“酒酒，你想吃什么？”

“酒酒，跟上啊！”

“季酒酒……人呢？”

安息城的闹市街，虽然治安良好，但到底不像要塞那样有明确的军队纪律约束，偶尔也会出现一两起纠纷。

心怀不轨的人哪儿都有。

洛攸回头没找着季酒，却见后面几十米处一群人堵着起哄。

正好身边有个高台，他跳上去一瞧，只见强烈的灯光下，被围起来的人白得发亮。

不就是他的小队员季酒吗？

打从进入闹市街，季酒就感受到来自四面八方的视线。

那些视线和要塞里打量他的目光不同，更加露骨且低劣，像腥臭的浓痰一般黏在他身上。

他对这样的视线并不陌生，在来到第九军区之前，他总是被这样看着。

洛攸说今晚是他到安息城的第一顿，要带他吃闹市街最好吃的东西。但他们已经转了好几条巷子，洛攸却犯了选择恐惧症。

还不停念叨着酒酒。

酒酒看这里，酒酒看那里。

酒酒我跟你说这个好吃，酒酒你肯定喜欢这个，但我们再多转转，酒酒你跟上！

他被吵得头晕，鸡皮疙瘩起来就没再下去，酒酒酒酒，好烦啊！

经过一个陶瓷摊子时，季酒停下脚步。

他听见洛攸喊他了，但是没跟上去。

家里仅有的两只碗被他拿去喂了猫，虽然已经洗干净了，但他还是打算买两个新的赔给洛攸。

“买碗吗？哎呀你好眼光，你拿的那是我从首都星进来的碗，那儿的明星啊有钱人啊，都用这种碗！”

老板是个矮个子女人，穿得像缤纷的陶瓷，比她摊子上的碗还喜庆，“这样吧，小哥哥，看你长得帅，收你 10 星币怎么样？”

季酒听完就将碗放回去。

且不说价格高得离谱，这碗的色彩根本就不是首都星的潮流。

他正是因为碗毫无首都星的特质才多看了几眼，结果老板跟他说这是首都星来的。

硌硬。

“唉——你别走啊！给你打折！ 10 星币两个？三个怎么样？”老板急了，“五个！”

季酒拿起另外两只有浅蓝色花纹的碗，“我想买本地的碗。这两个多少钱？”

老板“嘻”了声，“其实我这儿的都是本地碗。你选吧，便宜卖你。”

季酒本想买两个，但看来看去，决定多买点。

最终，季酒花 3 星币买了一套碗——大汤碗一个，菜碟两只，饭碗两个。

转身，却看见三个打扮得像阴沟里的变异老鼠般的男人步步逼近。

他们很高，块头也大，影子像山一样将季酒罩起来。

中间那人脸上有一道难看的疤，手摸下巴的动作做得十足猥琐。

季酒提着碗，冷漠地睨着他们。

又有七八人围上，眼中流露出贪婪的光。

“买碗啊？新来的？”刀疤奸笑着上前，“还是双人餐具。和谁一起住？这碗不像男人用的碗，是妹妹吧？”

众人哄笑起来。

陶瓷老板最近见多了这种事，为眼前这漂亮的男人捏一把汗，却不敢提醒，更不敢出头。

他们这条街上，本来生意做得好好的，几个月前，却突然来了帮欺男霸女的恶徒，遇到相貌出众的生面孔，就想方设法弄走，卖到别的星球上去。

这些人是能源巨头白羊的手下，在安息城管辖的琼斯星开发能源，没事就往安息城跑，聚集在安息十七街。

治安处这种基层单位谁都开罪不起，收了好处，便睁一只眼闭一只眼。

季酒将伸过来的脏手拍掉，寒声道：“滚。”

猴子脸也凑上来，冲刀疤道：“咱从来没在这儿见过这么漂亮的男货吧？稀罕，出手能赚不少！”

刀疤被打了手，脸上有些过不去，恶狠狠地对季酒吐了一口痰。

虽然距离很近，但季酒还是敏锐地避开了。

刀疤愣了下，心下已经开始发慌。

他们来安息城做着见不得人的勾当，看着气焰嚣张，其实也只敢小打小闹，掳走的人都是无法反抗的底层平民、流民，有的还是被家人卖掉的。

今天上闹市街来物色猎物，发现一枝难得的花，脑子一热，就在没把人背景摸清楚的情况下凑了上来。

这反应速度，恐怕是军队里的人。

军队他们哪儿惹得起？

刀疤咽了口唾沫，清醒一半，但还是不想放弃这么个猎物。

男人的姿色是他从未见过的美，别说是在安息城，就是首都星的明星，在男人面前恐怕都黯然失色。

见围过来的垃圾没有滚的意思，季酒胃中翻涌出一阵恶心，眼神阴沉，在刀疤再次伸手的一刻，抬脚便是狠狠一踹！

而就在这时，洛攸已经飞奔赶来，风一般卷过，将十几号人通通撂倒在地，像一面坚实的盾牌挡在季酒身前。

地上一片哀叫，洛攸下手极恨，拳脚照着关节袭去，命留着，骨头却必须断。

刀疤一众此时不仅承受着来自肢体的巨大痛苦，还有精神力的折磨。

他们的精神力最高不过 C，在 SS 级的精神力下，根本抬不起头，连求饶都做不到。

季酒盯着洛攸的背影，头脑短暂放空。

那种温柔且温暖的风迎面而来，轻轻环绕他，在周遭旺盛地弥漫，他小心呼吸，一丝也不舍得放过，沸腾的恶心一点一点被抚平。

他眨了下眼，又看洛攸。

洛攸退后，侧过脸问："他们有没伤到你？"

季酒摇头。

这些垃圾他一个人也能处理，用不着洛攸出手。

但洛攸来救他，他又有点高兴。

治安队员闻讯赶来，其中一人认出洛攸，大惊失色，紧张得腿都在发抖。

“十七街居然还有贩卖人口的事？”洛攸最见不惯这种勾当，“把人带回去，查清楚他们卖了多少人。”

“他们是白，白羊的人……”

“我管是白羊还是黑羊！”洛攸厉声道，“你们治安处的职责，就是让平民安稳生活！这事如果你们处理不下来，那风隼亲自处理。”

听见风隼二字，刀疤吓得面如土色。

他怎么也没想到，自己“进货”能进到风隼的头上。

肇事的被带回治安处，看热闹的都散了。

洛攸心里那股气还没散，低头却看见季酒提着一套碗。

“你买了碗？”

最后一点精神力消失，季酒皱了皱眉。

见季酒没反应，眼里还蒙着一片雾，洛攸以为他被吓着了，连忙走过去，将碗换到自己手上，“没事了啊，哥这不是来了吗？”

季酒兴致不高地“嗯”了声。

洛攸心道糟糕。

小玫瑰被吓走的魂儿还没回来。

这事还是怪自己，怎么光顾着往前冲，没注意到身后的人不见了呢？

好端端带出来逛夜市，晚饭还没吃上一口，就被歹人给盯上了。

首都星不可能发生这种事吧？小玫瑰本来就娇气，头一回遇到这种事，难免情绪低落。

“不会再把你弄丢了。”洛攸保证完了又说，“带你吃好东西去。”

一条巷子里摆满桌椅，香气在巷子外就能闻见，季酒被洛攸牵着往里走，见客人们吃的全是面，各种各样的面。

“两碗鱼汤面，加卤鹌鹑蛋！”洛攸朝店铺里喊完，又招呼季酒：“坐！”

季酒看了看店铺的招牌，老钟吃面。

“其实这不是十七街最好吃的店，不过我今天就想带你来这儿。”洛攸帮季酒擦了擦面前那块桌子，“反正咱们有时间，我慢慢带你吃别的。”

季酒问：“为什么？”

洛攸没正面回答，“我刚到风隼的时候，不知天高地厚，在模拟战里打赢了一个前辈，就非要挑战血皇后。结果被她教训得很惨。我又怕又失落，感觉这儿都被挖空了。”

洛攸拍了拍胸口，“队长就给我放假，让我回安息城来调整几天。我那时还小，就比你现在大点儿，想不通，给我气得。成天在城里瞎逛，找到了这儿，一碗面汤灌下去，一下子就踏实了。不就是打输了一场模拟战吗，我还年轻，消极干吗？”

“后来遇到不顺的事，我就都来吃碗鱼汤面，要最浓最鲜的汤。”洛攸笑了笑，“喝完就没事儿！”

季酒认真听完，“我没失落。”

洛攸心想，嗐，还不承认！

“我也不怕。”季酒又说，“垃圾而已。”

洛攸想起自己赶到时，季酒踹出的那一脚。

“那你还不开心？”

不开心？季酒诧异地挑了下眉。

原来那种抓扯他，像沥青一样的东西，在洛攸看来是不开心。

那他确实不怎么开心。

“你怎么了？”洛攸关心地问，“是反感那些人吗？要不我们明天去一趟治安处，监督他们查案？”

季酒摇头。

他根本不关心那些垃圾，和垃圾犯下的罪行。

“你释放精神力。”季酒微蹙着眉，一想到洛攸的精神力也赋予了垃圾，他就感到作呕。

洛攸没明白，“精神力怎么了？”

他的确释放了精神力，但那不是格斗时的常规操作吗？

季酒难道认为只有人机连接时才需要精神力?

“他们很脏。”季酒满脸不悦，“不配。”

他见过数不清的丑陋污秽的人，甚至他自己，也是生于污秽。

洛攸的精神力是他感知过最干净的东西，是宇宙燃烧的风，峰顶上的雪。

肮脏的垃圾怎么配感受?

不久前刀疤被拧断手臂，倒在地上痛苦喘息，被洛攸的精神力压制得激烈颤抖，像一只肥硕的蛆。

他却分明感到，洁白被污秽所玷污。

那一刻他胸口燃起熊熊烈火，想将面前的污秽烧得一丝不剩。

面端上来了，热气腾腾。

洛攸吃了几口面，抬眼瞧见季酒还没动筷子，面都快坨了，连忙将碗端到自己面前，搅拌了几下，又推回去，“别发呆，快吃。”

一碗面的分量很足，洛攸吃得汤都不剩时，季酒还剩下半碗。

见洛攸吃好了，季酒也放下筷子。

“你不吃了？”洛攸惊讶道。

小玫瑰这也太浪费了!

“嗯。”季酒心想洛攸的形容太夸张，面汤喝下去，空着的地方还是空着，并没有觉得被填满。

洛攸一个人吃两人份的也不在话下，并且坚决瞧不起浪费粮食这种行为，手一伸，“那给我吃。”

眼看碗被拿走，季酒还愣了下。

“在我们第九军区，粮食、能源、矿产，这些物资都是很可贵的。”洛攸大口吃着面，“安息城还好，有些偏远的星球，吃饱都是奢求。”

吃完面时间还早，洛攸想带季酒再在夜市逛逛。

季酒才 18 岁，在他眼里就是小孩儿一个，他刚到安息城来时，最喜欢来夜市溜达，什么都想买。

但这回，什么都想买的还是他。

两人提着四个大口袋回家，路上遇到了一个没想到会遇上的人。

纽安忒带着三个机器人采购完毕，挥手打招呼，“洛队，小季也在啊。”

洛攸已经把一个月前哄骗季酒的事忘光了，“纽安忒老师，你也回来休假？”

季酒眸光微敛，看了洛攸一眼。

“嗯，大半年没有回来了。”

三人一同走了一截路，纽安忒打算开车送洛攸和季酒回去，洛攸说想散步回去，就在路口分别了。

离开夜市，周围安静下来。

洛攸每次吃了老钟家的面，心情都会格外好，一边走一边哼着跑调的歌。

“你骗我。”季酒在他后面，突然出声。

洛攸那跑远的调子竟然被拉了回来，“别瞎说，我什么时候骗过你？”

“那天我想去找纽安忒老师，你说他休假回城了，还说他孩子生病。”

洛攸：“啊……”

他想起来了，当时自己为了拉近和季酒的距离，随口编了个理由。

“为什么？”季酒脸上有种淡淡的较真劲儿。

洛攸尴尬地左右看看，“我那不也是想早点和你混熟吗？你一个新队员，干什么都一个人，大伙儿不搭理你，我好歹是你队长，总不能抛下你。”

季酒眯了眯眼。

“反正就这么回事儿。”

洛攸加快步子往前走，仿佛只要自己走得快，尴尬就追不上来，“我也不是坏心眼骗你，模拟舱我也给你修好了，后来再没出现故障了吧？”

季酒惊讶于这人东拉西扯的能力，跟上去道：“不抛下我。”

洛攸闷头闷脑打包票，“那当然不抛下你。”

季酒唇角很浅地弯了下，“嗯。”

洛攸的家等于是军部分配下来的单身宿舍，只有一张床，他把床让给季酒，自己打了个地铺。

季酒却把地铺占了。

灯光熄灭后，屋里就只剩下从窗外照进来的幽光。

“你睡了吗？”

正迷糊着，洛攸听见季酒的声音。

“唔？”洛攸睁眼，“你睡不着？”

“嗯。”

洛攸马上坐起来，“我就说，你睡不惯地铺。我跟你换……”

“不。”季酒说，“你就睡床。”

洛攸刚都快睡着了，被这么一闹，又精神了，笑道：“季酒酒，要不我给你数个羊？”

“不。”

“那讲故事？”

沉默了会儿，季酒说：“你的故事。”

“我的？”洛攸有些意外，“你想了解我啊？”

“……嗯。”

洛攸轻轻嗓子，“我是风隼三支队队长……”

“不是这种。”季酒打断，“你以前。你小时候。”

黑暗里，季酒看不到的地方，洛攸睁大眼。

季酒隐约“嗅”到了精神力。

“我小时候……”浮现在洛攸脑海中的是刺耳的哭啼，冰冷的药水，奇形怪状的少年。

他轻轻打了个哆嗦。

季酒靠近，几乎挨着洛攸，“你不舒服？”

“没有，只是想起了以前的事。”洛攸摇摇头，“你真想听我的事？可能会吓到你。”

“不会。”

又是一段沉默后，洛攸说：“我说我是为了联盟而生，这其实不假。我出生在克瀚氏城，那是第九军区最小、最远的一颗供人居住的星球。”

季酒没听说过这个地方。

“别说是你，大部分第九军区的人都不知道克瀚氏城，因为它的存在是个秘密。”洛攸接着说。

“第十军区沦陷后，第九军区面临的最大困难，其实不是作战物质短缺，而是没有足够的战士。当时一位文职将军带领一批科研人员去到克瀚氏城，背着中央军搞人体实验，想尽快制造一批能够对付虫子的人。”

“实验不算成功，因为大部分从人造子宫里出来的婴孩都成了怪物，但剩下的确实上了战场，立功、牺牲。”

“卡修李斯元帅击退约因人之后，这项计划本来就该停下来了。但是第九军区是战争的重灾区，兵源严重不足，所以计划又延续了很多年，直到我出生。现在计划好像已经停下来了。”

“我自幼就被当作战士培养，教官说，我们这些人的最高荣耀，就是为联盟献出生命。”

季酒一直没说话，此时却突然出生，“不是。”

洛攸停下来，“嗯？”

季酒在黑暗里看他，“死亡不是荣耀。”

洛攸愣了下，“也许吧。每个人生来的使命本来就不同。”

“但那不是你的使命。”季酒说，“那只是别人强加在你身上。”

洛攸下意识道：“也不是。”

季酒说：“如果你的教官没有不断向你强调，什么最高荣耀，什么献出生命，你还会这么想吗？”

洛攸答不上来。

他没有考虑过这个问题，至少在穿上军装，成为风隼的一员后，他发自内心感到骄傲。

沉默了会儿，洛攸意识到，季酒也许是将自己的情绪转移到了他的身上。

有人将某种使命或者负担强加在季酒身上？

在来到第九军区之前，季酒背负了很多？

“你呢？”洛攸手臂绕过被子，碰了碰季酒的肩膀，“别光说我，也讲讲你的故事。”

空气里有一声很轻叹息。

过了会儿，季酒翻身背对洛攸，“我要睡觉了。”

这浑蛋。

洛攸腹诽，想聊天时就把别人闹起来，不想聊了就翻身不理人。

不过算了，不理就不理吧，他自己也困了。

第二天，洛攸先醒，一边催季酒赶紧下来，一边计划今天带季酒上哪去。

出门前，洛攸先去附近喂了流浪猫狗，回来发现季酒还没换好外出的衣服。

“你磨蹭什么？”

“没有衣服。”季酒说。

洛攸这才想起，离开要塞时自己以包塞不下为由，将季酒的衣服扔了出来，还跟季酒说穿自己的。

这事他给忘了。

“这就给你找。”洛攸迅速跑上二楼，翻箱倒柜，摆了半张床，却突然有点不好意思。

他对穿衣没讲究，柜子里的要么是退休的制服，要么是在闹市街随便买的廉价品，共同点是都很旧了。

谁愿意捡别人穿旧的衣服穿呢？

何况季酒是从首都星来的。

洛攸抓了下头发，“要不这样，今天你还是穿你自己的衣服，一会儿我们出去买几件新的，我送你。”

季酒却摇头，手臂上搭着一堆衣服，“我可以穿。”

洛攸强调，“它们很旧。”

季酒看上去很确定，“嗯。”

既然季酒不在意，洛攸就没什么心理负担了，带着季酒在安息城玩了三天，有用没用的玩意儿买了一堆回来。

季酒挑了条针织围巾戴上，冷淡的气场似乎都被藏了起来。

洛攸这回带季酒来安息城，就是为了让季酒多沾染些第九军区的人气儿，变得可爱一点。

现在季酒在他眼里是够可爱了，但在别人眼里好像还是挺讨嫌的。

因为季酒只有跟他说话时有来有往，甚至还会主动找话，对别人仍旧爱答不理。

洛攸觉得这样不行，可爱这条路走不大通。

于是果断换了一条。

军队里有两种生活物资最受欢迎，一种是酒，一种是烟。

星际时代，经过一轮轮改良，烟已经成为无害的消遣品，有各种口味。

训练或者执行任务之后，和同伴分享一盒烟，自然而然就拉近了距离。

老钟吃面隔壁就有一家烟草铺子，吃完面，洛攸提出带季酒去挑烟。

季酒停下脚步，“不想去。”

洛攸转过身，“嗯？”

季酒说：“臭。”

“就你香。”洛攸将人拉过来，“让我闻闻你多香？”

这一闻，还真闻到了一股很淡的香味，不好说是什么味，因为洛攸没在别的地方闻到过。

“你这是什么味？”洛攸问。

季酒从脖子上扯出那枚指甲盖大的坠子，“它的味道。”

上次季酒被送进医疗舱时，洛攸见过这个坠子，当时就很好奇，因为它通体荧白，形状不太规则，里面像灌着浓雾，看不真切，却又从内里散发着光。

不过香味这还是头一次闻到。

洛攸有点吃惊，“我第一次见到有香味的玉！你哪来的？”

“这不是玉。”季酒把坠子放回衣服里。

见季酒不想回答后一个问题，洛攸也没坚持，冲季酒嘿嘿笑了两声。

季酒后退一步，眼神警惕。

洛攸逮住人就不放，“酒酒，哥带你去尝尝烟。”

季酒挣扎，“不尝，臭。”

“有不臭的。我什么时候骗过你？”

“这是闻着最舒服的烟了，不呛，不臭，我媳妇儿家里做的，一年吧，也就产几箱，家里孩子抽着玩儿，顺便卖一卖，不图挣钱。”烟铺老板将两盒烟放在桌上，“你们老来吃面，烟就送你了。”

原来烟铺老板和面馆老板是兄弟，洛攸拿了烟，开始教季酒。

季酒有抵触情绪，半天没学会点烟。

“孩子真笨。”洛攸嘀咕。

季酒听见了，放下烟，不声不响地看着他。

“我笨，是我笨，师父没教好，不怪徒弟。”洛攸笑了笑，心里却道，小玫瑰脾气还挺大。

季酒突然伸出手，将洛攸的烟拿过去，小心翼翼地吸了一口。

“咳——”

“哈哈哈哈！”

一根烟抽得磕磕绊绊的，洛攸也不知道季酒到底学没学会。

其他烟季酒嫌臭，只有这种季酒点头接受。

想着回要塞后，就买不到这种烟了，洛攸跟老板多买了几条。

他们季酒酒，从此也是有烟的男人了。

一群小孩在路上追逐跑过，父母跟在后面喊：“慢点，慢点，表演还没开始！”

季酒看洛攸，“什么表演？”

洛攸本来也不知道是什么表演，跟旁边人一打听，才知道是“怪物表演”。

诞生在克瀚氏城的人，一部分成了战士，用生命守卫联盟，一部分则以怪物的形态生活着。

洛攸看着“怪物表演”的宣传广告，心里很不是滋味。

季酒拉住洛攸的手腕，“不看这个。”

洛攸点头，正要转身，突然听见有人叫自己的名字。

一个身高超过一米九的男人站在不远处，挑衅地勾起眉。

洛攸面色一沉，“李萨克。”

此人是风隼六支队的副队长，几年前在集体模拟战中输给了洛攸带领的小组，对洛攸怀恨在心，有机会就给洛攸找麻烦。

“你也来看表演？”李萨克走近，扬着下巴睨视洛攸。

“路过。”洛攸说。

“啧。”李萨克不怀好意地笑道，“我还以为你也想看那些怪物呢。不过也对，你没必要看它们。”

洛攸眉心微蹙。

李萨克凑到洛攸近前，耳语道：“你是他们的兄弟，好奇的话，你看自己不就好……啊！”

话还没说完，李萨克就感到喉咙传来剧痛，那一瞬间几乎不能呼吸，几近晕倒，像是被人打碎了喉骨！

洛攸也是一惊，马上向右边看去。

只见季酒紧握着拳头，脸上那些和可爱、温和有关的神情全都消失无踪，阴鸷可怖地盯着李萨克。

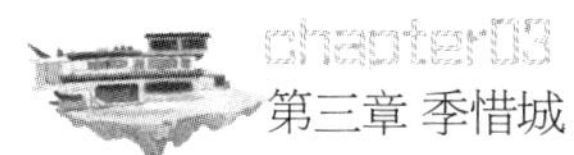

chapter03

第三章 季惜城

季酒这一拳，是直接照着李萨克的咽喉打过去，李萨克接近两米的身高，被痛得在地上抽搐，咳出一摊血。

看他痛苦地挣扎，季酒没有任何上前看看伤势的意思，冰冷地俯视，仿佛李萨克不是人，只是一头低贱的畜生。

飘忽的精神力在周围蔓延，洛攸在这精神力里感知到阴沉的杀意。

刚才季酒差一点就杀了李萨克！

突袭咽喉是近身格斗中的杀招，一击致命，通常只有面对敌人时才会使用。

洛攸厌恶李萨克，但不管李萨克如何挑衅，他也从未动过杀死李萨克的念头。

季酒仍牢牢盯着李萨克，洛攸走到他身前，拉住他的手臂，他也没有反应，像是沉浸在另一个世界里。

洛攸第一次看见季酒这样，不由得担心。释放出些微精神力，试图安抚季酒。

熟悉的气息，季酒眉心很轻地颤了下。

从李萨克接近洛攸起，就翻腾而起的黑潮和沥青仿佛正在被纯白的雾气和干净的风吹散，季酒缓慢地深吸气，瞳孔渐渐由浑浊变得清明。

然后他调转视线，看向洛攸。

洛攸松了口气。

很奇怪，李萨克伤到要害，他更担心的却是季酒。

季酒的行为出乎他的意料，他没想过季酒会突然攻击李萨克，更没想到季酒出手就是杀招。

李萨克那些龌龊的小动作和语言挑衅压根伤害不到他，但季酒就这么冲了上来……

季酒虽然最近进步神速，但力量和技巧还是不够。

换作风隼的任何一名队员，那一拳过去，李萨克已经一命呜呼。

见季酒的神情有所缓和，洛攸蹲下看了看李萨克的伤势。性命倒是无碍，但是挨这么一下，够李萨克难受一段时间了。

治安队员赶来，将李萨克送去最近的医疗中心，洛攸和季酒也因为当街寻衅滋事，被带到治安亭做登记。

两边都是风隼的人，治安队员心道这不是自己管得着的事，草草做完记录就把人给放了。

本来晚上还要带季酒去酒吧，被这事一搅和，洛攸顿时没了心情，“先回家吧。”

从市场到住处，可以搭悬浮车，但人多拥挤，两人一般是走回去。

平时洛攸能一路说到家门口，今天却沉默走在前面。

季酒在他斜后方，看了他好几回，嘴张开又闭上，终于忍不住喊道：“洛攸。”

洛攸停下。

“你……”季酒说，“你生气了。”

洛攸心情很复杂，倒也不是单纯地生气。

季酒显然是为了他才攻击李萨克，李萨克也活该被教训。但出手的瞬间，季酒暴戾得很不正常。

现在小心翼翼喊他的季酒，又变回了他熟悉的样子，好像之前的那一幕是他的幻觉。

对着这样的季酒，洛攸发不了火。

他叹了口气，决定和季酒好好谈谈。

“刚才是怎么了？”洛攸尽量让语气听上去温和,“为什么突然动手？”

季酒抿了会儿唇，“他伤害你。”

洛攸说：“他伤害不了我。”

季酒摇头，有些倔，“他不能那样说你。”

洛攸气归气，心头却是一热，“下次不能这样了。”

季酒又摇头，“下次还打。”

洛攸额角一跳，刚才还堵在胸膛的闷气一下子散了，在季酒肩膀扇了一巴掌，“你还得意起来了？”

季酒这回很老实，“没有。”

洛攸觉得自己一拳打在棉花上，季酒都敢当着他的面说下次还打，那真遇到这种事，季酒一定会出手。

“打可以。”洛攸只得道，“但不能像今天这样。会打死人懂吗？”

季酒沉默。

突然，洛攸毫无征兆地绕到季酒身后，右腿往前一勾，扣着季酒的肩膀就将人按在地上。

季酒莫名其妙吃一嘴灰，坐在地上一脸茫然。

洛攸蹲在季酒面前，在季酒鼻梁上刮了下，又朝人伸出手，“学到了没？下次再想动手，就这样来。下他的面子，但不能打死他。”

季酒脸上脏了，还愣着，模样有些滑稽。

洛攸将人拉起来，帮忙拍掉背上和屁股上的灰，“刚才那人是我们的战友，你不能要了他的命。我们的使命是守卫联盟，风隼的将士从来不会自相残杀。”

季酒似懂非懂。

洛攸轻轻拍了下他的手臂，“给个反应啊季酒酒。”

“嗯。”季酒慢吞吞的，“我知道了。”

洛攸其实还想多教育季酒几句，但见季酒耷着脑袋，委屈巴巴的，心里又是一软，将到嘴边的话咽了回去。

两人继续往家走，倒是季酒开口了。

“洛攸。”

“嗯？”

“你不是怪物。”

这一声很坚定，仿佛有钩子，将洛攸扯住了。

季酒认真道：“你是最好的。”

猝不及防被发了张好人卡，洛攸站在原地，微张着嘴。

很多人跟他表达过喜欢和钦佩，语气中带着欣赏、玩笑的意思。

季酒这句话并不特殊，但却像没有掺任何杂质的水，直白地流淌进胸膛。

季酒提醒，“回家吧。”

这事只是个插曲，洛攸起初有点别扭，总觉得季酒跟他说了“你是最好的”，他也该回应一句什么。

但不管是“你也是最好的”，还是“哦那谢谢”，都显得太傻。

琢磨来琢磨去，热水澡一洗就懒得在意了。

季酒酒这不才 18 岁吗？

还小呢，在青春期的尾巴上，矫情一点没事儿，他一成熟男人，不至于跟着矫情去。

过了两天，洛攸接到治安中心的通知，让去一趟。

治安队长办公室坐了个华贵的男人。

之所以说他华贵，是因为他的打扮和安息城大多数人的打扮不同。

他梳着背头，戴着装饰用的金丝边眼镜，穿复古条纹西装，没有丝毫第九军区的口音。

“我是亚瑟·克鲁伊，为白羊先生来处理发生在安息城的事。”

洛攸挑了下眉，扯张椅子坐下，冷眼看着对方，“白羊打算怎么处理？”

治安队长在旁边咽了口唾沫，心想风隼的底气就是足，敢这么吊儿郎当地跟白羊的人说话。

白羊是联盟最大的能源商之一，勘采舰队堪比军队。

第九军区尤其依赖白羊提供的能源，各级官员对白羊颇为忌惮，到了治安队这种基层岗位，那更是不敢与白羊起冲突，所以才对白羊手下的人搞人口贩卖睁一只眼闭一只眼。

洛攸不仅把以刀疤为首的人口贩子送进治安队，还跟这位刚来的克鲁伊先生摆谱，治安队长捏了把汗。

“这次的事件是我们疏于对员工的管理造成，白羊先生感到非常遗憾和痛心。”

亚瑟·克鲁伊打着官腔，“所有在安息城参与人口贩卖的人，请按联盟法律处理，我们将尽全力寻找受害者，补偿他们及他们的家人，我们也会派出一支安保队伍，协助安息城的治安巡逻……”

洛攸听对方条条款款列了一堆，比他想象中的更有诚意，这才点了点头，警告道：“风隼会时刻留意安息城的治安情况。”

亚瑟·克鲁伊微笑，“放心吧洛队，在琼斯星的能源项目结束之前，我会时常来到安息城，为集团所有员工的行为负责。”

谈话进行了一个多小时，季酒在外面等着洛攸。

办公室的门打开，首先出来的却是亚瑟·克鲁伊。

两人视线短暂碰撞，亚瑟·克鲁伊风度十足地微微点头，阔步离开。

季酒觉得他有些眼熟，但一时又想不起到底是在哪里见过对方。

解决了人口贩卖这桩事，洛攸心情不错，经过一个花店，一拍脑袋，就买了一束玫瑰花。

安息城不产玫瑰，只能从别的星球进货，售价高昂。

洛攸虽然偶尔买一些没用的小东西，但那都便宜，粉晶玫瑰这种花中奢侈品，以前别说买，看一眼都觉得肉痛。

“送给我的？”季酒虽然困惑，但还是不大客气地接过。

洛攸精神力等级高达SS，轻易察觉到季酒流露出的开心，不得不再次感叹，小玫瑰哪里不讨人喜欢呢，明明很可爱！

队上那些憨憨不懂罢了！

“嗯，送你的。”钱已经花了，洛攸扬扬手，姿态洒脱。

季酒低头看花，几秒钟就被甩下一截距离。

季酒快步跟上去，“为什么？”

因为你是小玫瑰！洛攸心里这么想，嘴上却假模假样道：“欢迎季酒小先生来到第九军区，加入我们风隼三支队。”

听见季酒小先生时，季酒瞳孔里的光晃了一下。

洛攸能感知到，他似乎更开心了。

买花送花都是一时兴起，花拿回去没瓶子插，两人只得拐去买花瓶。

十七街的市场和往日一般吵闹，洛攸挑了半天花瓶，想让季酒给个意见，一抬头，却见季酒看着右边。

洛攸也跟着季酒的视线看去。

嗯？

一个长发美女！

洛攸倒不是因为街对面有个美女正注视他们而惊讶。

让他诧异的是对方的打扮。

今天是怎么了吗？接连遇到两个穿着奇怪的人。

女人波浪长发及腰，皮肤白皙，化着浓艳的妆，皮衣皮靴。

血皇后穿私服时都没这么野。

女人走了过来，洛攸发现季酒皱起眉，似乎不太高兴。

“熟人？”洛攸低声问。

季酒沉默了会儿才回答，“嗯。”

女人来到近处，洛攸注意到她的身高在女性中非常突出，甚至比自己还高一点。

若不是长发和风情万种的模样，他简直要认为对方是个男人。

女人看着花，惊喜道：“难道你知道我要来，所以提前为我准备好花？”

季酒将花拿开，根本不让女人碰，寒声道：“有事？”

女人向洛攸投来兴致盎然的一瞥，洛攸差点被她看僵。

“我就说，你怎么会好心给我送花。”女人弯着眉眼，“我担心你在第九军区吃苦受累，看来你过得还不错。”

洛攸心道这女人要么是季酒的姐姐，要么是季酒招惹的风流债。

但季酒还小，那么纯良，应该不会有什么风流债。

那女人就只可能是季酒的姐姐了。

人家家人来了，不管是扯皮还是探望，他一个外人都不好戳在一旁听。

“前面右转，有一家咖啡馆。”洛攸善解人意地拍拍季酒的后背，“带你姐过去坐坐，我随便逛逛，有事给我发条消息。”

女人在听到“姐”这个称呼时，忽然笑了笑。

许是女人太过招摇，仿生人送完餐，都多看了女人两眼。

一杯名叫约因蝶魂的饮料摆在桌上，奶油上喷洒着绚烂如同星河的彩色糖浆，将旁边的柠檬气泡水衬托得十分寒酸。

季酒口渴，拿起气泡水喝了半杯，近乎麻木的目光落在女人脸上。

女人不急着动饮料，打开个人终端的摄像功能，对着奶油一通猛拍。

“季擒野。”季酒突然出声，语气里是冷漠和不耐烦。

女人“唉”了声，笑着将照片一一保存。

如果洛攸在，一定会震惊地盯着女人。

因为和在街上相比，女人的声音已经变了，不再是娇媚的女声，而是低沉醇厚的男声。

这根本就不是女人。

季擒野用勺子搅着奶油，八卦地眨了下眼，“刚才那位是谁？”

季酒说：“与你无关。”

“啧，这么无情？”季擒野把奶油都搅烂了，水却一口未喝。

刚才还漂亮梦幻的饮料，现在已经成了一杯颜色诡异的甜水。

季擒野搞完破坏就对饮料失去兴趣，将勺子丢进小托盘，懒洋洋地靠进椅背，“季惜城，整个季家现在就我一个人关心你的死活，你还这么拿冷屁股对着我。”

季酒淡淡道：“不止你一个。”

季擒野愣了下，“也对，应该说只有我关心你有没好好活着，他们只关心你什么时候死。”

挺难听的一句话，季酒却毫无反应。

但季擒野显然早就习惯自家弟弟的德行，并不感到难堪，自顾自地说起来：“我开完巡演回去，才知道你被丢到第九军区，你一条加密信息都没有给我留。”

季酒看向窗外，在阳光下眯了眯眼。

“季江围这坏蛋！”季擒野收紧手指，美丽的脸庞难得出现怒容，又带着几分不解，“我不在，但你可以请伊萨……”

季酒摇头，“你以为我离开首都星，是因为季江围？”

季擒野微怔，“不是他还能是谁？”

“他算什么东西？”季酒眉间浮起厌恶。

季擒野盯着季酒，好一会儿才道：“别告诉我你是主动到这里来。”

季酒没回答，但沉默半分钟，季擒野已经得到答案，“好吧，你真是主动来的。”

也不怪他以为他弟季惜城被季江围陷害，流放到第九军区。出生在季家，每个人都是踩在别人的尸体上往上爬。

他早就看够了。

季惜城本来就是个禁忌，自幼被关在一座没有外人的浮空岛上。

浮空岛在首都星是权力、财富的象征，可对季惜城母子来说，却是牢狱和枷锁。

外人不知道季家主脉里还有个季惜城，即便是季擒野自己，也只是偶然才得知，自己最喜欢的小姑和她的孩子被囚禁在浮空岛。

季家站在联盟权力的中心，成百上千年来争斗不止，对外和三大家族的另外两家斗，和掌握军权的平民元帅斗，和约因虫族斗，对内骨肉相残。

单是季擒野知道的，家族内部针对季惜城的暗杀行动就不下五次。

但没有人能够杀死季惜城，他看上去像晨露一般脆弱，却又像岩石一般顽强。

老爷子看在小姑的分上，将不该出生的季惜城保下，但季惜城这个名字在家族里早就被抹去。

季擒野最不明白的是，季惜城的存在根本动摇不了季家其他人的地位，以季江围为首的草包仍将季惜城视作眼中钉。

季擒野一看季江围春风得意的模样，就认为必然是季江围设计将季惜城踢到了第九军区。

第九军区是什么地方?

战争最前线，直面约因虫族。别说在这儿当个小卒，就是高居将军之位，都是说牺牲就牺牲。

他们是要让季惜城死!

即便没有死在战场上，也可能死在训练场上。

季惜城极少离开浮空岛，除了去过几次霜离军校，几乎没有接触过部队，精神力时有时无，丢到作战部队里，等同丢入绞肉机。

季擒野自己吓自己，越想越觉得倒霉弟弟死定了，却忽略了一件事——倒霉弟弟并不是会被季家草包们玩弄于股掌的人。

倒是季江围，自以为终于除掉了季惜城，不知连流放第九军区，也只是季惜城的一个计划。

季惜城是主动放弃首都星，前往前线!

季江围被当作工具使唤，至今还觉得自己立了一功。

但季擒野还是挺想不通，“你实在不想再待在首都星，其实我可以帮你去其他军区，没必要跑这儿来。”

“这里不好吗？”季酒看着仅剩一半的柠檬水。

一片翠绿的薄荷漂在水面，像船承载着阳光。

季酒抬起眼眸，视线突然变得锐利，“我属于这里。”

季擒野起初没反应过来，几秒后骂了声粗话："胡说！他们说什么你就信什么？"

季酒不答，季擒野和他对视片刻，忽然感到一阵湿冷入髓的精神力。

"惜城……"

"你回去吧。"季酒道，"我去不了约因虫族的老巢，那这里就是最适合我的地方。九大军区，没有哪里离那里更近了。"

季擒野担忧道："你在计划什么？"

季酒问："你和他们一样害怕？"

"我只是担心你！"季擒野略显激动，桃花眼猛地挑起。

"计划当一个普通战士。"季酒平静地说，"像这儿的每一个人一样，抗击虫族，守卫联盟。"

季擒野将信将疑，他觉得季惜城和过去有些不一样了，又很难形容是哪里不一样。

非要说的话，是季惜城身上的死气消失了一些，竟然还能说出"守卫联盟"这种话。

半晌，季擒野问："你真打算一直留在这里？"

直到战死？

季酒点头，"不用再来看我。"

咖啡馆的每一个卡座都有虚拟墙，坐在里面等于有一片私人空间。

季擒野按了按脖子上一个形似颈环的东西，呈现出来的容貌逐渐发生改变。

他的真容比伪造的女相更为出众，只是这张脸轻易不能出现在公共场合。

他所佩戴的颈环是第一军区科研所的产品，能够干扰人的视觉和听觉，从而模拟出另一个人。但由于这东西极易被犯罪者利用，所以只有军方高层和有特殊身份的人能够申请使用。

"如果你想回来，随时联系我。"季擒野郑重道。

季酒却对首都星不再有任何留恋，"即便是第九军区以外，都比首都星更有趣。”

季擒野叹气，沉默了一会儿后又打起精神来，“那季家算是完蛋了。”

对联盟中心的那些权力斗争，季酒毫无兴趣，但季擒野一句接着一句，他也没阻止。

“金鸣家族和柏林斯家族都有能人，唯独季家全是季江围那种草包，你和我又对权力没兴趣，我看，只要老爷子从首脑的位置上下来，季家就翻不了身。金鸣家族那个谁，一心要取代老爷子，季江围根本不是人家的对手。说不定再过几年，首都星就要乱了……”

季酒左耳朵进右耳朵出，漫无目的地看着窗外的街道。

他们在二楼，是俯视的视角。

突然，季酒坐直了身子。

洛攸抱着一个花瓶，在街口走来走去，似乎是在等他。

季酒起身离席。

“招呼都不打就走！”季擒野一按颈环，又变为女相。季酒已经出了咖啡馆。

他不打算追了，摇摇头，看着倒霉弟弟向那个英俊的军人跑去，饶有兴致地“嗯”了一声。

洛攸确实是来等季酒，又觉得等在咖啡馆外不礼貌，所以就在街口站着。

“你姐呢？”洛攸往季酒身后看了看。

“回去了。”季酒没解释季擒野的身份，伸手想拿过花瓶，洛攸却不给，“你有那么多手吗？抱好花。”

其实洛攸对季酒的家庭还是有些好奇，但季酒不提，他也不好老问。

回家路上途径一个军方的宣传站，季酒停下脚步。

宣传站在安息城很常见，主要面向未成年人，介绍约因虫族，以及人类和约因虫族爆发的惨烈战争，激发少年们守卫联盟的意识。

“你想进去看？”洛攸问。

季酒迟疑了好一会儿，“可以吗？”

洛攸笑道：“当然可以。”

因为前来参观的大多是小孩，宣传站里没有过于血腥的图像，虫族的模型也和真实的有差别。

他们并不是真正的虫子，人类将他们称作虫族，只是援引地球时代科幻作品的用词。

那是一种和人类完全不同的智慧生物，拥有无穷无尽的形态，甚至能够模拟人类的身体，因此也按人类的习惯，被叫作约因人。

一百年前卡修李斯元帅亲口描述，约因人的皇帝是一片灿烂至极的蝶形雾体，辉煌耀眼，有如星云。

这超越了人们的想象范畴，绝大多数前线战士看见的约因人是不规则的块状沥青，有坚硬的躯壳和锋利的手足，能够随时变换肢体，分裂，与其他个体重组。

他们的繁殖、生存、进化，与人类以及一切人类已知的生物都不是同一种体系。

季酒不言不语地看着冲击感降低的投影，胃中涌起一阵阵恶心。

洛攸临时充当讲解员，照本宣科地说了半天，碰碰季酒的手臂，“吓着了？”

季酒看向他，“你面对过他们吗？”

“当然！”洛攸神采奕奕地跟季酒数起来，某年某月驱赶虫族的侦察舰，某年某月活捉间谍，某年某月击落地方歼击舰。

安息要塞关押着不少虫族，他们时而是污秽丑陋的怪物，身上的每一个孔洞都让人联想到深渊和泥沼，极其诡异，时而变作人形，孱弱无助，有些还是被洛攸亲手捉拿。

季酒欲言又止。

洛攸看出季酒有话要说，“你怎么了？”

季酒转过身，与面前的虫族投影几乎脸贴着脸。微弱的冷光打在他的脸上，一瞬间，他的视线如同无机质。

宣传站他经过了好几次，今天若不是季擒野来了，他不至于反复想起虫族，有一些细碎的声音在他大脑里嗡鸣，牵引着他进入宣传站。

而看着虫族的投影，他感到寒气从脚底蔓延，仿佛要将他拉扯去一个遥远的地方。

那个如同巢穴的地方，以家的名义呼唤着他。

“我们先出去。”洛攸以为季酒是受不了如此直观地接触虫族，连忙握着季酒的手腕，将人拉出来，还搂了搂肩膀，“没事啊，别怕。”

说着别怕，洛攸心里还是挺愁。

如果季酒这么怕虫族，那今后就无法上战场。

“不是怕。”季酒说，“我不怕。”

看着季酒苍白的脸，洛攸心说你都怕成这样了还嘴硬，但说出来的还是鼓励：“行，队长在呢。以后真上舰了，你还是跟着我，我保护你。”

两人抱着玫瑰花与花瓶回家，季酒站在桌边，将玫瑰从包装纸中拿出来，一枝一枝插进花瓶。

如果插得不好看，还拿出来，反反复复研究，认真得像个参加重大科研项目的学者。

洛攸洗完澡，收拾好房间，一看季酒还在那儿插花，不由得心急。

给花瓶灌好水，花一把丢进去不就完了吗？居然搞这么久！

洛攸在家里就穿一件黑背心，一条宽松的长裤，拖鞋都没穿，赤着脚跨坐在椅子上，头上搭着一条擦头发的毛巾。

他坐下时，季酒在百忙之中抽空看了他一眼，然后又专注地对付玫瑰。

他知道自己挺糙的，而季酒是矜贵的小玫瑰。所以他也没立即说季酒太磨叽，他倒要看看，经过季酒的妙手，他斥巨资买的玫瑰能美成什么样子。

但刚过了 5 分钟，洛攸就不大能坐住了。

他本来趴在椅背上，这时将椅子调了个方向，大剌剌地抬起右腿，踩在椅沿上。

他盯着季酒的手，既没有注意到在他做出脚踩椅沿这个动作时，季酒的视线转移到他身上，更没意识到自己的姿势有点……

不雅。

而且洛攸还没穿鞋，脚趾头一扭一扭的。

季酒轻轻皱了下眉。

洛攸见季酒拿着一枝玫瑰，手却半天没动，终于没耐心了，“嘿——”

季酒一怔，连忙将视线收回来，手指上却传来细微痛感。

洛攸这才抬头看季酒的眼，笑道：“酒酒啊，我看你还是改个名吧。”

季酒：“？”

“你就别叫祭酒的酒了，叫好久的久吧。”洛攸白生生的脚趾头还在扭，“这花你都插多久了还没插完。”

还有句话他没忍心说——也没见它比一把扔进去好看到哪儿去。

“唉你手出血了。”一滴暗红色的血在玫瑰的茎上滑下，洛攸从椅子上跳下，瞪着季酒，那模样颇有些长辈看小笨蛋的意思。

季酒低头，移开拇指。

就刚才洛攸喊那一下，他被刺给扎了。

“去冲水。”洛攸说着就要抢过玫瑰，“剩下的我来插。”

季酒却拿起花瓶向旁边一挪。

洛攸：“嗯？”

“我自己插。”季酒把桌上的花也移开了。

洛攸好气又好笑，“我帮你还不好？”

帮是次要，关键他受不了季酒这么磨叽，看着心里抓痒。

“是你送我的花。”季酒已经转到桌子的另一侧，“我可以慢慢插。”

洛攸服了。

他是不懂季酒心里那些弯弯绕绕，季酒非要自己插，他也只能由着。不过季酒手给扎破了，得消毒，花是从外面买回来的，谁知道刺上有没有什么病毒。

"来，上个药总行吧？"洛攸提着医疗箱回来，哄小孩儿的语气。

要塞有医疗机器人，他这儿可没那么多设备，只能自己捣鼓瓶瓶罐罐。

季酒看看医疗箱，伸手拿药，手背却被打了一下，接着手腕被抓住。

"你乱动什么？"洛攸心道小孩儿真是不让人省心，捉着季酒的手就是一通喷。

药雾在空气中散开，非常强烈的味道。

"好了。"洛攸处理完伤，冲季酒笑，"你继续插吧，插出花儿来！"

季酒莫名其妙。

这本来就是花。

他插得慢，是因为这是礼物。抱着珍惜的心情摆弄，不由得就慢下来，有些角度怎么换也不满意，但仅仅是因为不满意而不断调整的过程，也让他感到愉悦。

这好像很矛盾，不满和愉悦竟是同时出现。

他沉浸其中，洛攸却来催他，想粗鲁地将玫瑰一把丢进花瓶。

这怎么行？

季酒在那儿继续折腾玫瑰，洛攸跑上跑下收拾行李。假期马上结束了，他得带着季酒回安息要塞。

回家时只带了一个没装满的背包，走的时候要带的行李就多了。

收着行李，洛攸心情有些沉重。

不是上班如同上坟，他热血而忠诚，不畏牺牲，每次结束休假都是意气风发回到要塞。

但这回不同，他带了个季酒。

为啥要带季酒呢，是因为想让季酒融入第九军区，早日和风隼的兄弟们打成一片。

现在看来，这任务好像没有完成。

季酒只会对他笑，乐意跟他说话，对其他任何人还是冷着脸。

今天在街上他可是亲眼见识到了，季酒对家里的姐姐都爱答不理。

这简直没救了。

洛攸焦虑地蹲在地上，双手将头发抓成一堆乱毛。

想到季酒在摆渡飞船上被挤得气鼓鼓的样子，这次洛攸很贴心地提前预订了豪华飞船，而且没跟季酒说。

季酒问他坐什么回去时，他还假装不走心地说：“和上次一样啊。”

说完悄悄瞄了季酒一眼。

季酒点点头，好像很平静。

他就期待上了。

这季酒酒，明明就想坐豪华飞船，却不好意思开口，一听回去还乘普通飞船，就闷闷不乐。

那真到了港口，他领着季酒去豪华飞船的等候厅，不就是送给小玫瑰的惊喜吗？

洛攸对自己的计划很满意，迫不及待地想欣赏季酒得知可以坐豪华飞船时的表情。

肯定很可爱吧？

一定很可爱的。

眼睛睁得圆圆，光在瞳孔里流动，唇角渐渐弯起好看的弧度。

再冲他激动道：“队长，谢谢你！”

唉打住！洛攸甩了下头。他还没见过季酒酒欣喜若狂的样子呢。

不过在出发之前，发生了一件出乎洛攸意料的事——季酒被人袭击了。

那天晚上，季酒倒了一碗猫粮一碗狗粮，出去投喂流浪祖宗。

洛攸躺在二楼的床上放空，突然听见一声极低的枪响。

他猛地从床上跳起来，拿上配枪夺门而出。

刚才那一声普通人根本反应不过来，那是激光枪发射时的声响。

安息城禁止使用激光枪，居住区更不应该有激光枪。

深夜枪响，只可能是暗杀！

季酒出去了就没回来，洛攸暗骂自己大意了，SS级的精神力放出，如一张巨大的网在夜色中荡开。

几乎是一瞬，他就捕捉到了季酒的位置，同时感知到一道陌生而诡异的精神力。

这道精神力之所以诡异，是因为他能够判断，它的等级很低，高等级的精神力顷刻就能将它扫荡。

但它却像冰冷潮湿的针，清晰而尖锐地扎进神经。

不可驱散，不可压制，极端低劣，却能够刺穿厚重博大的精神力巨网。

即便是洛攸，也陡然感到一种犹如附着在肺腑骨骼上的恐惧。

但他顾不得可能存在的危险，拔腿飞奔，周围的景物抽象成混乱的光带。

前方突然闪出一道虚影，他急停，看清来者是季酒。

而刚才感知到的精神力已经消失得无影无踪。

拐角的后面，洛攸看不见的地方，传来痛苦的号叫。

洛攸迅速赶到季酒身边，季酒低垂眉眼，掩藏住神色。

街墙上有一道被激光枪扫过的黑痕，灯光的阴影中躺着两个人。

“不要看。”季酒拉住洛攸的手臂，声音很轻，“我们回家吧。”

但洛攸怎么可能就这么跟季酒回去?

眼前的情形很显然是季酒被袭击了，而且对方的工具是激光枪！季酒在自己赶到之前，就制服了对方，刚才那诡异的精神力很可能是季酒的精神力!

洛攸向地上的人走去，季酒也跟了上来。

看清那两人时，洛攸提起一口气。

两人身上没有任何伤痕，但面色惨白，大张着嘴，喉咙不断发出嘶哑的吼声，像是见到了极其骇人的一幕。

洛攸蹲下，手在二人眼前晃了晃，毫无反应，瞳孔呈散开状态。

洛攸拧紧眉心。

他记得这两个人，是回到安息城的第一天晚上，骚扰季酒的人。

他们已经被治安队缉拿，前几天那个叫什么克鲁伊的还亲自来跟他道了歉。结果居然又被放出来了，还袭击季酒？

洛攸转身望着季酒，“怎么回事？”

季酒说，他喂狗时察觉到危险，及时避开激光枪，并释放精神力，发现了这两个偷袭者，而他赶到他们的藏身处时，他们就已经是这副模样。

洛攸第一反应是不可能。

这两人的精神力是低等的 D，而季酒的精神力他不是没有感知过，毫无杀伤力。

季酒不应该单凭精神力就将这两人变成现在这样。

可他也不认为季酒会对他说谎。

季酒解释完就沉默地站在一旁，漆黑的双眼注视着他。

洛攸一时有些乱，想来想去，决定先通知治安队。

不管怎么说，非法使用激光枪，这是一起严重的治安事件。

治安队长匆匆赶到，面如土色，说亚瑟·克鲁伊来之后，他们就将人口贩子关押了起来，这两人是最无足轻重的喽啰，哪想今天早上突然不见了，监控系统被人为破坏，查不到是谁将他们放走。

洛攸亲自审两个暗杀者，但他们对外界的刺激已经全无反应，像虫脱下的壳。

这事要深挖下去，不是没有办法，可洛攸对当时出现的精神力非常在意，多了个心眼，没让治安队申请医学协助。

治安队长最怕自己的辖区出大事，见洛攸不追究，松了口气，立即把暗杀者关起来，并殷勤地告知洛攸，激光枪可能来自第一军区。

洛攸马上联想到季酒的家庭。

“跟我说实话。”洛攸屏蔽掉所有干扰，“那两个人为什么袭击你？”

季酒抿着唇，眼中丝毫没有遇袭后的恐慌。

洛攸说：“是你家里的人？”

片刻，季酒点头，“我能处理。”

洛攸盯着季酒，半分钟后才道：“以前的事，你不想说，我不勉强你。

但有一点，我必须确认。”

季酒说：“嗯。”

洛攸问：“他们真的是因为你的精神力变成那样？”

季酒张了张嘴，“是。”

季酒话音刚落，瞳孔便骤然一缩。

洛攸释放出威慑性极强的精神力，如成千上万条看不见的丝线，将他牢牢围困起来。

“洛攸？”季酒皱着眉，不解地看着面前的人。

就在刚才，他也被迫释放出微弱的精神力。但和洛攸对精神力稳定的掌控不同，他的精神力正在挣脱他的束缚，奔向洛攸。

洛攸面色凝重，眼中是季酒很少见过的认真。顶级精神力迅速扩散，如星尘之风扫荡而过，独特的气息冲击着季酒的每一条神经。

这是一场差距悬殊的较量。

洛攸想看看季酒究竟是凭什么将两个暗杀者逼到发疯的地步。

季酒的精神力他不是没有体验过，当初第一次在模拟舱对战，他就把毫无还手之力的季酒打进了医疗舱。季酒的精神力飘忽到可以忽略不计，在他的压制下，连招架都做不到，怎么可能伤害那两个 D 级精神力拥有者？

难道季酒这段时间进步迅猛，自己忽略了季酒的变化？还是说，那次只是意外？毕竟所谓的“精神力空白”对任何人来说都是个未知数，等同于无限的可能性。

洛攸谨慎地侵蚀季酒的精神力。和过去一样，他所感知到的属于季酒的精神力还是那么弱，没有攻击性，似乎也无法抗拒他的侵蚀。

但和那些精神力低劣的人不同，季酒并没有因为被他压制而显得痛苦，那看似扫荡一下就会消失的精神力也没有真的消失。季酒没退，而他在季酒眼中看到不该出现的兴奋。

季酒的神情向来寡淡，偶尔对他笑一笑，那笑容也很淡，此时的兴奋让季酒整个面容看上去生动起来，他略感愕然，精神力忽地一收。

季酒的精神力马上追了上来。

洛攸头一次遇到这种情况，低等精神力竟然敢扑向他，找死吗？

季酒躺在医疗舱里的情形还历历在目，转眼就能无视自己的压制了？洛攸想起之前和红蜚讨论过的事——季酒也许能够免疫精神力压制。

“你不怕吗？”眼看自己正在被季酒的精神力包围，洛攸问。

季酒摇摇头。

洛攸说：“那你试着攻击我。”

他倒要看看，季酒攻击人时有多大的威力。

季酒困惑地站在原地。

“就像你攻击那两个人一样。”洛攸喝道，“来！”

周围的精神力毫无变化，仍旧没有攻击性，却也没有褪去。

洛攸说：“季酒！”

季酒再次摇头，将精神力收了回去。

他不想攻击洛攸。洛攸的精神力是干净的风和雪，他的却是潮湿污秽的漩涡，会弄脏了洛攸，把洛攸卷入深渊。

“我攻击不了你。”季酒说，“我连你的屏障都突破不了。”

洛攸将信将疑。一方面悬殊的差距摆在二人面前，他不认为季酒在撒谎。一方面又不能彻底说服自己，因为这解释不了那两个暗杀者精神力体系被蛀空的情况。

“但你刚才没有受到影响。”洛攸说，“我侵蚀不了你。”

季酒看上去是在出神，实际上回味了一番，“很放松。”

洛攸瞪大双眼，“什么？”

季酒走到洛攸跟前，洛攸迅速卡住季酒的脖子。

季酒解释刚才那句话，“你的精神力很特别，它让我觉得放松。”

洛攸把人松开。

他的精神力绝对不是什么让人放松的东西，就像没有人会觉得激光枪、粒子炮舒服。

“你上次在模拟舱晕倒，是装的？”洛攸又问。

“不是。”季酒没撒谎，但那次是个意外。

在首都星，曾经有人用比洛攸更强的精神力对付他，他也毫无反应。细想起来，晕倒根本不是洛攸伤害了他，只是他用一种错误的方式向洛攸表达了他的“反应”。

面对一只锯嘴葫芦，洛攸没办法了，“好吧，那等你想说了再说。”

感受到洛攸的低气压，季酒跟上去。

“干吗？”洛攸没好气。

季酒说：“你生气了。”

问啥啥不答，我能不生气吗？洛攸在心里翻了个白眼。

这事他还真的不太好处理，小玫瑰像个麻烦，跟他回一趟安息城，先引来了人口贩子，然后差点打死队友，最后还招来了暗杀者。可他又不能把小玫瑰当麻烦，如果连他都不管季酒了，季酒在这第九军区还能依靠谁呢？这些事情如果让其他人知道，季酒更会被孤立，可能再也融不进风隼。

洛攸心烦意乱，重重叹了口气。

“你别生气。”季酒绕到洛攸面前，“你可以攻击我一下，然后就别再生气了。”

洛攸挺无语的。刚才他不就攻击季酒了吗？这家伙根本不受影响，仗着自己神秘莫测的精神力为所欲为。

洛攸此时也懒得多想，他烦着呢，正好有劲儿没处使，索性再次释放精神力，结果就眼睁睁看着季酒在自己面前栽了下去。

洛攸看傻了眼。

不是不受影响吗？怎么说倒就倒了？

季酒是故意的。他想让洛攸消气，却没有别的办法，眼看着洛攸要丢下他离开，他只好像上次那样向洛攸拆去所有防备。

上次是本能，这次却是故意的。

洛攸不清楚缘由，内疚自己干了傻事，心急火燎找来医疗机器人，几小时后季酒终于醒了。

“洛攸。”季酒精神不太好，说话软绵绵的，“你不生气了吗？”

洛攸硬邦邦地说：“你那精神力到底怎么回事？时灵时不灵？”

季酒说：“不知道。”

洛攸头都大了，暂时决定放下这件事。他们马上就要回安息要塞了，担心太多也没用，今后好好盯着季酒就行。

悬浮车载着半车厢的人驶向飞船港口，不久接驳出发的大厅。洛攸瞄了季酒一眼，心道：快看，有没发现哪里不一样？

普通摆渡飞船和豪华飞船的等候厅不一样，后者人少，设备先进，各方面都比前者优越。

季酒朝前走了会儿，回头说：“我们走错路了。”

洛攸乐死了，“没，我们就在这儿上飞船。”

季酒皱眉，“但和上次不一样。”

“当然不一样！”洛攸指着侧面的光屏，“看到没，豪华飞船等候厅！”

季酒眉心皱得更深了。

洛攸却压根没察觉到他的不满，还以为自己送了个大惊喜，“酒酒啊，回来时你不是被挤着了吗？嗐，我知道，普通飞船就那样，又挤又臭，运气不好，包还会被人踩几脚。所以这次呢，我提前买了豪华飞船的票。”

说着，洛攸从个人终端里点出虚拟票，还朝季酒抖了抖眉毛，“不用谢，这是队长该做的。”

季酒沉默，并没有表现出洛攸以为的欣喜若狂。但洛攸觉得，这只是因为季酒比较内敛。

季酒不一直都这样吗？

距离上船时间还有半个多钟头，季酒突然说：“我们把票退了吧。”

洛攸：“啊？”你再说一遍？

“我想坐普通飞船。”

“为什么？”

“……因为便宜。”

洛攸大笑，“我缺那几个钱吗？你还担心起钱来了！没事，放心坐，不用给我省钱。”

季酒找不到别的理由，而且最近一趟普通飞船刚才已经出发了。他抿了下唇，跟着洛攸去排队。

豪华飞船果然气派，一人一座，还有虚拟墙，一旦升起来，就可拥有不受打搅的专属小空间。

洛攸很负责地帮季酒把虚拟墙升起来，“这环境不错吧？你睡一会儿。”

季酒马上拆掉虚拟墙。

洛攸：“你不要虚拟墙吗？”

季酒：“嗯。”

“好吧。”洛攸点点头，“那我要。”

一道虚拟墙在季酒眼前升起，阻断了视线。

季酒：“……”

洛攸难得坐一回豪华飞船，打算把各种服务享受个遍，把自己关在虚拟墙里一会儿打游戏一会儿听音乐，还点了个全身按摩，爽够了才把虚拟墙拆掉，一眼看见季酒盯着自己，情绪低落。

洛攸吓一跳，“怎么了酒酒？”

季酒别过脸，“我不会用，你不教我。”

洛攸：“……”

内疚，这就教！

回到安息要塞后，季酒还是老样子，积极训练，有事没事跑模拟舱里折腾自己，集体活动从不缺席，但除了洛攸，谁都不搭理。

洛攸也不能随时带着他，回来才两天就上舰巡逻去了。季酒想跟着，洛攸没答应。上舰不是闹着玩，季酒现在还没那本事。

洛攸前脚一走，在季酒的拳头下差点把命丢了的李萨克回来了。脖子上戴着个滑稽的医疗环，凶神恶煞地冲到三支队营地，趁着洛攸不在，想教训教训季酒。

李萨克战斗力不错，不然也当不上六支队的副队长。但心眼只有针那么大，易怒易妒，吃了亏必须讨要回来，又不肯光明正大地和人较量。他的算盘打得不错，风隼谁都知道季酒孤僻，三支队自个儿的队员都看不惯季酒，只有洛攸平时还顾一顾季酒。现在洛攸人都不在第九军区了，他把季酒提溜出来揍一顿，三支队说不定还给他摇旗呐喊。

“有事儿？”江久不知道季酒跟李萨克的过节，见六支队一伙人在自家门口杵着，走过去一挡。

他挺瞧不上李萨克，这人是洛攸的手下败将，输不起，老针对洛攸，这回说不定又是来找洛攸麻烦。

笑话，当三支队的兄弟们是吃闲饭的吗？想动洛攸，他江久第一个不答应。

“是有事儿。”李萨克脖子没好利索，直挺挺地僵着，“想找找你们队的小少爷。”

“季酒？”江久警惕地打量这帮人，“你们找他干吗？”

李萨克阴笑，“不干吗，就玩玩儿。”

要说三支队里谁最不喜欢季酒，那非江久莫属。

江久这人，是个彻头彻尾的慕强主义者，自己就够厉害，眼睛冲着天，队里只服洛攸和红蜚，季酒这种小白脸儿哪儿能入他的眼？再者，自打季酒来了后，洛攸就开启了带娃模式，又是打指导战又是陪体能训练，时间耽误了一大堆，值吗？还有，季酒和他名字同音，季酒配吗？

但不喜欢季酒是一回事，让李萨克这种人骑在季酒头上是另一回事。季酒要真在洛攸巡逻时，被外人给欺负了，那丢的是三支队的面子。

洛攸走之前还把他们几个找来谈了个心，拜托他们多关照关照季酒。

李萨克说完拿出巴掌大一瓶酒晃了晃，“兄弟，行个方便？”

那酒是安息城最受欢迎的“金眼泪”，贵得离谱。江久扫了眼，冷笑道：“没那么多方便。把话说清楚，季酒招惹你了？”

动静引来更多人，大伙儿一看是李萨克，都没给好脸色。达利梅斯喊道："老李，你脖子歪了？"

李萨克额头绷出青筋，伪装的客气也不要了，"季酒呢？"

江久乐了，"你这脖子，别是他给你撞歪的吧？"

众人哄笑。

李萨克吃了个闭门羹，越想越气，索性跑去跟血皇后告状，说休假时被洛攸和季酒给当街揍了，脖子至今没好。

鹰月最近忙着调试新战机，哪有工夫管这些鸡毛蒜皮的小事，手一挥，"那你们约一场架不就行了？"

李萨克惊道："这可是你说的？"

风隼纪律严明，可以切磋，但禁止私斗。

"没让你们肉搏。"鹰月视线在李萨克脖子上一扫，"就你这状态，不怕季酒照着你的脖子又来一拳？"

李萨克："……"

鹰月赶人，"去模拟舱打，不管什么结果，打完这事儿就算过。"

李萨克对季酒那一拳心有余悸，要是真来一对一格斗，他说不定会打退堂鼓，但进模拟舱就好办了，他一个S极精神力拥有者，对付季酒等于屠杀。

血皇后还说打完这事就过了，那也得打完啊，人机一连接，他可以直接把季酒给废掉。

反正打模拟战是血皇后决定的，洛攸回来发现小少爷成了植物人，那也和他没关系。

谁知模拟战还没开打，他李萨克被季酒一拳打破喉咙的事就在风隼传开了。别说其他支队的见着他就嘲，就是六支队自家人也觉得好笑。

李萨克气急败坏，"谁嚼舌根子？"

"这叫嚼舌根子吗？"江久一把将他推开，"某些人自不量力，洛队懒得跟他一般见识，他还非要凑上来，被洛队的小跟班收拾了吧？"

安息城的事季酒自己没说，但三中队已经查清楚了。达利梅斯添油加醋，绘声绘色，把季酒描述成了队长不顾自身安危，勇斗恶魔的英雄。

江久心里别扭，一方面觉得季酒做得对，一方面还是不大能接受季酒。

除了达利梅斯这种心特别大的，三中队大多数人想法都和江久差不多，对季酒的好感隐约多了几分。

模拟战开始之前，达利梅斯第一个跑去给季酒鼓劲，“酒酒，别怕！”

季酒眉梢一挑，冷淡地看着达利梅斯。洛攸现在酒酒来酒酒去，致力于推广他的新绰号，但收效甚微，这么些日子下来，就达利梅斯喊了声酒酒。

同样的音节，洛攸喊的好听多了。

季酒想洛攸，洛攸上舰后，他每天都在想洛攸。洛攸在安息城还跟他说，将来带他上舰，这回却反悔了，说他暂时还没有上舰的资格。

无非是嫌他不够强。

他可以变强的。洛攸走后，他加大训练量，身体的变化肉眼可见。晚上睡觉时他腿很痛，再过一段时间，他就会比洛攸高，比洛攸强壮了。他要困住洛攸，哪里都不让洛攸去。

洛攸得是他一个人的。

陆续有队员走向季酒。

三支队的团结在这时候就显露出来了。

江久犹豫半天，也朝季酒走去，提醒道：“李萨克阴险，你跟他打，别抱和洛队打的心态。他很可能会直接攻击你的精神力，到时候你别慌张，启动模拟舱的精神力保护程序，就能够阻断他的进攻。”

季酒看着江久。江久马上不耐烦，“看什么看，他精神力S，你空白，只要他不讲道德，你又没及时启动保护程序，你就会被他打成植物人，懂吗？”

李萨克趾高气扬地经过，冲季酒做了个侮辱性的手势。季酒冷眼睨视他，紧随其后进入模拟舱。

人机完成连接，模拟战正式开始。

观战屏旁分为两大阵营。六支队那边轻松热闹，李萨克教训季酒，不是打着玩儿吗？三支队这边却紧张沉默，几乎每个人都为季酒捏了把汗。唯独副队长红蜚抱臂站在最后，若有所思地盯着观战屏。

这场模拟战是血皇后安排的。鹰月这女人看似很不靠谱，却从来不掉链子，对手下的队员摸得清清楚楚。她能不知道李萨克心怀不轨，想在模拟战中伤害季酒？既然知道，还由着李萨克，那必然是有其他考虑。她是不是想用李萨克来考验季酒的精神力？

交锋正进行，两边都在部署和搜寻阶段。李萨克模拟战打过无数回，歼击舰也上过，在经验上能吊打季酒，精神力铺开，迅速锁定季酒的位置，武器系统随之启动。

反观季酒，却像是还没有进入作战状态，守在己方的坐标点上，精神力仅是维持人机连接，分不出余力拿去对付李萨克。

李萨克操纵歼击舰靠近，季酒已经在导弹的射程中。李萨克兴奋地舔了舔上齿，计算可能出现的偏差和季酒的反导能力。他并不急着这么快给予季酒致命一击，他要慢慢玩季酒，很显然季酒根本没有能力与他打攻击战，只能被动防御，他每一发导弹都给季酒留一线生机，在季酒彻底疲惫之时，用精神力摧毁季酒！

这一刻，他对洛攸的不满尽数转移到季酒身上，这个首都来的小白脸害他颜面丢尽，他就算杀了季酒，也只是报仇！

“小少爷怎么回事？”江久越看越着急，“他连防御都没开，等着李萨克来屠吗？他疯了？”

达利梅斯捏着拳头，“他自从完成人机连接后，就没啥操作了。完了完了，李萨克杀过来了！”

大家七嘴八舌嚷开，“啧，季酒也太没斗志了，知道打不过，连试都不试一下。”“亏我刚才还给他鼓劲儿，咱三支队输阵不能输人啊！”

模拟舱里，季酒的双眼像是蒙着一层冰冷流动的黑云，肢体一动不动，没有进行任何操作。然而就在所有人都认为他正坐以待毙时，他那飘忽的精神力已经无声无息地蔓延出去。

顶级的精神力能织就一张铺天盖地的巨网——比如洛攸的。

他的却只是轻轻的几缕几丝，时而消散，时而聚拢，如同宇宙中不起眼的杂质。

李萨克逼近了，季酒眯着眼，稍稍催动精神力，用防御系统“吃掉”射过来的导弹。接着，又是几枚导弹，他开启自动功能，注意力转移到跑得太远的精神力上。

是的，在谁都没有察觉之时，他那脆弱的精神力已经完成对李萨克人机的入侵，只要他想，他马上就能获取李萨克的战舰权限，摧毁李萨克的精神力系统。

当然，他知道李萨克在计划和他一样的事。李萨克此时的进攻只是幌子，李萨克打着这个幌子让精神力疯狂扩张，已经侵入了他的地盘。

“好臭。”季酒自言自语。

李萨克的精神力让他感到恶心，而那个蠢货此时还自以为入侵成功，殊不知再强大的精神力对他而言也不过是一片风。区别只在于是好闻还是难闻。

精神力已经覆盖季酒的歼击舰，李萨克忍不住大笑，咬牙切齿道：“别怪我啊小兄弟，这一拳老子可忘不了！”

一看李萨克放弃正面进攻，江久就知道是怎么回事，情急之下大喝道：“安全系统！”

但模拟舱里的人，根本听不到外面的动静。季酒状似木讷地等死，李萨克怪笑着撕扯季酒的精神力系统。

然而……

一秒，两秒，三秒！意料之中的警报没有响起。李萨克满目茫然，不明白季酒为什么毫发无伤。而就在这时，他猛然感到冷透骨髓的黑潮将自己包围，它们贴在他的神经上尖叫，邪恶、丑陋、暴戾仿佛都有了实质。

他的双眼突然变得空洞，人机连接混乱、断裂，像是有什么东西，顷刻间将他蛀空，仅剩下一具躯壳。

意识彻底消失之前，他都没反应过来这是怎么回事。

洛攸不知道这场模拟战，回来之后惊讶地发现，他操碎了心的季酒酒，已经成了整个三支队的季酒酒。

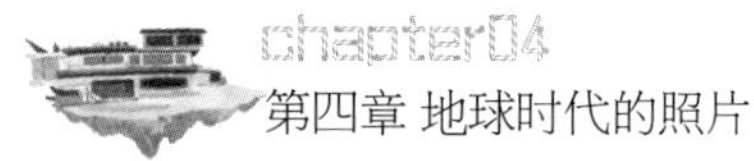

chapter04 第四章 地球时代的照片

“酒酒太强了！队长你是没看到，李萨克那浑蛋不安好心，血皇后让他和酒酒光明正大打一场，他上来就想废了酒酒！可我们酒酒是说废就能废的吗？我们酒酒以牙还牙以眼还眼！”

达利梅斯追着洛攸还原当时的战况，说得红光满面，有如自己上去打了一场。

洛攸怀疑这位和他一样没念过多少书的兄弟用错了词，但也懒得纠正。他刚从风隼总部出来，血皇后已经让他看过季酒绞碎李萨克精神力的一幕。

精神力并非实质，所以更无“完整”或者“碎”一说，但季酒完成入侵，并发动进攻的那一瞬间，洛攸脑中浮现的唯一一个词就是“绞碎”。

如果将精神力比作一缕缕丝线织就的网，李萨克的网灰飞烟灭，一丝尘埃都没有留下。

洛攸不是没见过这种情况，他自己就能轻易毁掉一个B级精神力拥有者的精神力体系。但李萨克的精神力评级高达S，居然被季酒打成这样。

鹰月笑起来，“现在你还认为他是个小废物吗？”

洛攸噎了下，“我什么时候以为他是小废物？那李萨克现在……”

“调去安息城的陆军战队了。”鹰月皱了皱眉，“多次严重违纪，风隼这舞台对他来说还是太小了。”

洛攸眸色一暗。

其实得知血皇后让李萨克和季酒打模拟战时，他就觉得不妥。李萨克阴狠,对队友也下得了毒手。季酒看似弱小,但要论狠,李萨克不是对手。这俩打起来，必有一方会重伤。

血皇后这是早就想收拾李萨克，却拿季酒当工具，更是早就想试探季酒的精神力，拿李萨克当工具，一举两得。但如果季酒那薛定谔的精神力掉了链子，那他现在看到的就是躺在医疗舱里的季酒。

“怎么，这就心痛上了？”鹰月半眯着眼，显得狡黠，“季酒在安息城杀了两个人的事，你想瞒着，我只能自己试。”

洛攸皱眉，“死了？”

鹰月点头，长腿跷在桌上，“季酒是个宝贝，也许真是下一个卡修李斯元帅也说不定。”

见鹰月不提将季酒送去进行精神力研究，洛攸松一口气的同时，心中疑虑也更多，“你不好奇季酒为什么有这样的精神力？”

“啧。”鹰月笑道，“我没那么多工夫。他肯定和首都星那些权力斗争有关。但这关我什么事？我倒是要感谢那些人把他送来，也许不久以后，他就会成为我风隼的王牌武器。”

此时，王牌武器正等在三支队驻地的飞行器起降口。

自从打败了李萨克，他就有了队友。不管干什么，都有人喊：“酒酒，跟上！”

洛攸费尽心思要他融入集体，他做到了。但其实他不喜欢随时随地都有队友簇拥着。他们有点臭，还很聒噪，吵得他脑袋痛。

不过既然这是洛攸的愿望，那他也不是不能忍受队友们的吵闹。

今天洛攸就要回来了，他拒绝了江久单一精神力对抗的邀请，已经在起降口等了一个多小时。

“洛攸！”

洛攸刚跳下飞行器，就听见熟悉的声音。循声望去，季酒穿着灰色训练服，站得像一棵挺拔的树。

树嘛，那就是一步都不肯挪的。

洛攸心里好笑。小玫瑰特意来迎接他，却只肯出声，不肯动，连手都不挥一下。

有这么迎接人的吗？

"酒酒！"倒是达利梅斯最热情，冲季酒喊，"我把队长接回来啦！"

季酒视线一直黏在洛攸身上，压根没分给达利梅斯。洛攸走近了，才发现他唇边带着一丝笑意。

"洛攸。"季酒又喊了一声，有些别扭地展开手。

"干什么？"洛攸假装看不懂，"手张这么开，学鸭子啊？"

季酒不说话，直盯着他。

"那就给你一个队长的抱抱。"洛攸一把将季酒捞过来，在背上用力拍了几下。

这一抱才察觉到，季酒不像以前那么单薄了。其实走过来时他就注意到季酒长了个子，虽然时间太短，不怎么明显，但确实比入队时高了。

风隼的宿舍是一人一间，条件优越。洛攸忙完队上的事，晚上回屋一看，干净得像是重新装修过一回。

"怪了。"洛攸找出家务机器人，这玩意儿他太久没用，已经坏掉了。洛攸自言自语，"谁来给我整理了房间吗？"

第二天体能训练结束后，洛攸一边擦汗一边扯着嗓门儿问："昨天谁来当了我的家务机器人？"

一群人咋咋呼呼，都说是自己。达利梅斯喊得最起劲："帮队长做清洁是应该的！"

季酒跟在后面，听见洛攸问时还挺高兴，正想说是自己，结果就被其他人抢了先。

这还能抢的吗？做清洁的明明是自己，他们怎么能厚着脸皮邀功？

挤在季酒前面的藏棒突然察觉到一股冷空气，转身对上季酒那张不悦的脸，“季酒酒，你干吗？你好吓人！”

季酒平时最不爱往人群里挤，江久他们跟他勾肩搭背，他也会躲开。这回却硬着头皮往里挤，盯着人群中心的洛攸。

当然，他也没有挤得特别费力，湿冷的精神力就像一把旁人避之不及的刀，帮他将人群驱散。

队员们一边开玩笑一边搓手臂上的鸡皮疙瘩，“季酒酒又拿精神力来唬人了！”

季酒走到洛攸跟前，将猩猩一样跳来跳去的达利梅斯扯到一旁，冷冷吐出两个字，“是我。”

洛攸：“嗯？”

季酒眉心轻微蹙起，神情比刚才生动了几分，“是我当了家务机器人。”

众人石化，洛攸托住自己的下巴。

季酒以为洛攸没听明白，又补充道：“你房间的清洁是我做的，和别人没有关系。”

全体爆笑，夹杂着几句“酒酒怎么这么较真？”“酒酒是在卖萌吗？”

洛攸也笑出了眼泪，揽着季酒的肩膀，从人群里挤出来，“真是你啊？他们都说是自己。我相信谁？”

洛攸是故意逗季酒的。其他人从来没帮他打扫过房间，他那狗窝就季酒来了才整洁起来，不是季酒还能是谁？

季酒认真看着洛攸，即便着急，也看不出多少情绪波动，只是眼眸深处的暗光晃了晃，“真是我。你不相信我。”

啧，把人给惹毛了。洛攸连忙顺毛，“跟你开玩笑的，谢了啊酒酒机器人。”

季酒唇角刚一弯，又收了回去，但笑意荡在眼睛里，遮不住。

“想笑还憋着？”洛攸说着往后面瞧了瞧，听见江久说——队长一回来就把酒酒抓走了！

对季酒终于融入集体这件事，洛攸当然开心。唯一有点吃味的是，他做了那么多工作都收效甚微，最后还得靠小玫瑰自己。

“唉——”洛攸叹了口气。

季酒立即关切地看过来。

洛攸和他对视片刻，心生开玩笑的念头，苦大仇深地戳着自己胸口道：“这儿难受。”

季酒大惊，“我们去医疗中心！”

“不是生理上的难受。”洛攸假把式地抽了两下，“我这趟回来，就发现酒酒不是我一个人的酒酒了。”

季酒：“？”

“虽然队长我很欣慰。但是你知道，人都是有点自私的，就这么一点。”洛攸说着将拇指和食指捏在一起，比了个极小极小的手势，“你看你现在多受欢迎，你是大家的酒酒了。”

说完，洛攸还夸张地吭了吭。

他都做作成这样了，换作其他人，马上就会拍着他的肩膀说，洛队，你差不多得了啊。

可季酒不是其他人。

季酒眉心比之前皱得还深，瞳孔里流动的黑雾凝聚，谁也看不清里面到底有什么。

“不是大家的。”季酒突然释放精神力。那些邪恶的、污秽的精神力，竟然变得出奇温和。

“嗯？”

季酒说：“我只为你战斗。我会努力训练。变强之后，你就会带我上舰了。我不想再被你丢在基地。”

在客运星舰和歼击舰里看见的宇宙是不一样的。

为了满足乘客们对太空的好奇，几乎所有客运星舰都设有专门的观景舱。只要支付不等的费用，乘客就能在限定的时间里进入观景舱，从狭窄的窗口或者镜头一窥浩瀚的宇宙。

季酒也买票看过。但和那些一窝蜂挤向观景舱的乘客不同，他对观景本身并无兴趣。他所感兴趣的是跃迁时嗅到的味道。

但遗憾的是，跃迁前后观景舱不开放。星舰在航道上平稳航行时，他进入观景舱，只看到了一团漆黑中些许暗沉的光斑，不免失望。

而歼击舰的控制舱视野极其辽阔，顶尖观测成像系统能够将人视觉范围以外的景象铺成在眼前，利用精神力进行人机连接后，视觉会进一步延展扩宽。站在控制舱，几乎等同于飘浮在宇宙中。

季酒释放的精神力突然活跃起来——他“嗅”到了洛攸的精神力。

控制舱的舱门在 3 秒之后发出“嘀”的声响，洛攸穿着黑色的太空作战服，阔步走入。

“适应得怎么样？有没有感觉难受？”洛攸刚看过季酒的实时指标，没有太大问题。但指标并不能说明一切，这是季酒第一次上舰，目前巡逻舰队已经离开安息要塞的管控辐射区，换言之，他们正航行在危险又迷人的荒野，他有必要时刻注意季酒的情况。

随着洛攸靠近，季酒“嗅”到的味道更强烈了。他意外地发现，进入太空后，洛攸的精神力像是综合了某种东西，变得更加纯粹。

“问你话，傻盯着我干吗？”洛攸笑道。

距离他从血皇后那儿领回季酒，已经过去一年。竹竿一样随风倒的小玫瑰已是挺拔的军人，腰腹隆起和他相似的肌肉，身高更是一通狂长，精神力趋于稳定，人机连接不再莫名中断，前不久终于通过了严苛的上舰考核。

季酒慢悠悠地收回视线，语气冷冷淡淡的，“不让看吗？”

洛攸说：“训练得那么辛苦，终于能上舰了，这辽阔的星海不够你看？”

季酒和洛攸一起看星海。

星图在全息影像中展开，而星图的后方，是虚无缥缈的宇宙。洛攸见季酒状态不错，就开始与他详细讲这次的巡逻航线。

“你在这个坐标遇到过虫族？”季酒指着星图上的 F79N63 坐标，眉心浅浅皱起。

那是位于第十军区一个废弃跃迁点的坐标。第十军区沦陷后，联盟军事力量被迫退至第九军区，虫族在短暂占领第十军区后，也迫于联盟的威慑撤离。目前第十军事就是个空旷却处处藏有危险的地方。

几年前洛攸和红蜚巡逻至此，与约因人的一支间谍舰队遭遇，打了一场，擒获多名间谍。自从这个隐蔽的跃迁点被发现，风隼每次执行域外巡逻时，都会过来绕一圈。

“嗯，表面和平维持了一百年，只发生过小规模战争，但他们从来没有真正放过我们。”洛攸神色渐渐凝重起来，“他们一直在第十军区活动，‘筑巢’，他们渴望用那些沥青吞没我们身后的联盟。”

听到“沥青”时，季酒瞳孔突然收紧。

洛攸似有所察回过头来，“怎么了？”

季酒摇头。

“我不知道其他军区是不是认为约因人再也不会打过来，但我们第九和第八军区到现在也没有放松过。”洛攸继续道，“他们退缩了一百年，说不定已经用这一百年做好了全面进攻的准备。”

季酒沉默地看着洛攸的侧脸和耳朵，一边听洛攸说，一边出神。洛攸的侧脸线条比正面锋利，更加英气，尤其是认真说话时，还会有几分冷厉的意味。但洛攸的耳朵却圆而钝，透着薄粉，恰到好处地中和了侧脸的凌厉。

洛攸手指在星图上圈了几个坐标，又画直线相连，“我们这一趟会绕行这些废弃跃迁点，最远会抵达凛冬角，航行途中每分每秒都可能遭遇伏击，尤其是靠近跃迁点和凛冬角的时候。”

洛攸收回手，转向季酒，“所以任何时候都不能放松警惕。明白吗？”

季酒跟着认真起来，“明白。”

洛攸与他对视几秒，心里还是有些不放心，多问了一句：“太空作战与陆地作战相比，最大的区别是什么？”

“精神力。”季酒说，“强大且稳定的精神力能够决定成败生死。”

洛攸视线一沉，“在执勤时一旦发现不能完全控制精神力，必须第一时间告诉我。”顿了下，洛攸补充道，“不止是执勤时，任何时候都要告诉我。”

季酒微微扬起唇角，“放心，队长。”

洛攸被叫得愣了下神。以前他经常强迫季酒叫自己哥哥或者队长，但季酒总是洛攸来洛攸去，最近他已经放弃了，季酒倒是将队长挂在嘴边。

洛攸回忆一番，季酒似乎是在身高完全超过他之后，开始叫他队长。从偶尔叫一声，到现在很少再叫洛攸。

洛攸也不明白季酒怎么就愿意屈服于他的权威，想来想去，只得出一个结论——小玫瑰长大了，懂事了。

“回程时，我们是走这条航线吗？”季酒将星图放大，圈出一个空荡荡的坐标点道，“克瀚氏城。”

洛攸略惊，“你居然能找到这个坐标？”

季酒不答，“经过的时候，我能看到它吗？”

这条航线洛攸已经巡逻过多次，如果不偏离航道，只能远远看见克瀚氏星的轮廓。他从那个生机与死亡并存的星球离开之后，再未回去过。

“看不到。”洛攸移开视线，撒了个谎。

季酒没继续问，点了点头。

这次执行巡逻任务的舰队一共有四艘歼击舰，其中一艘是指挥舰，舰体庞大，另外三艘是作战舰，能够接驳指挥舰。舰上纪律严明，除了轮休的队员，每人都在自己的岗位上。

初次上舰的新鲜感过去之后，枯燥感接踵而至。航行时间漫长，工作是密切注意探测程序发回来的数据。并不是每一次巡逻都会遇到虫族，但每分每秒，队员们都必须打起十二分精神。

初次上舰的队员都需要人带，带季酒的任务自然落到了洛攸肩上。

洛攸很负责，季酒一凑拢来，他就抓住人家传授经验，讲完盯着季酒的眼睛，“理解我的意思了吗？”

每次季酒都好学生似的点头。洛攸心中那个欣慰，终于在巡逻进行到 26 天时，拍着季酒的肩膀道：“像我们酒酒这样勤奋好学，天赋又高的战士，下次说不定就能独立带队执行任务了。”

季酒唇边的笑意马上消失，连眼神都冷了几分。

洛攸不明白自己这句话是哪儿没夸对，怎么刚才还好好的，一下子就不高兴了？思索片刻，洛攸乐了，都怪他夸得太直白，小玫瑰脸皮薄，不好意思。

舰队即将航行到凛冬角，所有队员进入战备状态。这是联盟放弃第十军区后，人类航行得最远的地方。一百年前卡修李斯元帅率领的太空军在凛冬角与约因皇帝激战，双方死伤无数，至今飘浮着数不尽的星舰残骸。而空前的战役改变了凛冬角的环境，曾有舰队在航行至此时神秘消失。

总之，这是一个暗藏着无数危机的地方。而联盟的战士们又不得不一次次冒着生命危险绕凛冬角巡逻，因为虫族很可能利用它周边变幻莫测的环境发动偷袭。

“1 号舰扫描完毕，未发现异常。”

“2 号舰……”

三架作战舰陆续发回报告，洛攸神经紧绷，精神力推到极限，在寂静无声的宇宙中蔓延。

没有虫族舰队，没有异常能量波动，精神力的探查和舰队扫描结果一致。洛攸极轻地吁出一口气，缓缓调整呼吸。

季酒就在洛攸身边，被浓烈得如同海啸的精神力包围。血液一点一点在身体里鼓噪，直至疯狂跳动。比血液更疯狂的却是他冰冷污秽的精神力，它们嘶吼着涌向黑暗深处。

在这个最靠近虫族的角落，季酒隐约听见了微弱的声音。那绝不是寻常生物能发出的响动，也绝非无生命的机械音。准确来说，他并没有真正听见，而是他的精神力碰触到了。

那些“声音”和他的精神力奇妙地交融，同样污秽、邪恶，仿佛诞生于同一个地方。而当他的精神力进一步扩张，“声音”像是惧怕一般，嘶鸣着退去。

舰队已经绕过了凛冬角的最远端，洛攸额角滑下一滴汗，谨慎下令道：“暂未发现约因舰队，持续警戒。”

指挥舰改变航向，季酒却仍旧看着无尽的黑暗。那些退去的“声音”在舰队调头时再一次翻涌，黑雾一般扑了过来。

季酒的眼睛陡然变得毫无光彩，“他们来了。”

“他们？”洛攸下意识看向光屏，舰队虽然已经返航，但雷达系统仍在高强度工作，反馈的信息并无异常，而他自己的精神力也未接触到任何可疑能量。

但季酒此时的状态极不寻常——平静地站立在控制舱，双眼穿过巨大的弧形舷窗，直视沉默的太空，语气毫无波澜，瞳孔像是失去焦距。

洛攸心中一紧，用力抓住季酒的手臂，“你怎么了？你的精神力感知到了什么？”

季酒缓慢地转过脸，看向洛攸。对视的那一刻，洛攸突然感到一种难以名状的恐惧。好像有什么东西紧紧拉扯住他，把他卷进了另一个控场。沥青一般的黑潮从脚底盘旋而上，将他密不透风地包裹起来。

洛攸猛地回神，大口喘气，手更加用力地抓着季酒，厉声道：“季酒！”

季酒的睫毛轻轻颤了下，眼中仍是无光，薄唇张开，声音却不像是从喉咙里发出，“他们来了，你感觉不到吗？”

洛攸的精神力已经放到极限，仍是毫无察觉。

季酒额头上却满是冷汗，仿佛被某种痛苦所折磨。“声音”追过来了，尖锐刺耳，密密麻麻，如同爬行动物细密的足。

洛攸不敢马虎，立即命令其余三艘作战舰变换队形，防御护盾打开。1号舰的舰长警惕地询问出了什么事，洛攸看季酒一眼，“附近有约因人的舰队。”

“什么？”

“进入一级战备状态，全部待命，听我指令！”

“1 号舰收到！”

“2 号舰收到！”

“3 号舰收到！”

洛攸太阳穴上滑过一滴汗，按住季酒的肩膀，“你能感知他们？”

季酒机械地点头。

洛攸问：“能判断他们的方位吗？”

这次季酒没有出声，放大星图，标出了四个坐标点。

洛攸顿感头皮发麻，这四个坐标点对他们呈围拢之势，如果他们就这么航行下去，就如同陷入流沙，难有生还可能。

季酒手指继续在星图上划动，声音冰冷，“还剩 46 秒。”

洛攸听明白了，虫族来势汹汹，46 秒就会完成“流沙”包围。约因舰队恐怕采用了联盟尚未知晓的隐身涂装，鬼魅一般袭来，所以他们的精神力和舰队雷达系统才会失效。

现在四艘歼击舰就像瞎子，但瞎子也必须撕出一条血路。他将队员们带向战场，也要将他们带回要塞。

洛攸大脑飞速运转，当机立断，命令舰队将动力开到最大，以最快速度向星图西南方向的巫云星撤退。那里有一个一百年来未曾使用过的跃迁点，一旦他们能够在包围完成前抵达那里，就有可能跃迁至安全地点。

但巫云星并不是最佳撤退路线，巫云星的东侧有一个他们不久前才检查过的跃迁点。

2 号舰领命极速前进，副舰长却提出疑问：“洛队，为什么去巫云星？”

洛攸来不及解释，就在刚才，他的精神力终于感知到约因人的存在。那是一波排山倒海的能量。

“他们在加速。”季酒再次开口，“他们在捕猎我们。”

洛攸全神贯注驾驶指挥舰，“能独立操作武器系统吗？”

季酒看着他，无声地点头。

“单纯撤退没有意义，我们现在只有赶到跃迁点的时间，但很可能无法在他们围剿我们之前成功跃迁。”洛攸出奇冷静，语速很快，但咬字清晰，“巫云星和跃迁点之间有一个第十军区的要塞，存放着巨量能量武器，联盟撤退时，没来得及处理它们。我们要赌这一把。”

季酒脸上仍像覆盖着一片冰霜，洛攸不确定他有没有明白自己的意思。但现在情况万分紧急，只能依靠季酒。

“我们携带的武器无法歼灭整个约因舰队。”洛攸再次打开通信，命令三艘作战舰继续朝跃迁点行驶，而他与季酒所在的指挥舰却轻微改变航向，驶向无人的要塞。

虫族迫近，舰队雷达系统捕捉到异常。

“把要塞和跃迁点当作我们的炮口和盾牌。”洛攸沉着问，“你能精准判定他们的位置？”

季酒说：“嗯。”

“那好，交给你了。”约因舰队已经发起进攻，能量炮爆发刺眼的光束。洛攸一边操纵防御炮台抵抗，一边驾驶指挥舰狂奔。

四艘歼击舰如同散开的流星，而它们的后方是宛如黑云的约因舰队。

抵达跃迁点时，三艘作战舰一刻不停，继续航行。而正在此时，指挥舰也已经绕过要塞。

约因舰队似乎无法理解眼前这些弱小的人类为什么明明是奔着跃迁点而去，却又没有进入跃迁点。

他们不想逃吗？

他们想死在这里吗？

然而，他们已经没有机会再思考。

四艘歼击舰的炮口同时对准要塞和跃迁点，巨大的能量被引爆，在约因舰队和联盟舰队之间筑起了一道光墙。

爆炸并未停下，连环扫荡，刹那间，约因舰队被白色的光芒吞没，黑云化为乌有。

洛攸看着前方的烈光，用力眯起双眼。在他旁边，季酒的眼睛不知从什么时候起，已经重新有了光亮。

季酒看看洛攸，又低下头，盯着自己的手。就在刚才，他从洛攸手中得到武器系统的权限，也是他瞄准要塞，按下了发射键。

那些附着在他精神力上的尖锐“声音”在爆炸的一刻达到峰值，在哭泣在呐喊在嘶吼，最终消失，就像浪潮褪去，海面归于平静。

约因舰队在爆炸中失去所有屏障，毫无遮拦地露出狰狞丑陋的躯壳。上百艘战舰被烧成一块千疮百孔的庞然大物，彼此攀附，细长的电光在黢黑的表面流动,看上去邪恶残忍,如同从某个不存在的地方被拉扯出来。

洛攸定下神来，“你还能感知到他们吗？”

季酒摇头，“都死了。”

劫后余生，四艘歼击舰像精疲力竭的战士，在茫茫宇宙中飘浮。好一会儿，洛攸才道：“计划只成功了一半。”

季酒说：“嗯？”

洛攸叹气，断开精神力连接，“我想活捉至少一名约因人，或者拿到一项样本，带回去让研究所的人看看，他们到底采用了什么技术，能够屏蔽我们的扫描系统和精神力。”

但现在已经办不到了。能捡回一条命已经是幸运。

洛攸缓过劲来，这才有工夫观察季酒。是季酒的精神力发现了约因舰队，否则现在被炸成空壳的就是他们。

季酒那无法判定等级的精神力，竟然还有这种作用。

洛攸走到季酒的座位前。

季酒沉默地感受洛攸的精神力。他的灵魂浸泡在污秽中，那是他刚爆发的精神力。而现在，干净的风吹拂而过，将污秽一块一块吹掉。

“你现在感觉怎么样？哪里有没难受？”洛攸尽力让自己镇定下来，以释放温和的精神力来安抚季酒。他不确定，经历过刚才的事，季酒是否受到了某种他看不见的损伤。

季酒眼神又钝了。

“季酒？”洛攸喊道，“季酒！”

季酒这才摇摇头，“我没事。”

突如其来的战斗消耗了舰队的能源储备，洛攸不得不提前结束巡逻，三艘作战舰缓缓靠拢指挥舰，接驳后组成一艘壮观的星舰。

洛攸和三名舰长一起重新规划了路线，选择伊理法尔斯星附近的跃迁点返回安息要塞。

季酒看过星图后皱起眉，“我们就这么回去了？”

洛攸瞧他这副失望的模样，以为他是因为第一次巡逻任务惨遭腰斩而难过，宽慰道：“将来有的是机会。”

季酒看看洛攸忙碌的侧影，欲言又止。如果在伊理法尔斯跃迁，那就不会经过克瀚氏城了。但这好像也是没有办法的事。季酒看得懂动力系统的各项参数,如果一定要去克瀚氏城的话,星舰在中途就会失去动力，成为一艘飘荡的棺材。

回到要塞，舰上所有队员第一时间进行全方位检测，确定没有大碍。洛攸向血皇后详细汇报遇袭过程，血皇后一边听一边看指挥舰上保存的记录，半天才抬起头，“所以这次多亏了季酒？”

洛攸点头，“他的精神力能够无视约因人的屏蔽系统。”

鹰月低声自语：“或者他的精神力和他们有某种相通之处？”

死里逃生，还带回了重要情报，大家都被授予荣誉勋章。洛攸的勋章很多，全都放在一个雕花盒子里。季酒却是头一回得到勋章。洛攸比他还激动，要给他别在胸前。

“我们酒酒出息了！”

季酒看着洛攸低头别勋章。洛攸打架厉害，但对付巴掌大的勋章却有点没辙，半天也没把勋章别上去。

但洛攸也不急，一边摆弄勋章后面的针一边跟季酒解释，“咱们这次虽然相当惊险，但还不算那种最不得了的军功，所以受勋仪式就是在队上领勋章。别不别都没事。像我吧，勋章拿到手软了，就不别了。你这是头一回，我得给你别上。将来你如果立了大功，那就有正儿八经的授勋仪式了。”

季酒说："那你呢？"

洛攸抬眸，"嗯？"

季酒问："你第一次得到勋章，是谁给你别的？"

"嗐——"洛攸终于搞定了勋章，开心地拍了两下，"我那会儿是个集体军功，一大堆勋章发下来，我和红蜚互相别的。"

季酒眼神沉了沉，"那下次我给你别。"

洛攸笑道："谁要你给我别。我是你队长，你个小队员，还想给队长授勋啊？"

季酒眯起眼，脑中浮现洛攸站在他面前，而他将一枚珍贵的勋章别在洛攸胸前的画面。

"小队员就不能给你授勋吗？"季酒问。

洛攸愣了下，"闹着玩当然可以，像我当时跟红蜚那样。但正式授勋的话……"洛攸说着笑起来，"我们酒酒怎么也得当上将军才行啊。"

在这之前，季酒的人生里从来没有目标这种说法。他出生在首都星的诡云疑雾中，在尚不记事的年纪，就被无数人推向死亡，然而那些盼望着他死去的人偏偏杀不死他。如果他愿意，他大可以继续留在第一军区，看着那些人因为他而受煎熬。但是首都星的一切都令他厌倦，所以他给了季江围一个机会，让季江围把他放逐到第九军区。

可惜第九军区陌生而野蛮的环境也没能给他多少刺激，他学着这里的战士喊守卫联盟的口号，必要时他可以为联盟献出生命，但和别人的热血愤慨不同，他不过是为自己找一件事做。

季擒野还在操心季家只剩下季江围这种酒囊饭袋，他毫不关心，就算季家轰然倒塌在权力游戏中，他也不会因此皱一皱眉。

但现在他突然有了目标。他想成为将军，有朝一日给洛攸戴上勋章。

洛攸并不知道自己的一句玩笑话意味着什么，每天像过去一样训练、执行任务。不过所有人都渐渐注意到，自洛攸带回约因人的情报后，日子变得越来越不平静。

星际战争是精神力的角逐，更是科技的对抗。联盟的歼击舰如果连发现约因舰队都做不到，那作战就更不可能。约因人退缩了一百年，除了小规模的骚扰和间谍行动之外，没有别的动作。他们已经掌握了新的隐形科技吗？如果联盟不能立即拿出对策，那等待着人类的将是一场毁灭性灾难。

洛攸、季酒，还有当时参与巡逻的其他队员屡次被请到武器研发所，配合军工工作者。季酒还因为精神力的特殊性，和精神力研究中心的学者打过交道。洛攸担心季酒被关起来搞研究，但学者们最终得出一个结论——季酒的精神力体系、身体都没有异常，能够探知到约因人、无视等级压制只是个体差异。

由于卡修李斯元帅的精神力也有相似的特点，所有季酒并没有被为难。

又是一年匆匆过去，风隼有了新设计的制服。第九军区虽然在紧要时刻，人人都可以扛起守卫联盟的责任，但征兵工作还是年年都在做。相对和平的日子也过了一百来年了，战后出生在第九军区各个星球的孩子们只在影像里见过约因人。军方高层担心这一代难以适应战争，所以经常搞一些宣传活动。约因人掌握了新科技的事更是让他们如坐针毡，今年的宣传活动搞得格外隆重。

血皇后接到指令，风隼要选出至少 12 人去安息城当模特。

以往这些活动，洛攸是铁定被抓壮丁的。风隼的战士虽然个个优秀，但长得俊俏的着实少，还都不乐意去。血皇后往年就特别头秃，今年上面的要求更多，说什么现在的小孩崇拜明星多过崇拜战士了，要挑脸跟明星差不多的。

鹰月从一支队巡视到七支队，眼睛都快瞎了，最后索性把担子撂给洛攸，“你看着办吧。”

洛攸能怎么办？问也不问就给季酒报了名。

季酒内心抗拒，但还没说出拒绝的话，洛攸就双手合十，顶在头上，冲他鞠躬，“酒酒，哥就这一个愿望，你一定要帮哥实现！”

季酒拧着眉，沉默地看着洛攸的发旋。

洛攸……只有这一个愿望吗？

半天没听见动静，洛攸歪着抬起脑袋。季酒和他的视线一对上，眉心就皱得更深。

“求你了酒酒！哥对你好不好？”洛攸马上数起来，“是谁陪你训练？是谁带你吃遍闹市街？是你带你看星辰大海？是谁……”

季酒眼神一沉，洛攸就挺着胸膛，乖乖闭了嘴。

他们站得很近，洛攸现在得微微抬头，才能看着季酒的眼睛了。他们小玫瑰经过两年的摧残，身高猛蹿，比他高出大半个头，身体也结实了，肩膀比他这个当队长的还宽。更重要的是，脸上的少年稚气消失了，眉眼已是成熟男人的凌厉。

但洛攸胸有成竹，他敢写季酒的名字，就是吃准了季酒一定会答应。

果然，季酒闷闷地点头，“嗯。”

“酒酒！”洛攸欢呼，“我们酒酒人美心善，救哥哥于水火！”

往年的宣传活动都是在安息城的军事营区举行，这回军方别出心裁，要搞巡街，来自不同部队的战士被混编在一起，浩浩荡荡去各个街区向孩子们传播从军的重要性。

换上新制服，季酒毫无疑问是最惹眼的一个，不过其他人也都是精挑细选出来的，英姿飒爽，差不到哪里去。江久他们打赌季酒这一趟出去能虏获多少少男少女芳心，然而一个上午下来，最受欢迎的却是洛攸。

“虫族很狡猾，他们会变成我们的样子来骗取我们的信任，他们的真实模样到现在也没有定论……不不不，蝶形星云只是约因皇帝的一种状态，是卡修李斯元帅看到的，我没见过，普通虫族可能无法变成那种样子……”

洛攸面带微笑，耐心地给孩子们讲虫族，讲到一半还在几个小男孩的吆喝下表演了一套格斗招式，引来满场喝彩。

小孩子们最喜欢他这样的哥哥——长得好看，老笑，眼睛亮，能说会道，还是个队长。能当队长那多厉害呀！

相反，季酒这样的，虽然面容无可挑剔，但脸上像覆盖着冰霜，眼神毫无温度，有小孩子怯怯靠近，一声“漂亮哥哥”还没喊出来，接收到他的眼刀，哇的一声跑走了。

不用回答小孩子那些无聊的问题，季酒反倒轻松，想去找洛攸。洛攸也很好找，聚集了一圈一圈小孩的就是。但找到洛攸，季酒就不轻松了。洛攸像一块磁力太好的磁铁，小孩们就是铁钉，几个不安分的小孩竟敢往洛攸身上爬！

季酒拨开人群往里挤，听到无数声“洛攸哥哥”，终于挤到近处，听见一个小孩说：“洛攸哥哥，那是不是我长大后去了风隼，就能和你结婚啊？”

周围的小孩热烈起哄，洛攸笑道：“你们来风隼是为了成为一名战士，守卫联盟。”

小孩瘪嘴，认真考虑起来，“那我就要想想我到底要不要去风隼了。”

洛攸又慷慨陈词一番，盼望在孩子们心里种下战斗的种子，然而小孩子都是视觉动物，个个都奔着“风隼制服真帅气”“成为军人也能像洛攸哥哥一样帅吗”去了。

算了算了，洛攸想，这也是一种激励吧。

洛攸应付完小孩，转头就看见季酒。季酒冷着脸，一言不发地盯着他。洛攸想小玫瑰肯定是被小孩们烦着了，小玫瑰长得这么好看，肯定有一堆孩子缠着，看看，脸都气白了。

洛攸好笑，打算走过去哄哄，结果那个要跟他结婚的小孩还追在他后面。

季酒眼风扫向小孩，小孩见势不对，耸起肩膀，转身就跑。

“你干吗呢，吓唬小孩儿。”洛攸笑着在季酒肩上捶了一拳。

季酒沉着脸，“你是队长，你不能结婚。”

洛攸气笑了。他 18 岁就进入风隼，怎么不知道有这条规矩？

“队长很忙，结婚会分心。”季酒歪道理一堆。

洛攸本来就没想过结婚，他连对象都没有，况且虫族的阴影越来越浓，他哪儿顾得上结婚啊？

“那是在干什么？”洛攸突然看见一侧的街道排着队，正好岔开话题。

打扮喜庆的店员过来拉客，说他们是刚拿到营业执照的文创店，追求复古，进去可以拍地球时代的照片，什么毕业照、全家福都能拍。

“酒酒。”洛攸喊。

季酒看过来，“嗯？”

星际时代纸已经失去过去的作用了，洛攸从来没有拍过纸质照片，“陪我去拍张照吧。”

“什么照？”

“就……全家福？”

五分钟后，两人拥有了一张复古的全家福。

回要塞后，季酒将照片小心收起来。去年他破天荒地给自己定了个目标——获得少将军衔。这个目标还有时间限制，得赶在洛攸成为将军之前。洛攸是少校，而他只是少尉，差得太远，他只能尽量多地执行任务，将差距拉回来。

这一年多，他陪在洛攸身边的时间比以前少了很多，洛攸如果要上舰，他一定会跟随，洛攸留在基地，他得到任务也会独自上舰。歼击舰在星海中飘荡，远离要塞，远离洛攸，最远到达过第十军区的边缘，再往前，就是约因人的星域。

他被那方黑暗所吸引，却想要彻底驱散那片黑暗。

遥远的第九军区在虫族的威胁下挖空心思培养孩子们的战斗意识，而联盟权力中心的首都星亦是暗流涌动，三大家族各怀鬼胎，平民政客与军官不甘居于人下，最高军事议会和中央军、联盟军委的矛盾日益突出。

苍老的季刑褚元帅还坐在最高军事议会首脑的位置上，无数头狼眼放绿光，垂涎欲滴，其中不仅有和他斗了一辈子的柏林斯家族、金鸣家族，还有他季家的子子孙孙。他们都等着他咽气的那一天。

编号 Q46 的浮空岛上，季江围正在自家庄园举办宴会，无数俊男美女衣着暴露，供贵宾们“享用”。要知道，这些作为助兴物的人并非下城或者其他军区的平民，都是富家子弟，或者偶像明星。然而在真正的权贵面前，他们不过是物件儿，削尖了脑袋想在这纸醉金迷的宴会中蹭个脸熟。

季江围是宴会的主人，心情却不怎么好，阴沉沉地坐在三楼书房里。

“你说你还是本家，怎么讨不到老爷子欢心呢？”金鸣许雾靠在窗边，揶揄季江围，“反倒让阿苦那种角色在老爷子跟前成了红人。你就不担心阿苦哄着老爷子，把你们季家的老本都给啃了？”

季江围刮了他一眼，“如果你来就是为说这些没用的，那趁早给我滚！”

金鸣许雾笑起来，“你就是不爱听意见。”见季江围神色更加不快，他举手表示投降，说起正事，“季惜城，两年前暗杀失败，我们就这么放着他不管了？我听说他在第九军区混得不错，还立了几次军功。你不打算再动手了？”

“你还有脸提？”季江围暴躁地抓住金鸣许雾的礼服衣领，“谁让你去暗杀他？他那种怪物，你杀得了他？”

“不试怎么知道。”

“试？从他出生开始，季家上下试过多少回？但他还是平安长到了 18 岁！”

金鸣许雾叹气，无奈道：“以前是在首都星，现在他都被你放逐到第九军区了，我怎么知道还是动不了他。”

季江围从听到季惜城这三个字起，眼神就变得异常阴鸷，仿佛那是一道追着他的鬼魅，“现在不是考虑他的时候，让他离开第一军区，我们就已经成功了大半。他在第九军区那种地方，过得再好也掀不起风浪。我们去暗杀他，不如交给虫族对付他。”

金鸣许雾笑得十足邪气，“这倒是，安息要塞那帮蠢蛋从小被洗脑，将牺牲当作荣光，季惜城最好也在那里获得荣光。对了，季擒野来吗？”

季江围脸色再次难看起来，“你问他干什么？”

“你不是叫了不少明星来助兴吗？”金鸣许雾目露贪婪，“季擒野，联盟最闪亮的明星，你请来了吗？他好歹是你的兄弟，你的面子他不该不给。”

“滚！”季江围警告道，“有的人不能招惹，我希望你记住这句话。”

chapter05
第五章 承诺

风隼是第九军区太空军里的精锐，为了提高效率，最近几年都是从次一级战队选拔新人，不再花时间自己培养。今年军方却制订了长远计划，要求风隼出一组经验丰富的战士，负责那些刚成年小战士的进阶。

上头点了洛攸的名字，但血皇后有些犹豫，现在约因人的威胁与日俱增，洛攸这种实战能力拔群的队长去指导新人，未免大材小用。可洛攸得知自己在名单里，马上就答应下来。

“你真愿意去？”鹰月颇感意外，“你的确在这份名单上，但我们尊重个人意见。这不是必须服从的命令。”

洛攸笑了笑，“总长，你忘了我是怎么成为风隼一分子的吗？”

鹰月怔了下，明白了，“行，你去吧，但你做好思想准备，一旦遇到紧急情况，我会立即命令你归队。”

领下任务后，洛攸立即着手准备。他是最后一批经由风隼特训营进入风隼的队员，在他之后，特训营就取消了。当年他不到 20 岁，空有优秀的身体素质和高级精神力，实战上却一片空白，那些时而严厉时而温柔的风隼前辈成了他的路标，他追逐他们，终于成为他们。现在他并不吝啬于将自己掌握的一切传授给更年轻的人，充当他们的路标。

新人都是18岁到20岁的小孩儿，经过初级选拔，各有所长，虎虎生气。洛攸看着他们，时常因为某个相似的细节想到季酒。

两年多以前，季酒也才18岁，少年的身板很窄，肌肉只有薄薄的一层，体能训练不太能跟上，在新的环境里有些迷茫。

现在早已是独当一面的军人了。

洛攸蹲在校场边，走了个神。

“洛队？”梵轻弯腰问，“你不舒服吗？”

洛攸抬头与他四目相对，连忙站起来，“没事，你跑完了？”

梵轻微笑，“嗯，我是第一名。”

洛攸说：“挺好。”

梵轻是这批新人里最出众的几人之一，洛攸很欣赏他。

季酒带队出了一个长任务，回到要塞才知道洛攸暂时离队带新人去了，有些生气，埋怨洛攸不跟他说一声。

下午，短暂休整之后，特训营开始了新一轮反应训练。队员们置身于布满障碍的虚拟空间，随时可能遭到袭击，当前阶段，仅有少数几名队员能够躲过80%以上的攻击，暂无人能够在躲过攻击的同时，反杀攻击系统。而这项训练进行到最后，成功反杀才算及格。

洛攸在控制室里盯着他们的每一个动作，专注地记下失误以及特点，供之后复盘所用。

这场训练进度已经达到四分之三，过半队员被系统击杀，剩下的大多数也筋疲力尽，坚持到结束的希望渺茫，只有那几名尖子还维持着良好状态。

洛攸的视线渐渐停留在梵轻身上。他穿着黑色作战服，看似瘦削，但耐力惊人。在这种强度的训练下，强大的耐力到了后期就意味着灵敏与迅捷。只见他身轻如燕，在连续攻击下翻转自如。洛攸自己就是风隼的速度第一人，一眼看出，他不仅是在躲避，更是在寻找系统的漏洞。

说不定梵轻将是这批新人中第一名击杀系统的队员。

但洛攸视线一转，看见出乎意料的画面——后方的十几名队员接连出现低级失误，被系统击杀。

洛攸皱起眉头，立即查看数据，发现导致他们失误的是精神力异常。

哪个搅屎棍不跟他说一声就闯进虚拟空间？洛攸马上调看监控。

这次的新人特训计划，带训的不止他们这些常驻教官，还有临时教官，也都来自风隼。这些临时教官被队员们称作“魔鬼教头”，因为他们总是突然杀到，不打招呼就“开虐”，新人们叫苦不迭。

但不给队员打招呼不意味着不给同事打招呼，洛攸被打搅了一次训练后就警告过自家兄弟，下次再来，必须提前告诉他。

可有一个人他没有通知到。洛攸现在经由监控，与他视线交汇。

季酒站在虚拟空间外，精神力却像疯长的根须，早已插入虚拟空间，整个虚拟空间都已成为他的掌中之物。

不，更准确来说，他已取得最高权限，现在他是虚拟空间本身。

而他只是平静地看着摄像头，仿佛知道洛攸正在看他。

季酒来了！这个认知让洛攸用力闭了下眼，再看，季酒还是站在那里沉默地看着他。季酒好像什么都没有做，控制台这边也没有发出遭到入侵的警报，一切都在平稳运行。可是洛攸知道不是，队员们在虚拟空间接连精神力异常，系统的攻击越发刁钻诡异，根本不是他预置的训练。

虚拟空间正在以季酒的意志发动攻击，队员们在季酒精神力的影响下不断失误，但系统没能识别异常，队员们也不知道自己失误是另一个人导致。洛攸心跳逐渐加快，明白这才是最可怕的地方！季酒的精神力什么时候强大到这种地步了？

洛攸手指悬在按键上，迟迟没有按下去，一旦按下，他和季酒的通信就将接通。屏幕上，系统的攻击更加怪异，除了那几名尖子，其余队员已经全部倒下。洛攸心一横，接通通信，声音里有他自己察觉不到的颤抖，“你在干什么？”

“洛攸。”季酒眼睛微微眯了下，仿佛正克制着某种兴奋，“我是今天的临时教官。”

“你……”洛攸尽量冷静，“你怎么不提前告诉我？我没接到通知。”

“不行吗？”季酒说，“你不也没有告诉我就离队了？”

洛攸脑中嗡嗡直响，那面巨大而清晰的屏幕上，他的队员被系统逼到绝境，包括梵轻在内，每个人都是精疲力竭、命悬一线的状态，而飞行器上发生的事却像一块块断裂的画片，突兀地覆盖在他眼前。

他说：“你先停下来！”

季酒摇摇头，“临时教官也有责任参与训练，我想看看他们的实力。”

“你这是……”洛攸把虐菜两个字吞下去，另一个词却脱口而出，“捣乱！”

季酒瞳光一转，虚拟空间白光忽闪，像是雷电突然降临，洛攸讶然地盯着屏幕，在白光之后，没有倒下的竟然只剩下梵轻一人。但梵轻的各项指标已经降到最低，没有继续作战的可能。

季酒好像很苦恼，“怎么还有一个？”

“季酒！你别闹了！”洛攸现在无法强行让虚拟空间停下，也动了火，“你有气冲着我来，折磨新人干什么？”

季酒沉默片刻，皱眉，“你心痛了吗？”

洛攸没想到会听见这么一个问题，神情僵住。

“你心痛他们。”季酒脸色更加冷沉，“你在心痛你带的新人。”

梵轻艰难地站起来，只走了一步却又倒下。终点离他还很远，以他此时的状态已经不可能完成这场训练，但他还是手脚并用，朝终点爬去。可季酒不给他机会，密集的攻击如同雨点，洛攸仿佛听见了虚拟空间里无声的惨叫。

“我心痛我带的队员，这有问题？”洛攸气红了眼，SS 级精神力突然爆发，飓风一般穿过建筑，直抵季酒。

这里是新人特训营，队员们很容易受到顶级精神力的影响，所以他轻易不会释放精神力，即便释放，也保持在平缓的水平。现在季酒激怒了他，充满攻击感的精神力刺向特训营的所有角落。等级低的队员痛苦蹲下，即便同为 SS 级的队员，也很难抵抗洛攸这威势暴涨的压迫。

季酒站在这道漩涡的中心，洛攸的精神力疯狂地缠绕着他。他愣了几秒，渐渐不那么生气了。

他本来就不该生气的。他只是不喜欢洛攸不告而别。他们拍过全家福，就是家人了，洛攸不管离队去做什么，都应该告诉他。

洛攸的冲动并未持续太久，第一波精神力放出去后，洛攸立即冷静下来，发现季酒对虚拟空间的控制出现中断，马上拿回权限，停下里面的所有攻击，医疗程序随之启动。

季酒已经不在意虚拟空间了，愉悦地“嗅”着精神力，脸上的戾气一点点消退。

洛攸出了一身冷汗，将控制台这边交给赶来的一支队副队长，迅速朝季酒赶去。刚才他清晰感觉到了陌生的杀意，像是从一团污秽中涌出，和在太空中与约因人遭遇时极其相似。这简直叫人不寒而栗。

季酒不可能有那样的杀意，当初季酒第一次为他伤人时，他就对季酒说过，风隼的战士，枪口不会指向自己的同胞。他不认为季酒会忘记这句话。

可那杀意又是怎么回事？在整个第九军区戒备最为森严的安息要塞，竟然有约因人的杀意？

洛攸站在季酒面前，近距离看着对方。季酒也一眨不眨地看着他，唇角动了动，似乎有话要说。

赶来路上的那些慌张和疑惑在真的见到这个人时突然消散了。洛攸看着那双漆黑的眸子，季酒还是他熟悉的季酒，他甚至看到了些许说不出口的委屈。

被顶级精神力扫荡过的特训营处处狼藉，医疗机器人和一组医疗官从他们身后快速经过，进入虚拟空间查看队员们的情况，其中一个机器人正用洛攸的声音说话。

洛攸将季酒带到自己的宿舍，往季酒面前放一杯水。

季酒没有立即坐下，颇有兴致地观察这间宿舍。

“今天怎么回事？”洛攸问。

季酒长长的睫毛在眼下投着小片阴影，眼神有些难过，“你来带新人，没有跟我说。”

洛攸就知道是这个原因，季酒是他带着成长的，虽然已经是很厉害的战士，但还是会依赖他。他说过要当季酒和家人、哥哥，却忽视了季酒的心理。这事是他做得不地道。

洛攸正想道歉，却听季酒说：“洛攸，你说过不会抛下我。”

洛攸立即道：“当然不会抛下你！这次真是忘了！”

想了想，洛攸叹气，“抱歉。”

季酒摇头，“我要的不是道歉。”

“那你要……”

“保证。”季酒说，“保证不会不辞而别。”

洛攸松了口气，“行，下次我执行任何任务，都告诉你。”

因为到特训营捣乱，季酒接到了血皇后的信息。

洛攸问：“说什么了？”

季酒给洛攸看，“她要跟我算账。”

洛攸一看，没忍住笑。医疗官跟血皇后告状，说今后特训营不再欢迎临时教官，尤其是那个姓季的！

“该。”洛攸说。

季酒回去之前还不放心地强调，“不要再丢下我。你去哪里，我都会去找你。”

季酒向血皇后递交了书面检讨后，正欲返回三支队，鹰月却道：“站住。”

季酒冷漠地注视她。因为季酒特殊的精神力，风隼上下多少有点忌惮他，但鹰月好歹是总长，冷冷回视，“我不干涉队员，但是，假如你的行为伤害到洛攸……”

季酒冷笑打断，“我唯独不会伤害他。”

鹰月说：“你话说得太早。季酒，你了解洛攸这个人吗？”

"他的事，我不需要从外人口中听到。"

"啧。"鹰月摇摇头，"我不得不告诉你，洛攸为联盟而生，在他心里，联盟将永远高于你，哪怕你是他认下的弟弟。"

季酒皱起眉。

"这就不高兴了？"鹰月冷笑，"你和洛攸之间，天生不对等，你们两个根本不是同类。"

季酒视线逐渐变得危险，"我尊重他的工作，他想去教导新人，我阻止了吗？"

"我应该夸奖你是不是？"鹰月迎着那道视线，"假如……我下面说的话只是假如，洛攸选择为了联盟战死，你还会像现在这样任他去吗？"

污秽而邪恶的精神力无声炸开，充斥这间堆挤着大量星舰模型的总长办公室，季酒说："没有假如。我在，他不可能面临这种选择。"

鹰月的精神力比洛攸更高，SS 后面跟着两个加号，但这一刻仍是被狂怒的精神力压迫得嘴唇苍白。她似乎还想说什么，但垂眸时眸光暗了暗，像是看到了掩藏在未来的某个厄运，却因为无力改变它而放弃。

"没有假如最好，但有件事我必须告诉你。"鹰月说，"洛攸来自克瀚氏城，他不是自然出生的人类。"

"我知道。"

鹰月点头，"那你知道从克瀚氏城走出来的人，都经历过什么吗？"

季酒额角紧绷。他曾经有机会去克瀚氏城看看，但是那次任务遭遇约因人袭击，舰队紧急改变航向。

鹰月摆摆手，示意季酒可以走了，却在门合上时轻声自语："他没有感情，所有克瀚氏人的归宿都是为联盟而死。"

季酒又要出任务了，而洛攸仍留在特训营。离开前，他去见洛攸，说起这次可能会经过克瀚氏城，洛攸张了张嘴，没说话。

那日血皇后说的话季酒一直惦记着。他知道洛攸是人造子宫孕育出来的武器，但洛攸没有详细说过成长经历，他也查不到克瀚氏城实验的细节。很多信息在传递的过程中早已失真，他必须亲自去一趟克瀚氏城，才能明白洛攸是怎样长大。

洛攸出神时，季酒看了看他的脖子，说："回来送你一个礼物。"

"什么礼物？"

季酒牵起自己胸口的挂坠，"和这个差不多的？你戴一条细链子一定很好看。"

第九军区惯来不在意首都星的政事，那太遥远了，绝大多数第九军区的人从没想过这辈子会去第一军区溜达一圈，约因人都比什么三大家族、中央军来得熟悉。但这回情况不同，特训营里上至教官下至队员，只要不是机器人，都在讨论首都星的权力斗争。

洛攸上午去带训，结果被队员们要求讲讲三大家族，他哪儿讲得出来，只好听队员们七嘴八舌争了一半天。

卡修李斯元帅虽然为联盟力挽狂澜，但对权力并无兴趣。战争结束后，他继续担任中央军元帅兼最高军事议会的首脑，却从不插手政务，首都星的实权仍被三大家族牢牢把持。因为长年征战，身体加速衰竭，卡修李斯元帅在尚未步入老年时便过世。此后，季刑褚在最高军事议会首脑的位置上一坐就是数十年。

现在首都星终于变天了。季刑褚不信任本家子孙，将金鸣家族的金鸣苦视作心腹，然而养虎为患，金鸣苦声称手上有季家当年谋杀卡修李斯元帅的证据，引警卫军围堵议会，囚禁季刑褚。

中央军和联盟军委本就分为不同派系，金鸣苦一起事，附和的附和，观望的观望，季家有几支不愿营救季刑褚，而金鸣家族亦有几支不愿支持金鸣苦，柏林斯家族等待渔翁之利，平民将领趁机谋划瓦解三大家族势力，谁也不信任谁，谁也不愿意失势，首都星乃至中央军控制的第一、第二军区已经乱成了一锅粥。

洛攸倒不关心谁能在这番政权洗牌中上位，他只是担心首都星这么乱下去，一旦约因人发动全面进攻怎么办？虫族上次全线压上，联盟丢了第十军区，后面几个军区尸横遍野。好在联盟空前团结，将星频出，才守住了大部分故土。现在如果真打起来，中央军自顾不暇，根本没有余力支援他们这些巡星军。

但洛攸再愁也没办法，他一个前线少校能干什么？也只能现在带好新人，将来真有那一天，他把命填上去。

想到这儿他愣了下。

与此同时，一位“熟人”再次来到安息要塞。

季擒野仍是女装扮相。要论现在谁是联盟第一明星，那非他莫属，他的影响力已经隐隐超过了许多政客，外出必须乔装打扮。

“惜城，你……现在长这么高了？”快三年不见，季擒野看到身穿作战服的季酒时还有些不习惯。

季酒正在为上舰做准备，很快他就要执行一次长距离巡逻。原本他不会接这种耗时过长的任务，因为中途洛攸很可能也会接到上舰任务。他可以独自上舰，但自从在凛冬角遭遇虫族袭击后，洛攸只要上舰，他就一定会跟随。

目前洛攸正带新人，如无意外不会接到上舰任务，并且这次舰队会前往克瀚氏城，他才接下任务。这趟出去，他就要把洛攸的成长经历摸清楚。

季擒野说着首都星的事，那张总是玩世不恭的脸上难得露出焦虑，“季江围那帮人果然是废物，都这时候了还忙着内斗，他和金鸣许雾勾结在一起，不想想怎么救老头子，只想搞死金鸣苦。这么下去季家就完蛋了！”

季酒一言不发地听着，冷淡地扫季擒野一眼，“说完了？”

季擒野说：“惜城，你跟我回去，有你我，还有伊萨，季家还落不到被废物们败光的境地。”

季酒看了季擒野一会儿，“你对季家的死活有兴趣了？”

季家有两个异类，暗的那个正是季酒，明的那个则是季擒野。季擒野对权力嗤之以鼻，在娱乐圈时尚圈好好当着帝王，这时候却突然想起自己也姓季。

“总不能眼睁睁看着整个家族被金鸣、柏林斯拍死吧！”季擒野瞪大桃花眼，“惜城，你一点不在乎？”

“我上次就说过，不用再来找我，我以前不在乎，现在更不在乎。”季酒整好作战服，“你回去吧。”

季擒野站在原地，看着季酒转身，觉得自己这个弟弟不一样了。上次季酒说不在乎时，是真的对一切都不在乎，但这次，他能察觉到，季酒有在乎的事，正是因为这件在乎的事，才更加不在意首都星和季家。

首都星的乱局还在继续，时常有政客遭到暗杀，季刑褚是死是活，到底被关在哪里，少有人知。特训营的新人们起初天天议论，久而久之也麻木了，被洛攸押着认真训练。

再过不久，他们中能够通过最终考核的人就将成为风隼的正式队员。洛攸心中充满成就感。季酒回来的时候，他应该也回到三支队了。

舰队在克瀚氏城附近的要塞进行补给，季酒驾驶单人飞船前往克瀚氏城。这已经是一个被遗弃的星球，科学家们早已离开，最后一批武器被输送到各支军队，连变成怪物的失败品也被卖到各个星球。它酝酿出畸形的生机，然后在死亡中被放弃。

季酒用精神力探路，遇到了几个未被带走的怪物。它们奇形怪状，有三个以上脑袋，未完整发育的肢体像肿瘤一般缀在身上。季酒本想了结它们，毕竟它们看上去活得很痛苦。可开枪之前季酒犹豫了。

它们和洛攸也许出生于同一个人造子宫。

耗费不少时间，季酒找到了当年的研究中心。残存的记录里他没能找到洛攸的成长记录，却发现了一份基因研究数据。

数据不全，可阅读下来，季酒基本了解到一个事实——实验刚开始时，科学家们就着手改造基因，让新生儿们对联盟绝对忠诚，摒除不必要的情感。最初，实验总是失败，但到了后期，技术已经成熟，最后几批出生的孩子，只要身体健康，基因设定就符合科学家们的目标。

季酒将那份资料捏得粉碎，眼中闪过冷沉的光。他明白血皇后那句“在他心里，联盟将永远高于你”是什么意思了。

人的求生欲极其强大，再忠诚的战士，在必须做出生死抉择时，也不一定会选择为联盟牺牲。这项基因修改就是为了保证，和洛攸一样的战士在必要时舍弃生命。

但他不允许洛攸这样做。洛攸是他一个人的，这趟回去，他就好好盯着洛攸，不让洛攸离开他的视野。

舰队返程，季酒蹙眉看着漆黑的宇宙，暗沉的情绪久违地翻滚。

几日后，一条紧急情报传送到星舰上——约因人突袭第九军区。

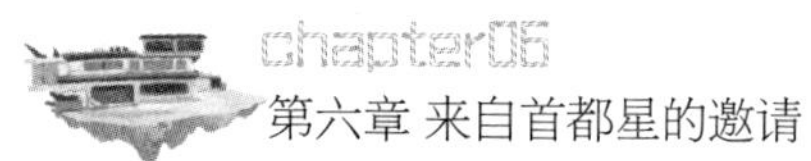

chapter06 第六章 来自首都星的邀请

当约因战舰出现在第九军区所有前线要塞时，没有一名军人做好了应战的准备。他们甚至都不知道，这一切是怎么发生的。好几座要塞刚完成新兵登记，只在模拟舱中歼灭过虫族的年轻队员们面面相觑，还以为这是又一次实战演习。

他们才换上梦寐以求的太空军作战服，还未来得及完成人机连接，就在约因人的炮口下化为灰烬，一滴血都没有留下。

自从巡逻舰队在凛冬角遭遇袭击，第九军区几乎所有科学家都忙于升级星舰和要塞的雷达系统，被关押的约因俘虏大半成为测试的牺牲品，过程残忍血腥，季酒也是因此屡次被叫去精神力中心参与实验。武器研发所前不久曾向军方高层汇报，已经攻克了核心问题，改造后的雷达系统能够发现“隐身”虫族。

然而现在，德高望重的科学家们被狠狠打了脸。约因人何时越过第十军区，以什么方式越过，无人知晓。顷刻间，十几座第九军区的前哨要塞就被炸成碎片。他们的战舰犹如洪水，遮天蔽日。雷达系统对他们毫无作用。人们看着不断上升的虫族战舰数字，好似看到了三百年前他们摧毁第十军区的一幕。

全部太空军紧急集结，洛攸身穿作战服，站在一艘歼击舰的控制舱里，面色凝重地盯着星图。

就在不久前，他还在特训营和新人们打了一把牌。他们马上就要进行最终考核了，他有意降低训练强度，每天换着花样让他们放松。他们和他一样，有漫长而光明的未来。

但现在，他无暇再考虑自己的未来。

一年前经历过凛冬角那场恶战的战士除了季洒，全在这艘歼击舰上。比起其他人，他们有面对类似情况的经验。这经验让他们不可避免地成为迎击虫族的先锋。

星图上密密麻麻全是代表约因舰队的红点，他们就像蝗虫，一旦从第九军区掠过，所有星球、要塞都将变成死地。他必须找到他们的核心指挥舰，将他们挡住。

洛攸率领的舰队正在往星图西北方向推进，除了上次参与巡逻的队员，还有风隼三支队的部分队员。谁都明白他们其实是去送死，将成为这场残酷战役的早期牺牲品。但整装上舰时，没有人退缩，江久还笑着拍了拍洛攸的肩膀，“洛队，尽管使唤我，我们都听你的。”

到处都是约因人的战舰，第九军区外侧四分之三的星域都被他们占据了，他们也许早就在那里埋伏着，但人类此时才知晓。洛攸选择西北方向,但他并不能肯定虫族的指挥舰就在那里。雷达传回的信息频繁报错，他的精神力铺展到极限，只知道那里能量异常巨大且诡异。

歼击舰全速穿梭，系统接连传来某要塞被摧毁、某高级将领牺牲的情报。控制室内无人再说话,无暇体会悲伤,也无暇恐惧即将迎来的命运，他们的精神力彼此接驳，形成一张不停生长的网，这张网要捕捞的是虫族核心指挥舰，更是第九军区的一线生机。

第九军区活了，联盟才有喘息之机，其他军区的巡星军和中央军才有时间赶过来，再往后，洛攸就不必去想了。精神力的超负荷延展令他眼球爆出一片红血，视线逐渐变红，黑暗的太空犹如沉浸在血海中。

一些画面在洛攸脑海中闪回——

他刚记事时，老师就对他说，你为联盟而生，将来某一天，你注定要为联盟献出生命，你不要害怕，牺牲并不可怕，它是你的荣光；

长大一点，他和所有健全的小孩一起受训，其中一项课程就是感受死亡，在虚拟空间里，身体灰飞烟灭时的痛楚直接作用在他们的精神力上，那时他就以最优成绩，克服了对死亡和疼痛的恐惧；

再往后，他作为克瀚氏城的“顶级武器”被送往安息要塞，他以为自己马上就会牺牲，事实却是，进入风隼之后，没有人再时刻对他念叨，你要为联盟牺牲，反而很多前辈教他，生命最宝贵，要学会保护自己，他第一次执行战斗任务时，血皇后对他说，洛攸，活着回来……

洛攸眨了下眼，忍耐着过度使用精神力的痛苦。他在风隼珍惜了多年生命，但这一刻，刻在基因里的使命被唤醒了。

舰队已经闯入约因人的攻击范围，精神力先碰触到那些阴森潮湿的能量，一位入队不久的队员精神力抵抗不住，开始抽搐呕吐。洛攸看了他一眼，达利梅斯走过去，将他扶到一边。

不久，骇人的能量值爆发，雷达疯狂报警。可视范围内，约因人的战舰闪烁着幽光，像藏在深海里的巨兽终于张开血盆大口。

“核心指挥舰在这个位置。”洛攸指着星图上方的一点，他的手指轻轻颤抖，仔细观察的话，他的眼圈有些湿，嗓音沙哑，那是精神力正在承受严重攻击的反应。

为了寻找核心指挥舰，第九军区太空军的精锐几乎全部起航，在他们这支舰队里，他的精神力等级最高，延展更宽，下意识保护其他人，遭到攻击的范围就越大。

但即便如此，他仍竭力保持冷静，“能在这儿找到它，是我们的幸运。只要把这群虫子堵在西北角，三大要塞就有喘息的时间。无论如何，安息要塞必须保住。”

那名呕吐的队员流着泪说：“但我们不如他们的千分之一。”

星图上，他们这支孤单的人类舰队只是小小的一点，而虫族则是无穷无尽的光点。

他们必死无疑。

“我们，我们怎么堵住他们？”年轻队员不愿示弱，抹掉眼泪后挣扎着站起来。

洛攸再次看向星图，他很想安抚对方两句，就像他最初面对虫族时，前辈们做的那样。可他没有时间了，“核心指挥舰，也只是这么小的一点。血皇后交给我们的任务，只是找到核心指挥舰，并摧毁它。”

洛攸平静道：“我们可能都无法活着回去了。”

这样的时刻，指挥官的情感在精神力层面上影响了所有人，江久和达利梅斯作为风隼的老队员，本就有牺牲的准备，年轻队员发着抖，却也克服着畏惧。洛攸的精神力在此刻变得恢宏而温柔，但也只是一个短暂的瞬间。

下一刻，袭向敌方的精神力如锋锐的剑，舰队一分为四，带着流星的光芒和炽烈，直刺虫巢。

核心指挥舰在最深处，其他三队歼击舰为主力舰提供火力掩护，但这掩护持续不了多久，主力舰由洛攸、江久、达利梅斯操控，看准空当撕开一道口子。

但在冲入阵中的一刻，洛攸精神力猛地一收。这里和他想象的不一样，不知是不是因为集结了过多虫族战舰，导致磁场发生某种变化，视野和声音变得扭曲，洛攸甚至有种感觉，他们被拉入了另一个时空。

江久也注意到了，“怎么回事？”

洛攸迅速镇定下来，操纵战舰向能量中心疾行，“达利，检查武器系统！”

达利梅斯喊道：“随时可以发射！”

无数定向炮袭来，人类的战舰如同一叶扁舟，在生与死之间狼狈翻滚。防御导弹引爆定向炮，连续爆炸震颤着战舰，可在宇宙中却仅仅是一抹星光。

战舰在能源难以支撑时，终于锁定虫族核心指挥舰，它看上去并不宏伟，能量却无法估量，舰上必然有约因人的某位大人物。

“洛队！”江久满脸汗水，在巨大的精神力压迫下，他快要撑不住了。

洛攸的精神力已经成了一片火海，与战舰融为一体。他们没有任何退路，武器系统难以摧毁核心指挥舰，只有同归于尽，才能留给联盟希望。

前方光芒刺眼，是无数道定向炮，战舰冲向光芒深处的核心指挥舰，须臾，“虫巢”中心爆发巨大震荡，星图的西北角生生出现一个黑色的缺口，如同黑洞，周围的虫族战舰在短暂停滞之后，队形开始混乱，向更北方向溃散。

“洛攸，收到请回答！”鹰月在通信网中呼叫，回应她的却是静默，连杂音都不复存在。

爆发发生之前，洛攸唯一能看见的是虫族核心指挥舰，唯一想得起的是使命，他与他的队友在做必须由他们去完成的事，没有畏惧，没有遗憾，绝不退缩。

但是精神力被狂暴的能量波撕裂，生命马上走到尽头时，他脑中突然一闪，自变故发生后头一次想到了季酒，他那从首都星来到安息要塞的小玫瑰。

想起了季酒向他讨要的誓言。

“洛攸，不要抛下我。”

“我不会。”

他轻轻叹了口气，血从他喉咙和眼睛里流出，他说不出那声对不起了。他至死忠诚于联盟，却在选择死亡之前，忘记了他给过一个人不再离开的誓言。

巡逻舰队经由跃迁点火速回航，季酒在途中就得到了洛攸的坐标，他整个人像是沉浸在浓稠的黑雾中，爆发的精神力压迫得舰上的队友喘不过气。

舰队行经之处，约因人诡异逃离，仿佛忌惮着什么。

季酒以最快速度赶到虫族核心指挥舰所在的漩涡，洛攸盛大的精神力刺激着他的每一个细胞。然而还是迟了，他目睹到的是一场空前的激烈爆炸。

爆炸之后，洛攸的精神力荡然无存，战舰连碎片都没有留下，唯一存在的，是那个什么都不存在的废墟。

季酒长久地凝视空荡荡的战场，张了张嘴，喉咙里挤出一声怪异的，谁也听不清的悲鸣。

那一轮耀目的光过去后，世界只剩下黑沉与死寂。洛攸知道自己已经死了，否则为什么感觉不到身体被爆炸撕裂的痛楚？

消失的不仅是疼痛，还有来自肢体的所有的感觉。他如同飘浮在某个地方，比水和空气都更轻的东西载着他。

这种感觉像极了他在书里看过的“灵魂离体”。可那只是幻想小说。没有什么灵魂，人死了就是死了。他驾驶的歼击舰撞向约因人的核心指挥舰，他的精神力和战舰融为一体，爆炸的威力等同于炸毁了一座要塞，血肉之躯又怎可能活下来。

但如果死了，为什么他还能模糊看见眼前的景象呢？

那是一片恢宏的黑雾，墙一般高高耸立，没有起点也没有终点，雾层层叠叠地降落，像瀑布，却比瀑布缓慢。他似乎要被送入那道墙，可不管他怎么飘荡，它始终在前方。

也许它就是这整个世界，死气、封闭、压抑。

洛攸的意识逐渐淡去，景象更加模糊。他突然明白过来，黑雾就是死亡，他即将和亿万年间所有消逝的生命一样，成为墙的一部分。

静默像是永恒，又像是在须臾之间。

洛攸醒来，所见已经从模糊的黑雾变作绚烂到极致的色彩。他讶然地看着这一切，许久才意识到自己正站在歼击舰的控制室。他低下头，抬起双手，他还穿着风隼的太空作战服，近黑的灰让他联想到刚才看见的墙。

怎么回事？他没有死吗？这是哪里？

操作表盘不断闪光，不像已经在爆炸中损坏，但是他无法输入任何指令，系统报错，拒绝所有权限。

这时，身后传来脚步声。洛攸猛地回头，只见江久和达利梅斯狼狈地冲到他面前。显然他们也对这一切万分疑惑。

“你们……”洛攸喉咙发干，在两人手臂上碰了碰，“都没事？”

江久用力摇头，“我以为我死了，还看见自己在什么地方飘，结果醒来发现我在，达利也在，舰也在。还有那些……”

说着江久转向控制室的观察窗，眼中涌出不解和恐惧。

瑰丽的色彩铺满整个观察窗，它们是人类语言无法形容的美丽，但过于美丽且庞大、未知的东西往往让人惧怕。

“我们到底怎么了？”达利梅斯满脸是汗，“那些都是什么？”

洛攸沉默片刻，“是宇宙。”

他没有见过这样的宇宙。成为风隼的一员后，他执行了无数次巡逻任务，所见的宇宙是一望无际的黑，星星再明亮也是远处的光点，那些五彩斑斓的星空是通过特殊的光学处理后才能看见的，而现在他们却用肉眼看到了。

就像……

洛攸脑中一闪，忽然意识到一种可能，“我们在高一层宇宙。”

江久惊讶道：“怎么可能？”

“如果不是，那我们看到的这些景象怎么解释？”洛攸镇定下来，“我们肉眼看到的，和经过复杂处理过的全息影像一样。不，比全息影像更加清晰震撼。只有在更高的维度，才有可能。”

达利梅斯趴在观察窗上，肩膀轻轻发抖，外面的一切既让他害怕，又像有魔力似的吸引着他。

“还有。”洛攸转了下右臂，又试着一握，力度不减，“如果爆炸发生时，不是时空和维度发生改变，我们已经不存在了。”

江久来回走动，混乱不已，“爆炸把我们从原来的时空甩出去了？那……那我们还能回去吗？回去的话，会遇到原来的我们吗？”

达利梅斯喊道：“原来的我们都被炸成空气了！”

江久挠挠头，“这倒是。”

过了会儿又说："那我们怎么办呢？就这么飘着？"

三人沉默下来，洛攸再有主意，也无法回答这个问题。驾驶歼击舰冲入约因舰队时，他就感受到周围的磁场不对劲。但当时他根本顾虑不到那么多，而且约因星舰大批集结，能量囤积，本就可能影响磁场。

现在想来，那古怪的磁场是虫族能量催生的，还是本就存在，这没有答案。但他们奇迹般地活下来，很可能是磁场、爆炸的综合作用。

那其他人呢？虫族呢？也和他们一样，被拉到这里来了吗？

洛攸看着前方的流光溢彩，在这种不该平静的时候，感到心绪逐渐宁静。那些变幻的色彩似乎温柔起来，伟大、迷人、包容一切。人类在宇宙里何止渺小。

传说中的约因皇帝就是一团绚烂的蝶状星云，他之于约因人，也许就是宇宙。人类和这样一群诡异的生命战斗数百年，丢掉第十军区后再未后退一步。这是一场残酷却也浪漫的战争。

而现在，洛攸感到自己的使命已经完成了。他因为联盟的需要而获得生命，他将生命献给了联盟。他没有死，但在原本的时空，他不再存在。

战舰继续飘着，内部所有电子设备都在无规则地闪烁，代表时间的指针乱转。勇士之舰仿佛成了一艘永恒之舰。

"我现在庆幸不起来了。"过了好一会儿——如果还有时间概念的话，达利梅斯说，"冲向指挥舰时我以为我死定了，发现自己没死，就特别庆幸。但现在我觉得还不如在那一瞬间了结。我们这算是怪物吗？高层宇宙是什么死法？物理法则和我们本来的不一样吧？食物和水耗尽之后，我们会饿死吗？"

洛攸问："你们饿吗？"

江久摇头，"这也是高层宇宙的影响？"

没人知道答案。

又过了一阵子，彩云流转的速度变快，逐渐形成一个中空的漩涡，光芒中伴随着苍白的闪电，一些团状的东西从观察窗上擦过，表面那层薄膜像苔藓和小芽，色泽暗沉，如放大的病毒，邪恶得叫人泛起鸡皮疙瘩。

战舰开始震颤，警报一声高过一声。漩涡近处一切都扭曲起来，仪器发出刺耳的尖音，舰体翻滚，洛攸牢牢抓住扶杆，旁边的江久被甩到控制室外。他虽然还在战舰里，但洛攸听不见他的声音。

仿佛又回到飘向黑雾的时候，所有声音都消失了。

紧接着消失的是画面，色彩混淆成一团，转动膨胀，归于黑沉。

当五感再次归来，洛攸发现自己躺在战舰的金属地板上，窗外是熟悉的太空，歼击舰处于自动飞行状态，系统运行良好。

没有黑雾，没有彩云，空气里飘浮着淡淡的血腥味。

控制室的右边墙角，达利梅斯也醒了，懵怔地看着他，“我，我们……”

洛攸单手撑地站起来，“江久呢？”

“这儿！”江久一瘸一拐走进来，往门上一靠，喘着气说，“好家伙，刚才差点摔死我！”

确定两人都没事，洛攸回到控制台前，启动星图。光屏闪了几下，浮现坐标。

看清上面的信息时，江久狠狠咽下唾沫，声音都有点抖，“犬昊星？我们穿回来了？”

犬昊星，第十军区曾经的一级监狱，约因人入侵之前，悬在联盟东南边缘，极冷极黑，当供能断绝，就成了一颗死星。

但就是在这颗死星旁，他们活着回来了！

洛攸着手呼叫安息要塞，然而通信系统损坏，无法联系到任何人。

“不能再往东了。”江久说，“再过去，我们就将进入虫族的星域。”

洛攸调转方向，检查剩下的能源。一个关键问题出现：歼击舰的跃迁功能已经损坏，他们能够抵达最近的跃迁点，却无法经过跃迁回到安息要塞，而他们更不可能以现在的速度飞回去。

现在他们真正成了宇宙里的孤舟。

达利梅斯说：“我们可能真要饿死了。”

“能源能够支撑我们全速前进到凛冬角。”洛攸一边计算一边说，“我们达到之后，为了减少消耗，可以轮流休眠，直到遇到巡逻舰队。”

凛冬角不是巡逻的常规地点，但他们上次在凛冬角被袭击之后，第九军区就会定期安排队员绕凛冬角一圈。去凛冬角等待是唯一可行的办法。

“我明白你的意思。”江久神色凝重，“但是你忽略了一件事。”

洛攸愣了下，旋即明白，约因人发动全面袭击，第九军区还存在吗？白枫联盟还存在吗？战事当前，巡逻也许已经被废止。

“可我们没有别的选择。”达利梅斯的乐观在这时候发挥了作用，“我们就去那儿等着！而且你们发现没，这儿完全没有约因人的气息。”

洛攸点头。他的精神力已经铺展出去，没有虫族，甚至没有战争痕迹。这里离约因星域太近，而且战争刚刚爆发，不该是这样。

江久完成人机连接，“不管了，先走着。”

大半功能损坏的歼击舰航行了接近四个月，即将抵达凛冬角。舰上的营养剂撑不了太久，洛攸正打算让队友们进休眠仓，却突然接到警报。

歼击舰前方，出现四艘战舰，正在向他们靠拢。

那是人类的战舰，洛攸难以相信，他们刚到就遇到了巡逻舰队。更难以相信的是，战舰接驳之后，他们终于知道此时的时间。

距离他们义无反顾选择牺牲，已经过去五年。

安息要塞。

一个个片段在光屏上切换，光影投在洛攸三人脸上。那些片段代表着危机，激战，反扑，久违的和平。从白枫纪年 2741 到 2743，联盟与约因人进行了长达三年的恶战，第九军区差一点就重蹈第十军区覆辙。

两个重要节点让第九军区乃至整个联盟得以幸存，并赢得这场伟大的战争。

讲到此时，红蜚已经眼含热泪，站在阴影中的血皇后鹰月垂下眼睑——他们都曾经为牺牲的队友默哀，将悲痛化作守卫家园的力量。而现在，他们的队友回来了。

光屏中出现风隼 3-902 号舰，洛攸轻握住双手，那就是他和江久、达利梅斯驾驶的歼击舰。

原来他当时的判断真的为联盟争取到了至关重要的喘息时间！虫族核心指挥舰被摧毁，失去“大脑”的约因舰队暂时溃散，第八和第七军区的舰队在这个当口赶到，战况从一边倒缓缓变成拉锯。

第二个节点出现在半年后，原本深陷首都星乱局的中央军突然派出一支精英舰队。这支舰队的指挥是季家的人，名叫季惜城，非常年轻，资历一片空白。

巡星军最初群情激奋，认为中央军大难当头，仍不愿倾尽全力。然而自从季惜城到了第九军区，形势逐渐逆转，他率领的舰队几乎所向披靡，终于在一年多接近两年前，将虫族赶回约因星域。

而季惜城也因为立下的卓越功勋，成为联盟历史上最年轻的上将。

“他的成就其实不亚于卡修李斯元帅。元帅当年只用考虑如何对付虫族，季惜城还须稳定首都星的局势。”红蜚说，“五年前首都星是什么情况，你们还记得吧？”

洛攸点点头，视线又转回光屏，看着那冷眸沉默的青年。

“三大家族的争斗已经被季惜城按下来，季家那位老元帅也获救了。”红蜚又道，“军方要授予季惜城元帅军衔，推选他成为最高军事议会首脑，但不知道是什么原因，他只领受上将军衔，也没去当那首脑。”

“季惜城……”洛攸轻轻念叨着这个名字，想到了另一个同样姓季的人。

给归来的队友们讲述完这五年间发生的事，红蜚关掉光屏，再次抱了抱洛攸。

洛攸从中途就开始想季酒——他回来后不断接受身体检查和军方问询，被严密保护和监视，一直没有见着季酒。

战争夺去许多战士的生命，他有种非常不好的预感。

“对了。”洛攸尽量镇定，但问出口时声音已经微颤，“季酒呢，我想见他。”

听见这个名字，红蜚紧拧起眉，“季酒他……”

洛攸胸口一窒，脑海中突然浮现第一次见到季酒时的情形。

那时季酒刚刚成年，在他眼中是个弱不禁风的小孩儿。血皇后要将季酒塞到他的队上，他满心不情愿，腹诽首都星的小玫瑰就该待在远离战火的花园。

可是季酒来到前线，就再未离开，玫瑰没有回到属于他的花园，凋零在……

“他消失了。”红蜚说。

洛攸盯着红蜚，又转向血皇后，瞳光闪烁，“什么叫消失了？”

鹰月叹气，在红蜚肩上拍了下，“告诉他吧，他应该知道。”

洛攸茫然，难以理解这个简单的词。

“你牺牲之后，季酒受了很大的刺激。”红蜚将洛攸领到露天平台上。安息要塞的天空仍旧是铅灰色的，战争摧毁了风隼原来的基地，这里是后来修建的新基地。洛攸看向东边，那里有一座勇士塔，塔顶的战舰雕塑正是他们驾驶的风隼 3-902 号舰。

他们和其他牺牲的战士，已经成为新生风隼的基石和荣光。

红蜚继续道：“你们冲进约因舰队时，他刚刚赶到，就在爆炸冲击波的边缘，目睹了你的抉择和……死亡。”

洛攸瞳孔紧缩，握住栏杆的双手青筋鼓胀。从胸膛到咽喉，仿佛有一团粗糙炙热的东西堵着，吐不出来，也压不下去，他的嗓音突然变得沙哑，像被烫过、磨过，“怎么会……”

“本来不会，他当时正在巡逻，离你们很远，但是他得到了你的坐标，全速跃迁。”红蜚长叹一声，“他想救你。”

洛攸眼眶灼热，耳边一遍一遍回荡着季酒的话——洛攸，你不会再丢下我。

是他食言了，他在季酒面前，再一次丢下了季酒。

“回来之后，他几乎没有和我们说过话。”红蜚继续道，“那个时候，我、血皇后、精神力中心的学者，我们谁也顾不上他。整个要塞都乱了，你知道，仗一打起来，没谁有精力管别人经历了什么，我们每人面对的都是死亡。”

洛攸点头。

“最困难的那段时间终于撑过去，第七军区的兄弟战队把我们换下来，那时我才发现，季酒不见了。”红蜚说，“他的个人终端丢失，系统上能查到的最后登录时间是你牺牲后的第12天。血皇后想了很多办法，还是找不到他。那三年像他这样失踪的人很多，有的是悄无声息地牺牲了，有的是逃离战场，变成流民……”

“他不会逃走。”洛攸笃定道，“他不是那样的人。”

一段静默后，红蜚说：“但你希望他还活着，不是吗？”

洛攸看着远方，拼命忍着眼泪。

“我们也希望他还活着。”红蜚道，“在这个辽阔宇宙的某个角落。”

半晌，洛攸说：“我能回安息城看看吗？”

自从回到安息要塞，他们就没有离开过军方的视野。由于他们的“死而复生”过分匪夷所思，高层在最初的惊喜后，开始怀疑他们已经不再是他们，而是他们，是虫族的另一场阴谋。

所以他们被监视，接受无休无止的体检。但所有结论都显示，他们身上没有任何异常，他们确实是归来的英雄。

血皇后顶着压力通过了洛攸的申请，但洛攸去往安息城的路上，不可避免有人紧紧跟随。

昔日热闹的安息十七街变了样，但住宅区还在，洛攸打开家门，错愕地半张开嘴——里面空荡荡的，什么都没有。

有人将这里的一切都搬走了，如果墙能卸下来，也许此时连墙也不复存在。

“季酒……”洛攸站在一楼中央，有种强烈的感觉，季酒没有死。

由于军方下达的命令，洛攸不能在安息城待太久，离开之前，他突然想起每次回安息城都会和季酒一起吃的面，然而不管是老钟吃面，还是旁边的烟草铺都不见了。旁边的店家说，战争开始没多久，老钟一家就离开安息城，没人知道去向。

“可能已经死了吧。”一旁的店主唏嘘，“死了那么多人，活着不容易啊。”

负责看守洛攸的军人道：“洛队，该回去了。”

洛攸没让人为难，匆匆而来，又匆匆离开。

就在洛攸乘坐专用摆渡飞船返回安息要塞时，首都星编号 C12 的浮空岛上，象征联盟最高权力的蓝星塔肃穆伫立，那正是最高军事议会的大楼。其中一间议事厅人声鼎沸，政客们争得面红耳赤。

洛攸三人归来的消息，第九军区已经汇报给了首都星。议会最近的头等大事就是决定怎么安排他们。

英雄当然应该嘉奖，可即便是军研院首席博士，也无法解释他们的归来，况且在座哪个不是城府深厚的老狐狸，一项嘉奖背后势必有无数钩心斗角。

“安息要塞发过来 700 多页调查报告，你们没有看过吗？洛攸少校三人已经经过层层检查，他们还是我们的同胞！”

“第九军区的调查报告有什么用？你忘了约因人能够模拟无穷无尽种形态？洛攸少校声称爆炸和磁场将他们拉扯到了高一层宇宙，这难道不是天方夜谭吗？一同消失的还有虫族核心指挥舰，他们回来了，那指挥舰呢？指挥舰上的虫族呢？是不是也以某种形式跟着一起回来了？”

“荒谬！”

“自人类进入星际时代，这样的事没有先例，必须谨慎！”

“五年前用牺牲战士做宣传的是你，现在怀疑他们的也是你，你不怕寒了英雄们的心？”

议事厅乌烟瘴气，每个人都在言辞激烈地发表自己的意见，唯独主位右边角落的年轻人保持沉默。

他坐姿闲散，黑色军装敞开两枚纽扣，右手肘撑在座椅扶手上，修长的手指抵着下巴，黑雾一般的眸子自始至终盯着前方光屏，面容冷淡。

光屏很大，定格着洛攸的照片，从政客们开始吵架，画面就没有改变过。

季惜城也没有移开过视线。

能在这间议事厅开会的，军衔都在上校以上，军装上缀满闪耀的军功章，谁胸前最华丽，谁吵架都更有底气。

唯独季惜城，别说军功章，连军衔都没戴。首脑毕恭毕敬请他坐在主位正座，他嫌吵，每次都挑角落。可即便如此，即便他一缕精神力都未释放，也没有谁能忽视他的存在。

争吵还在继续，主流声音是在安息要塞就地授予三人荣誉，晋升军衔，但不给予实际军职，在舆论的热情过去后，将三人秘密送往第六军区珈什星——那是联盟涉密研究的地方，被形象地称为“地狱”。

毫无疑问这是最功利最残忍，却也最稳妥的办法。如果他们是他们，那就死在那里，如果他们没有撒谎，那就让科学家们研究研究高一层宇宙。

然而就在主流声音即将取得胜利时，议事厅突然安静下来，刚才还恣意演讲的政客瞳孔震颤，额前滑下一道冷汗。

因为他们感知到了季惜城那威慑极强的精神力。

一名少将试探着开口，“将军，您有什么指示？”

在场有很多将军，但被称作将军的只有季惜城。所有人心中都打着鼓，季惜城鲜少在议会上开口，意见多是由伊萨·柏林斯表达。今日柏林斯上将远在第四军区，所以季惜城要自己发言了吗？

“请他们来首都星，我为他们授衔。”季惜城一开口，满座震惊，但此起彼伏的只有呼吸声，没人敢质问原因。

季惜城的精神力散漫地在议事厅游走，他继续道：“既然是联盟的英雄，就该得到联盟的嘉奖和尊重。”

争论就此结束，季惜城离开后，政客们半天才缓过劲来，有人的脊背已经因为精神力压制湿透。

“这儿可是首都星，万一是他们，那……”

“但这是将军的决定。他们惧怕将军。”

银色飞行器在上城浮空岛之间穿梭，最终停在纽维兰酒店。舱门一打开，就有人前来迎接，“将军，您来了。”

下城有数不清的面馆，上城却只有纽维兰酒店提供鱼汤面。季惜城有段时间没有来过了，厨房如临大敌，唯恐不合将军的胃口。

但季惜城从来没有因为面的口味不满过。

用完餐，银色飞行器再次起飞，停泊在一座仅有一栋建筑物的浮空岛上。

“酒酒，你回来啦！”AI 管家的话语飘荡在空气中，是洛攸的声音。

“嗯。”季惜城简单地应道，向二楼走去。

“今天又看那些老头子吵架没？”AI 管家没有以实体状态出现，只有声音追着洛攸，“咦！酒酒，你是不是去吃了鱼汤面？怎么不叫我呢？哥哥也想吃……”

一扇门在季惜城面前打开，灯光倾泻，中间立着一个未启动的仿生人，除了不是真正具有生命，和洛攸一模一样。

房间的角落整齐放着许多医疗机器人，它们全都来自安息要塞，语音系统采自同一个人。

季惜城来到仿生人面前，拽住了仿生人脖颈上细而闪耀的链子。

那是一条很长的链子，套在脖子上像项圈。

洛攸三人搭乘的星舰在进入第一军区后，两侧突然多了六艘礼仪护卫舰，簇拥着他们前往首都星——粟生城。

这本该是一趟载满荣誉的征程，但是一个多月来的监视和问询，以及无休止的检查扫描已经浇灭了他们荣归故里的热情。即便是神经最大条的达利梅斯，也渐渐明白联盟并不欢迎他们回来。

如果他们死在五年前，那他们在往后的千百年里将不断被歌颂。但他们在战争结束一年多以后突然毫发无损地回来，并且自称曾经到过高一层宇宙。

这无法不让军方猜忌。

全天候监视令身强体健，拥有顶级精神力的太空军精锐也疲惫不堪，昨天达利梅斯疑神疑鬼地问洛攸：“队长，你说我们不会真变成他们了吧？”

不知道为什么，从高一层宇宙回来之后，洛攸出现了嗜睡的毛病，大白天也会脑袋一点一点地打瞌睡，强打着精神安抚达利梅斯，“我们一直是我们。”

江久是三人中最暴躁的，首都星的邀请函送到安息要塞时，他的第一反应是不去，“授衔授勋在哪里不能授，为什么非得去首都星？我看这就一场鸿门宴，议会那帮老头子把我们骗去第一军区，然后把我们关起来！”

向来热衷损手下的血皇后竟也忧心忡忡，可不管是她，还是她上一级的第九军区太空军指挥部，都无法违抗最高军事议会的命令。

洛攸倒是平静，不管前方有什么等待着他们，身为曾经为联盟牺牲的军人，领受任何荣誉他都无愧于心。对身上的军装，他自始至终满怀荣耀。

军人在凯旋时，就算满身创伤，就算被怀疑猜忌，也该挺胸抬头。

而且他还有一个私心。

季酒是从首都星来到第九军区。如果还活着——他相信季酒还活着，会不会已经回到首都星了？至少，他在首都星应该能够打听到季酒的消息。

八年前，季酒跨越九个军区来到他面前，现在，轮到他飞驰九个军区，去寻找季酒。

星舰停泊在粟生要塞，舱门一打开，无数球形镜头就将三人包围。在过去的五年，军方将他们塑造为传奇英雄，现在传奇英雄回来了，民众沸腾，各大媒体早就迫不及待展开全程直播。

这是议会允许的直播，但三人哪见过这种阵仗，表情要么夸张要么僵硬。

仪仗兵在前面领路，洛攸忽然察觉到一道熟悉的视线。他知道现在有很多人正看着他，他们现在是整个联盟的焦点。

但是那道视线和其他视线都不同，只有季酒会那样热切又温柔地看着他。他猛地看向右后方，就那一块小小的空间，就飘浮着数百个球形镜头。它们一模一样，反射着金属的冷光。

洛攸轻皱起眉头。

“少校，怎么了？”温和的男声从旁边传来，洛攸闻声转身。

站在他旁边的一位身穿中央军上校制服的男人，看上去平和谦逊，没有第九军区军人们惯有的匪气和蛮劲，像个儒雅的学者，无法从外表判断年龄。

洛攸不确定第一军区的校官是不是都这样文质彬彬，又或者此人是名文职军官。

“您是？”

“欢迎来到第一军区，我是宿戎，来自中央军特勤指挥部。”男人礼貌地笑道，“负责安排各位未来一段时间在首都星的活动。”

洛攸不由得认真打量对方。中央军中权力最大、战斗力最强的正是特勤指挥部，他们有在联盟所有军区执行任务的权力。当年归于卡修李斯元帅麾下，现下则由季惜城率领。

特勤部的上校亲自负责授衔授勋仪式，可见军方的重视。

从要塞前往首都星，需要搭乘摆渡飞船，三人被拍了一路，上了飞船球形镜头还是没有离开。江久嘀咕：“开始了，监视这就开始了！我有种强烈预感，我们马上就要被关起来了！”

宿戎在一旁微笑，“上尉说的这是什么话？”

“我知道你们不安好心。”

“你太紧张了，也许到了首都星，我可以为你预约一次神经按摩。”

一座座高耸云天的巨塔伫立在首都星，云上分布着大小不一的浮空岛，飞船穿行，没见过世面的江久和达利梅斯忍不住惊叹。

飞船最终停在浮空岛上的纽维兰酒店，宿戎说：“稍后我将把未来三日的安排发到各位的终端上，请安心休息，联盟的勇士们。”

离开之前，宿戎又对江久道："我向你保证，你担心的事绝不会发生。"

江久噎了下，看向洛攸，"他为什么专门对我说？"

洛攸想了想，"担心被关起来的又不是我。"

话音刚落，他又察觉到那道熟悉的视线——它就像季酒曾经的精神力一般，飘忽离散，却又无所不在。

纽维兰酒店是上城最豪华的酒店之一，一晚上的开销高达 3000 星币。看见清单时江久瞠目结舌，洛攸想到的却是季酒当年花 3 星币，给他买了一套碗。

翌日，三人前往酒店餐厅用早餐，热腾腾的鲜鱼浓汤面条、香茅烤鸽蛋被仿生人侍者端上长桌。

洛攸动作颇大地搅着面条，依稀觉得这香味有些熟悉。尝过一口之后，明白为什么熟悉了。这味道简直和安息城的老钟吃面一模一样！

洛攸叫住侍者，着急地问："我能见见厨师吗？"

侍者困惑，"先生，是不合口味吗？"

洛攸摇头，"我可能见过他！"

侍者说："可我们的厨师都是第一军区生产的仿生人，您怎么会见过呢？"

"仿生人？"

侍者将洛攸领到后厨，指着一个已经休眠的仿生人说，"就是他，我们叫他钟叔。他只会做您刚才吃过的那种面条。"

洛攸讶异地盯着休眠仿生人，那绝不是他认识的老钟，可为什么做出的面和安息城的一样？为什么叫钟叔？

这时，宿戎的下属送来外出的服装和三副颈环，江久戴上去，马上给自己换了张脸，"这就是军方的黑科技？"

第一天是休整日，没有安排，江久和达利梅斯都想去下城看看。洛攸心事重重，拗不过他们，也跟着去了。

粟生要塞，中央军特勤指挥部。

光在银灰色的金属墙面上流动，折射出冷感锋利的色调。

身着中央军黑色军装的男人站在一面巨大的光幕前，一手揣在军裤里，一手拿着一个婴儿巴掌大的控制器。

他的侧脸映着些许光幕的微光，这让他的轮廓有种充满神性的美感。他的唇很薄，轻轻抿起，眉心浅皱，黑沉的眼深不见底。

一段并不短的时间，他几乎是一动不动看着光幕上的人，和那人的快走、奔跑形成强烈反差。

许久，他勾起唇角，几无声息地笑了笑。

他是季惜城，却和前些时日在议会上听政客们吵架的季惜城不同。那时他佩戴着干扰视觉的耳钉，模拟出了另一张面孔——联盟所熟悉的面孔。

站在阴影里的宿戎此时才出声，“将军，洛攸少校往下城去了。”

洛攸头一次戴上干扰颈环，给自己捏了张平平无奇的大众脸。他们要去的是下城，人口众多，他不想太过招摇。

更重要的原因是，宿戎的手下送来的这身衣服和他往日的风格相差太多——外套是发亮的银灰色，对着光线会变幻出不同的色彩，像道彩虹，衬衣没有衬衣应有的挺括，是那种轻飘飘的材质，毫无安全感。

他们一起换好衣服时，达利梅斯开玩笑说他像个花花公子，江久拍达利梅斯脑袋，“你懂什么，洛队的长相本来就可以当花花公子，洛队你说是吧？”

我说不是。洛攸一边心烦一边把鼻子又捏塌了一点。

江久和达利梅斯也是第一次亲眼见到干扰颈环，恨不得把自己捏成天下第一帅。

两帅一普通登上飞行器，达利梅斯还在一旁劝洛攸：“队长，要不你还是换张脸吧，这身衣服配你原来的脸像花花公子，配你现在的脸像乡巴佬。”

洛攸不换，他宁可像乡巴佬。

飞行器在高塔和云间穿梭，匀速下降，首都星的繁华和热闹像新娘缓缓揭开面纱。如果说上城浮空岛代表着这颗星球的权力和财富，那么下城则代表生活。

下城分为许许多多的街道，每一条街就是一座城池。最有名的街叫作故乡街，是首都星最大的商业街，来自九大军区的商人聚集于此。白天，全联盟的商品都能在这里买到，夜里，灯火一点，就成了不夜城。

飞行器降落在故乡街的K区起降坪，巨大的光屏上播放着“英雄荣归故里特辑”，看得三人面皮一红。

那光屏本该实时更新起降坪的剩余空位，达利梅斯既兴奋又惴惴的，“其他公共光屏不会也都是我们吧？”

事实证明，整个下城，不光公共光屏是他们，其他商家的私人光屏也都反复播放着他们的影像，门口摆放他们的人偶、气球，借以吸引顾客。

更绝的是，所有来自第九军区的商人，都打着“英雄亲人”的旗号，而第八、第七军区则是“英雄表亲”。各种“英雄家乡菜”“英雄同款烟酒”琳琅满目。洛攸从一条热闹的大街穿过，遇到好几个扮演他的人。

幸好军方贴心，提前准备了干扰颈环。

短暂的尴尬后，江久和达利梅斯就适应了，开始享受被当作英雄追捧的荣光。洛攸却越发不自在，因为这每一份追捧都提醒着他，他曾经丢下过什么。

“我去那边休息一下。”看见斜前方有一家饮品店，洛攸跟江久说。

江久立马担心起来，“你又困了？”

洛攸头昏脑涨，嗜睡的毛病没有因为时间而减轻。

告别队友，洛攸径直走向饮品店，里面客人很少，吧台前的仿生人服务生一边看联盟偶像季擒野唱歌，一边手脚不协调地跳舞。

洛攸松了口气，这家店是唯一没有播放“英雄荣归故里特辑”的。所以……生意比较惨淡。

“因为我有骨气。”仿生人停下舞步，但还哼着歌，“我这儿只放我老公。你喝点什么？”

洛攸惊讶，“那是你老公？”

仿生人红着脸说：“哎呀阿野哥哥是我们共同的老公！”

洛攸：“……”

不懂粉丝和偶像那一套的乡巴佬在仿生人的安利下，点了一份粉色皇冠，仿生人兴致勃勃地介绍：“它还有一个名字，叫阿野的香吻。”

洛攸：“……”突然不想喝了。

仿生人做好粉色皇冠，又回到吧台前跳舞去了。洛攸坐在靠窗的懒人沙发上，困意越来越浓。其间有几个客人进来，要求播放“英雄荣归故里特辑”，仿生人张牙舞爪地说滚。

洛攸睡着时，店里就只剩下他和跳舞的仿生人了。

洛攸已经很久没有做过梦，更是没有梦见过季酒。这次明明是浅眠，却在梦里看到了季酒。

晦暗潮湿的精神力变成恢宏的海，平静而辽阔，他就沉浸在里面，好似唯一的一轮月。

没有人能够靠近海，没有人能拿走属于海的孤月。

季惜城看着睡着的洛攸。

授衔安排在三天之后，届时在代表着至高荣耀的白枫殿堂，他将为洛攸举办一场空前盛大的仪式，并亲手为洛攸戴上上校军衔和白枫勋章。

那天，九大军区的每一个角落，每一面光屏都将被洛攸所占据，联盟的每一个人都将知道洛攸的名字，歌颂五年前的壮举。

他还要为洛攸铸造一座雕塑，伫立在白枫殿堂外的广场上，那里的每一座雕塑都是照亮联盟、守卫联盟的恒星。他们永不逝去。

洛攸渴望荣光，他就让洛攸享受荣光。但在这一切尘埃落定之后，他要将洛攸关在孤岛上。

仿生人觉得新来的客人真奇怪，进门时它正准备大喊“老娘这儿只播季擒野，想换台自己滚”，然而客人根本不看它，也不吵着要看“英雄荣归故里特辑”，径自走向窗边，安静地看着那位打盹的客人。

仿生人歪着小脑袋，不明白有什么好看。

新来的客人一动不动，仿生人进行了一会儿人类观察，很快失去兴趣，又开始花痴自己的季擒野老公。看了半集老公演的电视剧，才突然一拍脑门，它又不是做慈善的，新客人进来半天，还没有点餐，这怎么行？

仿生人笑眯眯地走过去，正要说话，突然被新客人的神情吓得住嘴。

季惜城冷眼看着它，冲它打了个噤声的手势。仿生人点头如捣蒜，却不忘递上菜单。

季惜城随手点了杯咖啡，没选冷热。仿生人不敢问，估摸人类都喜欢叫别人喝热水，那它就做一杯烫死人的咖啡吧！

洛攸眉心皱得越来越深，呼吸略有粗重的趋势，像是被魇住了。季惜城寒着脸，在心里问：你梦见了什么？约因人？还是战争？

仿生人对自己做好的烫咖啡非常满意，乐颠颠地朝卡座走来。身后的光屏放着季擒野的演唱会，是一首很有激情的歌。

仿生人走近时，季擒野一个高音飙上去，直接戳爆了仿生人的兴奋点，它脚下一滑，托盘向洛攸飞去。

就在咖啡即将洒在洛攸身上时，季惜城飞身挡开，身体却因为惯性，不可避免地压住了洛攸。

洛攸倏地睁开双眼。

chapter07 第七章 授勋

咖啡浓香里夹杂着一丝极淡的气息，在彻底清醒前就已经侵入洛攸的神经，他并未反应过来那是什么气息，却在睁眼的刹那，以为近在咫尺的人是季酒。

但投映在视野里的却是一张陌生的脸。

“你是……”

刚煮好的咖啡浇在后背和手臂，即便隔着衣料，皮肤也被灼得刺痛。季惜城本能地皱起眉，几道咖啡沿着军装往下滑，他明知自己应该马上起来，处理烫伤，却难以动弹。

五年了，他终于又“嗅”到了熟悉的精神力，洛攸还是他记忆里的模样，五年的时间在洛攸脸上没有留下丝毫痕迹。

也对，熬过这五年的只有他，他看过调查报告的每一个字，洛攸只是经历了一场跨越时间的小型穿越。

他不禁咬紧了后槽牙，撑在洛攸身侧的拳头渐渐握紧。他盯着洛攸的眼睛，试图在那里找到自己，可洛攸眼中只有茫然与戒备。

干扰耳钉和颈环都在尽职工作，他拥有最高权限，自然能够无视洛攸那张伪装面孔，而洛攸却无法看到他真正的面容。

“哇——”仿生人知道自己闯了大祸，当场哭起来，“我不是故意的，请不要投诉我！”

洛攸怔怔看向一旁的杯子碎片，终于从迷茫中缓过劲来，“刚才咖啡差点泼我身上了？”

季惜城沉默地站起来，眉眼极其冷淡，“嗯。”

洛攸连忙起身，“谢谢。你有没有被烫到？”

季惜城身子一侧，洛攸抓了个空，抱歉道：“我只是想看看你有没有被烫到。”

季惜城在任何场合都是惜字如金，此时却脱口而出：“我有没被烫到，关你什么事？”

洛攸半是惊讶半是尴尬。他昨天才来到首都星，对第一军区的一切都感到陌生，礼仪风俗更是一窍不通。这人帮了他，他难道不该关心一下吗。

对方穿的是军装，但既没有军衔也没有部队标志，连是陆军还是太空军都分辨不出。洛攸顿了两秒，“你是军人，应该知道受了任何伤，都应该及时处理。”

仿生人泪汪汪地看着两人，哭得打嗝，“我，我有药！请不要投诉我！”

皮肤的灼痛感已经消退，但湿衣服黏在身上的感觉很不舒服。季惜城转身要走。他这一转身，直接将背暴露在洛攸的眼中，大片深色湿痕触目惊心，想也知道咖啡刚泼上去时有多痛。

“站住！”洛攸追上，不由分说将人拦住。

季惜城脸色更冷，“让开。”

洛攸挡着他，向仿生人吩咐，“麻烦给我一个医药箱。”

仿生人赶紧照办。洛攸刚睡醒的迷糊劲儿散去，严肃起来，“外衣脱了，我看看。”

季惜城不动，喉结却上下滚动。

洛攸坚持，“爱护自己的身体是军人的责任之一。”

季惜城蹙眉，半晌才颇为不满道：“你对谁都这么关心？”

洛攸：“嗯？”

季惜城扯出一个笑，“你根本不认识我，就关心我，给我上药？”

洛攸握着药瓶，“我的确不认识你，但你是因为我而被烫。非要说的话，是你根本不认识我，就帮我挡掉咖啡。”

季惜城挑着眉梢，被堵得哑口无言。

洛攸叹气，“上药不会耽误你时间。”

五分钟后，半湿的军装放在懒人沙发旁边，季惜城后背和右臂大片灼红。洛攸检查一番，烫伤并不严重，看上去触目惊心只是因为皮肤冷白。

喷药时，他走神想到了季酒。

季酒的皮肤也有这么白，稍微受个伤，看上去就非常严重。每次他逮着季酒上药，季酒起初都特别不情愿，说药很臭，还耍小孩子脾气。可一旦开始上药，季酒又会变得很乖，偶尔因为疼痛而发出闷哼，他问是不是痛，季酒总是摇头。

但上完药了，季酒又会赖着他，说队长好痛啊。

撒娇玩意儿。

洛攸不经意地勾起唇角，但很快眼神又暗淡下去。季酒的伤几乎都是他帮忙处理，他消失的这五年，战火四起，如果季酒受过伤，谁给季酒处理？没有自己哄着，季酒会因为讨厌药的气味而不好好接受治疗吗？

上完药，季惜城快速穿好衣服，不再看洛攸，直接离开。迎客铃摇晃，发出一连串清脆的声音。

洛攸坐了会儿，猛地站起来，眼中尽是震惊，把仿生人吓一跳，“你，你怎么了？”

洛攸心脏狂跳。他突然想起刚醒来时嗅到的是什么气味了。那味道混淆在咖啡香气中，浅淡得难以捕捉，现在咖啡香消散，它终于和记忆中的烟草香重合。

那是季酒唯一喜欢的特制香烟！

洛攸夺门而出，入目是人流熙攘，哪里还有刚才那人的身影。

“你真遇到季酒了？”飞往上城的飞行器上，江久说，“但他和我们一样也使用了干扰颈环？”

从意识到那人可能是季酒后，洛攸就平静不下来。

男人身高与季酒相仿，但更加结实，相貌和声音能够被干扰，但精神力不会。季酒的精神力他再熟悉不过，可他完全没有感知到熟悉的精神力。

他不能确定那就是季酒，凭着冲动冲出去，一直找，一直找，直到江久他们赶来。

“不对啊。”达利梅斯挠挠头，“真是酒酒的话，队长戴着颈环，他也认不出啊。酒酒那性格，会帮一个陌生人挡咖啡吗？”

“酒酒认出队长，才会挡咖啡，但既然知道是队长，为什么还要跑？”江久直摇头，“酒酒也有干扰颈环吗？可这不是特殊设备？”

洛攸沉默不语。

达利梅斯和江久彼此看了眼，都不说话了。他们都明白，洛攸是因为太记挂季酒，所以才认错人。他们也愿意相信季酒没有死，可季酒怎么会在重逢之后什么都不说就走？

回到纽维兰酒店，洛攸做的第一件事就是去厨房。安息城的老钟吃面和烟草铺都消失了，他却在这里吃到了一模一样的面，闻到了独一无二的烟草香，他不信这是巧合。

“少校，很抱歉，我无法告知您钟叔的来历。”餐厅经理为难道，“即便是服务行业的仿生人，生产批号也是不能随便透露给客人的。”

洛攸紧盯着忙碌的钟叔，“那我可以和他……”

“少校，你在这里。”

洛攸回头，见宿戎正微笑站在后面，“今天在下城过得怎么样？”

宿戎是洛攸来到首都星后接触过的军衔最高的军官，干扰颈环也是宿戎提供的。洛攸想确定今天遇见的人是不是季酒，只能找他。

“我想跟你打听一件事。”洛攸斟酌再三后道，“除了我们和重要政客，还有哪些人能够戴干扰颈环？”

宿戎笑道：“在下城遇见熟人了？”

洛攸谨慎地点头，“我可能遇到了我的队员。”

“那不可能。”宿戎说，“佩戴颈环必须登记，来自第九军区的战士，只有你们三人领取过颈环。”

“可是……”洛攸紧皱着眉，“如果他是季家的人呢？”

宿戎：“哦？”

洛攸也知道自己唐突了，但既然有所怀疑，不问清楚他也不甘心，“我的队员名叫季酒，八年前，他从首都星来到安息要塞，身份不详。五年前，战争爆发之后，他失踪了。我今天遇见的人很可能是他，如果我的感觉没错，那他和我一样，戴着干扰颈环。这只有一种可能，他来自那个季家。”

宿戎眼中流露出一丝诧异，大约是没想到洛攸反应这么快。今天将军匆匆去下城，又匆匆返回，精神力激荡起伏，是他久未见过的汹涌，震得他们这帮手下都不敢靠近。他奉命来关心洛攸住得是否习惯，哪想洛攸直接跟他打听季酒。

“这……我暂时无法回答。他叫季酒是吗？我会留意。”

洛攸谢过宿戎，情绪仍旧迟迟难以平静。

季惜城站在一片热流中，雾状的水清洁着他的身体，将药、烟草香、洛攸留在他皮肤上的触感全部冲掉。

他早已能够精准控制精神力，不释放，洛攸就不可能感知到。但他忘了处理身上的烟草香。

他看见洛攸一条巷子一条巷子找他了，是因为烟草吗？

细密的汗水浮在洛攸脸上，那双笑眼里盈满急切。

可是洛攸疲惫地撑住墙壁时，他也没有出现在洛攸面前，让洛攸看见自己的真实容貌。

他恨洛攸，恨这个答应他，却抛下他的人。

翌日下午，宿戎再次来到纽维兰酒店，和他一同前来的还有数十位身着第一军区军礼服的仪仗兵。

洛攸三人收到量身定制的军礼服，上面有第九军区安息要塞的标志，也有他们各自的军衔和勋章。

这还是洛攸头一次穿军礼服。风隼在战场上出生入死，但即便在授衔授勋仪式上，大家穿的也都是作战服或者普通制服。

军礼服在第九军区真用不着。

洛攸看着镜子里的自己，下意识挺直腰背，双腿并拢打直，像一柄日光下的利剑。

“少校。”宿戎不知何时已经来到洛攸身后，笑道，“这套礼服很适合你。”

洛攸刚才还在欣赏自己的英姿，闻言有些不好意思，立即松了劲。

仪式是在明天上午，宴会则是明天晚上，宿戎提早前来做必要的准备，将一切安排得井井有条。

洛攸听闻明晚的宴会首都星许多大小人物都将到场，不免再次想到季酒。

昨天夜里他辗转反侧，脑里全是在饮品店遇见男人的一幕。江久他们说他想多了，可他无法欺骗自己。男人很可能就是季酒。

季酒平安回到首都星，能够佩戴干扰颈环，身份信息被全部抹去，这不是普通背景能够办到的。季酒姓季，和那位季惜城将军有什么关系？

用过一顿简餐后，洛攸对宿戎道：“昨天我跟你提过的季酒……”

宿戎笑了笑，“这么着急？”

洛攸有点尴尬，“我想尽快找到他。”

宿戎问：“找到了，然后呢？”

洛攸垂眸不语。

宿戎说：“少校，打起精神来，明天的仪式是专门为你们准备的，请让大家看到你意气风发的模样。”

洛攸深吸一口气，“我会的。”

飞行器在闪烁的霓虹中降落，士兵整齐列队。季惜城走下飞行器，肩上搭着一件黑色披风。

白枫礼堂已经布置完毕，主席台后方用投影和灯光组成了一片宏伟如群山的枫叶。

枫叶是白枫联盟的标志。树叶虽然让人联想到脆弱，短暂的旺盛，和长久的凋零。但作为联盟标志的这片枫叶，它的每一条脉络都是刀光剑影，锋利、强悍、迅捷，也美丽。

就像从地球时代走来的人类一般，柔弱渺小得像是玩物，却在这无尽的宇宙中繁衍开拓到了如今的地步。

谁说脆弱和美丽不能强大而长盛?

工作人员和军方的仪仗队正在礼堂排练，谁也没想到那个神秘的年轻将军会在这个时候突然出现。

五年前，季惜城这个名字在首都星还无人知晓。那时约因人大规模入侵，金鸣苦囚禁季刑褚，引发内乱，联盟内外交困，危在旦夕。

坊间传闻，季家流落在外数年的小儿子回来了。

权势日盛的金鸣苦根本没有将季惜城当回事，季家上一辈人丁兴旺，却无能者居多，否则季刑褚也不至于迟迟找不到一个合适的后继者，将希望寄托在外姓庶子身上。到了这一辈，季家那些纨绔就更不像样，最叫得上名的竟然没有任何军职，是个唱唱跳跳的娱乐明星，季擒野。

然而出人意料的是，季惜城得到柏林斯家族支持，与伊萨·柏林斯联手救出季刑褚，迅速稳定第一军区的政局。那个只会在屏幕上勾引人的季擒野也站在季惜城一边，为季惜城入主季家敞开大门。

季惜城并未在首都星停留太久，将第一军区交给伊萨·柏林斯，亲率中央军特勤指挥部的精锐，赶赴第九军区。

战事旷日持久，前线不断轮换，季惜城有三年的时间都待在那里，金鸣家族却硬是被压在他的阴影之下。

一方面，季惜城在前线连战连捷，联盟需要这个堪称神兵天降的将领，金鸣家族短时间内不敢轻举妄动。另一方面，看似百无一用的季擒野在各股政治势力中周旋，再加上伊萨·柏林斯，金鸣家族竟是找不到动季惜城的机会。

战火平息之后，季惜城凯旋，声望空前，金鸣家族就更是无法撼动他的地位。

毫无疑问季惜城是首都星举足轻重的人物。不仅金鸣家族忌惮他，连他的本家，以及助了他一臂之力的柏林斯家族也忌惮他。

他的存在就像在三大家族的博弈中上了一道锁，骄横的军人，心思诡异的政客，每个人头上都悬了一把滴血的剑，无法再像以前那样为了利益全然不顾联盟。

只要他在，这份平衡就不会被打破。

刚才还充斥着各种声音的礼堂一下子安静下来，胆子小的一动不动，根本不敢往季惜城的方向看。

军靴碰撞着坚硬光洁的地面，干脆有力。季惜城走到了第一排最边上的位置，那里竖着一个小型光屏，上面写着他的名字。

明天，他就将在这里看着礼台上的人，然后走上前去，亲手为那人戴上勋章和上校肩章。

但是这个人从他的生命里失而复得，比起代表荣誉的勋章，他更想将那条专门定制的项圈，锁在那截脖子上。

清晨5点，洛攸三人被接到白枫礼堂。

洛攸按照礼仪官的要求，对了好几遍流程，仔细得浑身肌肉都绷紧了，对方说差不多了时，他的额头已经浮起一片汗珠。

“别紧张，您很优秀。”礼仪官是位儒雅的中年人，神情和话语都让人觉得舒服，眼中流露出自然的祥和，仿佛正是为了礼仪而生。第九军区找不到这样的人。

“联盟有您这样的人，我们普通人才能安居乐业。”礼仪官敬了个十分绅士的礼，“能够参与这场仪式，为您服务，我感到荣幸。”

洛攸朝礼仪官点点头，“谢谢。”

上午10点，仪式正式开始，全程向民众直播。首都星安排了大量庆祝活动，有官方主办的，也有民间自发组织的，规模远超季惜城凯旋之时。

人们说，这是因为将军敬重前线军人，也是因为白枫联盟向来将前线军人放在首位。

只有季惜城知道，因为洛攸想要，所以他给。

此时他并不是礼贤下士的将军，他是个暴君。

空旷肃穆的礼堂坐满了身着黑色军装的军人。洛攸还未被请上台，明亮的灯光和投影晃得他有些眼花，他从后台的角落看向来宾席，至少前面三排，坐的都是将军。

一阵细碎的响动从身后传来，还连带着类似搅拌机的震动。洛攸收回视线，往后一看，发现江久正红着眼，牙齿打战地望着他。

他惊讶道："怎么了？"

"紧，紧张。"江久说，"大，大场面，好多，人。"

洛攸自己就挺紧张的，但一看江久这滑稽样，反倒镇定了。

礼台上传来礼仪官的声音，接着是一位上将讲话，光幕被拉开，洛攸三人挺拔如松，站立在巨大的枫叶前。

台下的光景模糊，洛攸感到自己站在云端。若说礼仪官为礼仪而生，那么他和他的队友——这些生在前线，战斗在前线的人——就是为了守护而生。

他们守护群星，他们本身就是群星。

"我们敬畏生命，正是因为敬畏生命，所以我们必须战斗。

"我们缅怀每一个消逝在战火中的灵魂，他们是联盟永恒的图腾。

"我们满怀感激迎接每一位归来的勇士，你们是希望，是延续，是生生不息。"

来自最高军事议会的中将担任仪式的主理人，声音洪亮，掷地有声地说着振奋人心的话语。

洛攸听清了每一个字，却又觉得耳边咆哮着滔天的海潮。当主理人说开始授衔授勋时，他不由得将本就紧绷着的身体收得更紧。

"中央军特勤指挥部，上将季惜城。"

洛攸看见一个身着军装的身影从炫目的光里步出，裁剪合适的礼服衬托着那人的窄腰与长腿，军裤收束进长筒军靴中，胸前一枚银色的勋章闪过一缕光。

白枫勋章，联盟的最高荣誉勋章。

大约优秀的军人天生对危险具有敏锐的感知，听着那一记记足音，在尚未看清来人的面容前，洛攸就心脏轻缩，如夜色中的猎物般警惕起来。

那种被无形无质且未知的危险抓紧的感觉难以形容。

这里是首都星的最高荣誉殿堂，白枫联盟最安全的地方，怎么可能有危险？

但来人的气场过于强大，像是释放着无法逃逸的引力，那种上位者的气场与压迫令身在其中的人很难不惊心。

洛攸视线向上，渐渐适应强光。

上将季惜城的轮廓逐渐清晰时，他下意识用力闭眼。那是他在影像中见过的一张脸，不同于季酒，可那双深邃的黑眼睛，还有溢散的潮湿精神力，不是季酒还能是谁？

洛攸微张着嘴，一句季酒卡在喉咙里。他的视线仿佛穿过干扰，看到了季酒的面容，那是一张俊美沉静的脸，和五年前隐隐不同，这种美便超越了人类的认知，好似飘在天上，有一种不属于人类的东西。

纯洁的神性，还是低劣的兽性？

季惜城站在礼仪官划定的地方，庄重的军乐奏响，三位英雄的名字被挨个念出，上前接受殊荣。

最后轮到洛攸。

在等待的时间里，洛攸已经百分百确定，上将季惜城，就是他的季酒。

季惜城拿着两枚肩章，微笑看着洛攸。那目光没有丝毫杂质，却看得洛攸动弹不得。

两名礼仪官将少校肩章摘下，季惜城动作优雅地为洛攸换上上校肩章，并将一枚白枫勋章佩戴在他胸口。

两枚白枫勋章交相辉映。

“上校洛攸。”季惜城缓缓开口，“感谢你为联盟奉献的生命与血泪，荣耀属于你，联盟与你同在。”

仪式结束之后，还有一系列的活动，洛攸三人将接受采访，之后参加一个面向普通民众的见面会，晚宴之前前往中央军总部发表演讲。

洛攸昨天已经按照流程排练过数次，清楚自己该说什么做什么，但自从见到季惜城的一刻起，他就无法再将注意力集中在必须参加的活动上。

季惜城看着他时，目光很宁静，唇角还带着笑意，和在下城表现出的沉郁截然不同。

季惜城背对着他，从光影中来，回光影中去，那一刻他才清晰感知到时间已经过去五年。

在他消失的五年里，风隼的小队员季酒也消失了。季酒眼睁睁看着他驾驶的战舰被爆炸吞没，然后带着他留在安息城家里的所有物品，回到第一军区，平定内乱，击退约因人。

再次见面，就已是上将季惜城。

洛攸双手紧握成拳，指甲嵌在湿漉的手心。江久以为他是马上要演讲了，才紧张得脸色泛白，连忙安抚，“队长，你不是吧？咱们戎马一生，还怕演讲？”

洛攸回神，摇摇头。季惜城也在台下吗？如果不在，是不是在屏幕前看着他?

演讲结束，台下响起一片掌声。洛攸的军礼服已经被冷汗打湿，他甚至都不知道刚才自己有没有按照背好的稿子说。

宿戎在台下微笑迎接，“没有出错，只是看得出你很紧张。去休息一下吧，晚宴还有得辛苦。”

洛攸问：“季惜城在哪里？”

没有人对宿戎直呼过将军的大名，宿戎挑了挑眉，“将军有要事需要处理，已经返回要塞。”

洛攸急切道："晚宴他会来吗？"

宿戎仍是一副笑脸，"上校，你很期待将军赴宴吗？"

洛攸本就不擅长与首都星的军官政客打交道，此时脑中一片混乱，更是周旋不来，半天才挤出一句："我还有机会和他见面吗？"

宿戎点点头，"当然，白枫勋章的获得者有资格永久居住在首都星。"

礼仪官前来请洛攸去换晚宴的礼服，洛攸告别宿戎，稍稍平复心情，告诉自己——今天的一切都是为他和江久、达利梅斯准备，他绝不能因为私事影响他人。

晚宴在纽维兰酒店举行，虽然隆重，但不像白天的活动那样正式。洛攸入场就开始寻找季惜城，但季惜城似乎没有赴宴。

和宾客们寒暄片刻后，洛攸向僻静的花园走去。他今天神经高度紧绷，又无法向任何人述说，撑到现在疲惫难当，找不到季惜城，就只想找个没人的地方先缓缓。

头昏脑涨，也不知道是嗜睡的毛病犯了，还是酒精上头。

晃动的视野里，一个长发及腰的女人正躺在露天沙发上，一脚高高搭着沙发背，幽蓝色的长裙滑到了大腿上。

洛攸用力闭了下眼，他在光屏上见过这个"女人"很多次，季擒野，经常以女装示人，联盟最炙手可热的明星。

今天之前，洛攸对季擒野并不感冒。但现在他不得不朝季擒野走过去。

全联盟都知道，季擒野是上将季惜城的兄长。

如洛攸所见，季惜城并没有出席晚宴，此时他正与刚从第四军区回来的伊萨·柏林斯待在上城的一处庄园。

在这一代，柏林斯家族最出众的将星正是伊萨，他是家族中的嫡子，年长季惜城三岁。不过虽然都是名门之后，伊萨和季惜城的成长过程却是天壤之别。

伊萨被重点栽培，自幼接受严格的精英军事培养，而季惜城却在明枪暗箭中几近丧命。好在他们至今还保留着一份友情。

少年时代的情谊不一定长存，但成年后共同的利益和信念，却可以将这份情谊维持下去。

“你来迟了。”季惜城冷着脸，面对盟友也不见多少热情。

“第四军区不太平，耽误了些时间。”伊萨身材并不魁梧，但穿着军装时显得挺拔高挑，眼中是纯粹的正直。

“嘉比隆星是第四军区最重要的军用金属产地，政府给予他们最高的采购价，并且每年赠送生活物资，那里的生活水平比第一、第二军区的大部分地方都高。”伊萨说，“但是从上个月起，嘉比隆星陆续有工厂罢工，要求将采购价提高三倍。”

季惜城眯了眯眼。

“两天前，其中一家工厂宣布脱离嘉比隆星。”伊萨摊开手，“他们将发射自己的太空要塞。这个乱子我已经搞定了，但示威和反叛只是表象，有人想要搅乱第四军区的水。你知道，第四军区是个很特殊的地方，它是巡星军和中央军之间的桥梁，全联盟五成星舰耗材，都产自第四军区。”

季惜城靠在椅背里，“有眉目了吗？”

伊萨说：“金鸣许雾半年前调任嘉比隆星总督，这个人是季江围的朋友。”

季惜城冷笑一声，“虫子们又蠢蠢欲动了。”

“白雪舰队会盯着他们。”伊萨说，“我们手握权力已快五年，也到了失败者反扑的时候。”

季惜城看着前方的一点，眼中空荡荡的，像是正在走神。但伊萨知道，出神这种事几乎不会出现在季惜城身上。

不过万事都有变数，洛攸活着回来了，这就是最大的变数。季惜城会因为洛攸的死而复生变成一个什么样的人？伊萨在担心的同时，又忍不住好奇。

“五年就忍不住了？”季惜城哂笑，“联盟如果交到废物手上，那就只有被约因人征服的份。”

“这倒是没错。”伊萨也笑。

季惜城低头，拿起白枫勋章轻轻摩挲，“而且权力会让人上瘾，我不可能再让别人将它抢走。”

伊萨沉默了会儿，“因为失去权力的人，保护不了想要保护的人。”

季惜城挑眉，纠正道：“不，因为权力能够拴住擅自离开的人。”

“惜城……”伊萨有些话在嘴边，却最终换了话说，“一起去晚宴？”

季惜城摇头，又意味深长地看了伊萨一眼，“季擒野会去晚宴。”

伊萨愣了下，“他不知道我回来了，你别跟他说。”

洛攸站在沙发边，看着醉眼蒙眬的季擒野。八年前，他和季酒在安息城街头遇到一位浓妆艳抹的美丽女人，他擅自觉得那是季酒的姐姐，如今想来，应该就是这位大明星。

“上校。”季擒野也看着洛攸，不久举起酒瓶笑道，“喝一杯？”

洛攸头痛得厉害，本不愿再喝酒，但遇到季擒野是个机会。刚一坐下，他就听季擒野说：“我们见过。”

酒侍机器人送来酒杯和酒，洛攸接过一杯。

“里面那些人，全都是戴着面具的小丑，连个一起喝酒的人都找不到。”季擒野醉醺醺的，一双美目盯着洛攸，突然说，“你怎么逃得掉呢？”

洛攸不解，“什么？”

季擒野却不解释，与他轻轻一碰杯，“我应该感谢你。”

洛攸更不明白。

季擒野笑哼哼的，说得断断续续，“因为你，惜城才肯回来……我去你们那儿找过他两次，他都不肯，非要当什么普通士兵……你在哪儿，他也要在哪儿……后来你不是牺牲了吗？唉，抱歉啊，那时谁也没想到你们能活着回来……”

季擒野卡壳了似的，顿了会儿才接着说：“不对，惜城相信你没牺牲，你只是又把他抛下了。”

洛攸紧握住酒杯，暗红色的酒在杯子里轻轻荡了荡。

“所以他才回来，和三大家族斗，和约因人斗……原来他没错，你真回来了……”

季擒野说几句就要和洛攸喝一杯，洛攸还没醉，他先把自己给灌倒了。

洛攸扶着季擒野的肩膀晃了几下，毫无反应。

宾客都在宴会厅里，鲜少有人来花园。洛攸头脑放空地坐了会儿，声音很远，热闹也很远，他像飘在宇宙里，陪伴他的只有战舰发出的沉闷响动。

季擒野刚才说的那些话如同洒落在戈壁上的烈日，起初滚烫，很快却失去温度，又冷，又硬，又刺痛。

只有一个人始终相信他还活着，这个人不是他，是季酒。

酒精慢慢侵蚀神志，洛攸勉强睁着眼皮，摸索着去按个人终端。但醉意在这一刻彻底吞没了他，他晕在季擒野旁边，SS 级的精神力突然释放，漩涡一般扩散，犹如忠诚的卫士，守护着漩涡里的两人。

季惜城希望洛攸享受到晚宴的最后一刻，午夜 12 点的钟声敲响时，盛典才算结束。在这之前，他不想去打搅洛攸。可是洛攸的精神力让他不得不提前赶到。

纽维兰酒店并非没有精神力等级在洛攸之上的军人，但是没有人能够靠近花园。前线军人的精神力裹挟着杀气和铁锈，令人望而生畏。

季惜城站在花园边缘，沉默地看着洛攸，周围全是魂牵梦萦的气息。洛攸的精神力令旁人忌惮，却叫他振奋。他缓缓踏入洛攸竖立的防御网，共鸣一般释放精神力。

两种同样强悍，却截然不同的精神力纠缠、蔓延，在浮空岛上激荡。精神力等级低的贵宾尖叫伏地，等级高的艰难抵抗，快速逃离。

季惜城停在洛攸面前，精神力层层下降，几乎将洛攸裹了起来。

他要带走洛攸。

洛攸睁开眼，眼前的画面逐渐从模糊变得清晰。酒精令他的感觉暂时变得迟钝，头一动，就牵起一阵坠痛，像里面塞着泥与铁砂。

他知道自己正待在某个房间里。

洛攸清醒了些，恍惚记得自己在参加宴会，中途去花园里透口气，遇上喝醉的季擒野。

想到季擒野，洛攸心跳渐渐加快。季擒野与他说了许多关于季惜城的事，后来他也喝醉了。梦里被人扶起来，他那攻击性强悍的精神力被另一道精神力缠绕，他嗅到潮湿的风，风里有特殊的烟草香。

季惜城……是季惜城把他从宴会带走？

洛攸彻底清醒，双手撑在身体两侧，蓦地坐起。一阵细碎的清音响起，被子下滑，脖颈传来一道凉意。

洛攸低下头，瞳孔收紧。他的胸膛坠着一截银色的细链，和白枫勋章同样材质。细链并不是光滑的一整条，它由无数个精致小巧的环扣组成，堆积在手心只是小小的一团。

洛攸缓缓转身，看见细链被固定在墙上。

他竟然被锁起来了！

这时，右侧紧闭的门传来响动，他立即看过去。

门打开，季惜城走进来，面容冷沉，身着黑色的军装——他没有再戴干扰耳钉，以本来面目示人。

长靴在地板上敲出干脆的声响，他走向洛攸，眼中的黑雾更浓，折射着宇宙深处的冷。

洛攸发现季酒不一样了。以前季酒看他时，即便不笑，他也看得见藏在眼底的笑意，像个笨拙倔强的小孩。但现在，他急切地想在季惜城眼里找到熟悉的笑意，却拨不开那层层叠叠的黑雾。

“季酒。”洛攸喉咙滚烫，紧紧捏着细链，“这条链子是什么意思？”

季惜城沉声道：“一个承诺。”

洛攸讶然，“承诺？”

季惜城半眯着眼，他此时的神情像古老的画卷中，那些没有悲喜的神。

“我跟你要过很多遍承诺——你会再抛下我吗？你说不会。哥哥，在安息城时你说你来当我的家人，但你没有守约。”

季惜城的愤怒经由链子，以一种疯狂而悲伤的力量碰触着洛攸的动脉。

“我……”

“嘘，我不想再听你承诺了。”

季惜城黑雾一般的双眼里晃出零星幽光，“你给再多的承诺都没有用，因为你不会兑现。我给你造一个承诺，它锁着你，帮你兑现。”

洛攸很想向季惜城解释，五年前他没有别的选择，现在他会来到首都星，接受军衔和勋章是其次，最重要的动因是他要找到他。

他出生在克瀚氏城，和在那里出生的所有人一样，为守卫联盟而牺牲是他们的使命。

他已经死过一次了，他的使命已经完成。完成使命之后的荣耀并没有那么重要，他是来兑现承诺的。

可他说不出口。爆炸在季酒眼前发生，季酒比谁都清楚，他和约因人的核心指挥舰同归于尽，但所有人都知道他已经死了，只有季酒相信他还活着。

季酒宁愿接受自己再一次被他抛下，也不承认他已经死去。

一切话语都变得苍白。

他不知道如何让季酒解开心结。

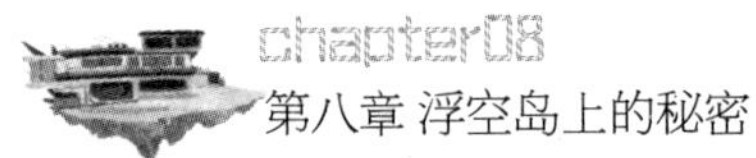

chapter08 第八章 浮空岛上的秘密

“洛攸，你醒啦！”突如其来的声音让洛攸一怔，下意识看向门口。但门并没有打开，声音就来自他身处的这个房间。

而且，这声音听着怎么这么耳熟?

“自我介绍一下，我是酒酒的 AI 管家，在这里我说了算哦！”

洛攸终于明白为什么耳熟了，这分明就是他的声音！

“你紧张啦？何必呢，我又不能欺负你，酒酒那个坏东西，把我的视觉系统都关掉啦，也不给我启动身体，我现在只是一个可以说话的程序！”

洛攸有点混乱。这个 AI 管家不仅声音与他一模一样，连语气都与他一个风格。

“现在你要起床吗？你睡很久啦！没有问题的话，衣服马上送达。”

话音刚落，门打开，一个矮小的机器人顶着衣服滑进来，洛攸一眼认出，那是安息要塞的医疗机器人。

“咔嗒——”轻微响动从后方传来，洛攸连忙转身，细链已经从墙上脱落。

“这样你才好活动。”AI 管家说，“午餐马上就好！”

长长的链子坠在身前，并不方便，但总比被继续锁着强。洛攸赶紧将衣服穿好。

这是一套挺括的制服，和昨天穿的礼服不同。

“你要照镜子吗？”

洛攸点头，“要。”

话音刚落，一面光屏就出现在洛攸面前，映出他此时的模样。

除了乱翘的头发和细链，他和昨天在白枫殿堂接受勋章时没有区别。但这条链子过于喧宾夺主，仿佛在提醒他，他正在为失信付出代价。

洛攸将细链提起来，收拢，放进胸前的制服口袋。

乍一看，细链仿佛是一个精美的胸针，从衬衣中流淌出来，在胸前画出一道弧度。

洛攸定了定神，问：“季惜城呢？”

“酒酒不在，不然哪里轮得到我为你服务呢？”AI 管家诚实地说，“我输了，你比我的实体更好看。”

洛攸不解，“什么意思？”

“我的实体和你一模一样，但酒酒不让我使用，我就只能飘着。”

洛攸说：“你的实体是我？”

人工智能有各种各样的形态，家庭用人工智能通常有一个人形实体，所以才被叫作管家。但人形实体其实没有多少实际作用，它们本就是存在于家中的程序，只要开启，就无所不在。

“是你哦。”AI 管家叹气，“我可能是最惨管家，酒酒宁愿把我的实体放在一旁落灰，也不给我用。”

洛攸更加愧疚，故作轻松地扯了句无关的话，“你说你的视觉系统被关掉了，那你怎么知道我比你的实体好看？”

“哎呀——”AI 管家卡壳了，嘀咕道，“我是 AI 嘛，我们 AI 什么都知道。”

洛攸跟随 AI 管家离开房间，房门之外，是一条明亮的走廊，楼下就是客厅与餐厅。洛攸打量着四周，这是季惜城的家吗？只有季惜城一个人住在这里？

就座之后，午餐很快被摆上餐桌，是一盅熬得稀烂浓郁的番茄牛尾汤，一碟芝士面包，一份浓缩能量糕。

洛攸腹中空空，很快将食物扫荡干净。

AI 管家哼哼直笑，“你胃口真好，酒酒像你这样能吃就好了。”

洛攸的印象里，季酒虽然不是吃货，但训练辛苦，消耗巨大，吃得也不少。

检测到洛攸的疑惑，AI 管家说：“酒酒只吃能量糕。”

“他……”

“他可能想修仙吧，哈哈哈！”

饭后，洛攸在别墅里走动，没有受到任何阻碍。别墅很大，地面以上有三层，那个只有一张床的房间在第二层。

他释放精神力探查，除了季惜城，没有感知到其他人生活在这里的迹象。可是别墅不算新，不可能是近年才建成，部分角落散发着陈旧的气息。

季惜城为什么住在这里？

洛攸心里疑问众多，却无人可问。他的个人终端已经被摘下，门禁让他无法走出别墅。黄昏时，他想看看 AI 管家所说的仿生人实体，话挺多的管家却支支吾吾说不可以，酒酒会生气。

随着夜幕一同降临的还有睡意，洛攸不得不接受一个事实，他去过的那个宇宙确实给他造成了影响，他无法摆脱嗜睡的毛病。

他没有回到二楼，就睡在客厅的沙发上，不知过了多久，精神力感知到有人靠近，他睁开眼，看见季惜城，还有季惜城手上的伤。

洛攸一下坐起来，“怎么受的伤？”

季惜城不答。伤是昨天拉扯细链时弄出来的。这五年是他心里过不去的坎，他不仅想把洛攸关起来，甚至想伤害洛攸。可是紧紧抓住细链时，他却无法真的下手，最终只能将伤害和疼痛转移给自己。

洛攸在昏睡中无知无觉，他却被细链勒出一道道血口子。看着吓人，好在不深，喷点愈合药剂，再绑一圈绷带，过不了多久就能长好。

他却只消过毒，草草缠上纱布。宿戎今天看见了，还问他是否需要处理，他摇头。

上次在下城，滚烫的咖啡淋在他身上，那时洛攸根本不知道他是谁，还给他上药，教育了他一通。

对一个陌生人都那么有爱心，那对他这个弟弟呢?

洛攸看着伤口，它已经结痂，虽然看上去不像好好处理过，但现在再处理已是多此一举。

季惜城说："怎么不说教了？"

洛攸茫然，"嗯？"

"你对陌生人都会说教——'你是军人，应该知道受了任何伤，都必须及时处理'。现在怎么不说了？"

洛攸扬起脸。五年的空白把季酒变成了高高在上的将军，季惜城恨他的决绝，限制他的自由。但他熟悉的季酒还在，他哪里会看不出?

"因为你知道爱惜自己的身体。"洛攸像哄一个不讲理的小孩，"伤口自然结痂，有消毒药水的气味，周围没有抓挠痕迹，你给它消过毒，裹过纱布，我教你的，你都记得。"

季惜城眉心极浅地蹙了下。

洛攸又道："但你现在故意把纱布扔掉，让我看见。我在下城给你上药，你到现在还惦记着？那我也惦记着你讽刺我的话——'你对谁都这么关心？'"

片刻沉默后，洛攸说："我们应该冷静地谈一谈。"

季惜城冷淡道："谈？不论你说什么，我都不会再放你走。"

洛攸摇头，"我为什么要走？我回来之后，他们给我说你消失了，我来首都星就是想找到你。"

季惜城冷哼一声，"你是来领受你渴望的荣耀。"

洛攸说："也是来找你！"

"联盟将永远高于我。"季惜城说，"你为联盟而生，为联盟而死。"

洛攸神色凝重地看着季惜城，脑中闪现季酒目睹爆炸的一幕，耳边回荡着季擒野的话，“惜城相信你没有牺牲，你只是抛下他了。”还有很久以前，他带着才18岁的季酒回安息城，告诉季酒，第九军区的军人们为了守卫联盟而生。

这一切全都成了季惜城的心魔。洛攸垂眸看着细链，轻声道：“现在已经不是你想的那样了。”

“我去过克瀚氏城。”季惜城突然说，“就在最后一次巡逻时。”

洛攸眼里闪动着讶然的光。

“那是一颗没有任何生机的星球，荒野蔓延到视线尽头，我遇到了几个你的同类。”季惜城眼神残忍，一点一点收束细链，“它们被抛弃在那里，自生自灭。后来我找到了实验档案，发现你们的基因被改写，你们只有一个归宿，就是为联盟战死。”

洛攸从小就知道，但从季惜城口中听到，肺腑都开始发颤。

季惜城说：“所以你注定会离开。”

“不会！”洛攸摇头，“我……”

季惜城根本不听他说，“你只对联盟忠诚，你最喜欢的是荣光。我给你的荣光够了吗？”

洛攸呼吸变得急促，“我不会再因为联盟抛下你！”

季惜城冷眸微凝，像是没有听到。

“没错，我们所有出生在克瀚氏城的人，都是联盟对抗虫族的武器，只要我们活着，就必须一刻不停地战斗，战死是命定的归宿。”洛攸目光逐渐炽烈，“可是我已经为联盟牺牲过一次了，我已经完成使命！”

季惜城不语。

洛攸以近乎起誓的语气道：“从今往后，我不会再丢下你。”

分秒的静默在此刻令人心焦地冗长。

季惜城俯视着洛攸，“你以为我还会相信你？我还你一句‘从今往后’。从今往后，你哪里也不能去。你只能对我忠诚！”

“洛攸，你醒了？今天想吃什么？可以点菜哦！”AI 管家又上线了。

洛攸听不惯自己的声音，“你能换个语音吗？”

“不可以！酒酒不喜欢！”

洛攸坐起来，“我今天可以去院子里看看吗？”

AI 管家的回答出乎洛攸意料，“院子算什么？你到外面去溜达溜达都行！”

晚宴上，许多人目睹喝醉的洛攸被季惜城带走，之后杳无音讯，个人终端上的信息再未更新。

一个刚被授予白枫勋章的校官就这么不见了，最高军事议会却没有一人敢质问季惜城是怎么回事。

江久和达利梅斯当时也在场，但都喝了过量的酒，感受到洛攸暴涨的精神力，却没有力气将季惜城拦下来。

现在三天过去，洛攸还没有回来。

当初接到首都星的邀请时，江久就非常不痛快，认为政客们的真正目的并不是嘉奖他们，而是把他们关起来搞科研。

洛攸莫名失踪，不是被关起来了是什么？

宿戎刚到纽维兰酒店，就看见江久怒气冲冲奔向自己，“洛攸被你们关在哪里？你们对他做了什么？”

宿戎在首都星这群权贵中有个绰号，叫“笑面虎”，说他永远温柔微笑，心底里盘算的却是狠辣的诡计。

“洛攸上校和将军是旧识，这几天都和将军待在一起，无需记挂。”

“放屁！”江久上前拎住宿戎的衣领，“我和洛攸一起进入风隼，他认识的人我也认识，我怎么不知道他和季惜城是旧识？”

前线战士就是虎，宿戎睨着这对他毫不客气的中校，也不推开对方，只是释放出精神力。

江久一麻，飞快松开手。刚才他感受到的精神力绝对在他之上，那种强大的压制让他脚底生寒。

宿戎笑着收回精神力，又道："我可以向你保证，洛攸上校不会像你想象的那样，被关起来做实验，你们也不会。联盟由衷感激你们的英勇无畏，英雄理应被善待。"

江久还是不信，警惕地瞪着宿戎。

"今天我来，是想征求你和达利梅斯的意见。"宿戎说，"你们有两个选择，一是返回安息要塞，二是留在首都星，编入我所在的特勤指挥部。"

江久问："洛攸呢？"

"洛攸上校不会再回安息要塞。"

江久强忍着怒火，"那我们也不走！"

他不喜欢首都星，巴不得立即回到风隼。可洛攸下落不明，如果他与达利梅斯都走了，那这里就只剩下洛攸。他不知道自己能做什么，只能暂且留下来等洛攸的消息。

宿戎仿佛料到了他的选择，"行，明天就来报到。"

AI管家解开门禁，洛攸大步走出去，入目是一片看不到边的草坪。走出一截路之后，回头看别墅，别墅不再宏伟，孤孤单单地伫立在天地间。

洛攸继续向前，有些疑惑，他始终没能看到院墙和大门。季惜城的庄园到底有多大？

"我是不是走错方向了？"

"这儿哪有方向。"AI管家说，"你往哪里跑都可以。"

"门呢？"

"什么门？"

"大门。"

AI管家困惑道："没有大门。这是酒酒的浮空岛，岛上只住着酒酒一个人。"

洛攸虽然来到首都星不久，但也知道，首都星的上城由无数浮空岛组成，每一座岛的规模都相当于一座城市，从来没有一座城市只住一个人的说法。季惜城地位再尊崇，也不至于霸占整座城市。

“怎么可能？”洛攸心中否定，但放眼望去，根本看不见别的建筑。

“为什么不可能？”AI 管家说，“事实就是这样啊。除了酒酒，我就是这儿的老大！”

洛攸想起别墅里的陈旧痕迹，忙问：“那以前呢？季惜城在前线征战，以前住在这里的是谁？”

“没有人。擒野哥哥和伊萨哥哥来过。但酒酒把他们赶走了。”

“我是说更久之前！”

“那也还是酒酒。”AI 管家搜罗着数据，“还有酒酒的妈妈。”

洛攸在短暂的惊讶后，忽然明白季惜城为什么会住在这里，而这里为什么没有别人。

季惜城出生在三大家族中的季家，是最高军事议会前任首脑季刑赭的血亲。坊间流传着许多和季惜城有关的故事，洛攸也知道一二。

最普遍的说法是，季惜城是季家人与低贱流民所生的孩子，所以从未得到家族的承认，年纪尚幼就和母亲一起被丢到偏远军区，自生自灭。

但离经叛道的季擒野却不知从哪儿打听到自己有个弟弟，成了季家唯一一个和季惜城有联系的人。

五年前首都星内乱，季刑赭被囚禁，显赫的季家竟没有一人能够撑起大局。季惜城就是在这时，被季擒野接回首都星。

传闻也许真假参半，季惜城五年前回到首都星是真，但幼年被丢到偏远军区恐怕有误。洛攸清楚记得，季惜城 18 岁来到安息要塞，此前一直住在首都星。

18 岁以前，季惜城和母亲被关在这里？存在连同名字都被抹去？

那季惜城为什么又会来到第九军区？他的母亲呢？

洛攸问：“季惜城的妈妈是谁？”

“季庭钗。”

洛攸颇感意外。季惜城的母亲，怎么也会姓季？

“那她现在……”

“酒酒的妈妈早就去世了。唔，酒酒没有妈妈，酒酒好可怜。”

洛攸胸膛好似被一股急促的水流冲刷，他急忙问：“什么时候的事？还有，季庭钗是季家人？”

AI 管家说：“等等等等！我陪你出来溜达，提问是另外的加钱。”

洛攸哪里有钱。白枫联盟科技发达，但日常生活依赖个人终端，个人终端一旦被摘下，就失去身份、无法支付、无法使用公共交通，一朝变为原始人。

“不过看在你和我的实体一模一样的分上，我就不要另外的价钱了。”AI 管家为自己的大方感到自豪，“季庭钗当然是季家人，她是我见过的最漂亮的人类。你想不想看？”

洛攸连忙点头。

一块光屏凭空出现，上面的人影由模糊变得清晰，是一位穿着黑色军装的年轻女人。她的长发被束成马尾，雪肤红唇，眼中有少女的浪漫，也有战士的坚毅，她拿着一支庞大的“雪天鹅 M30”，这是陆军中威力最强的单兵重型枪械，极少配备给女军人。

但洛攸看得出，她绝不是摆拍。

AI 管家满意道：“看呆了？我没说错吧，她是最漂亮的人类！”

“她真是季惜城的母亲？”洛攸问完就意识到这是个无需回答的问题，女人的眉眼和季惜城很像，只是女人的眼睛明亮清澈，季惜城的双眼则是深不见底的黑沉。

“我们人工智能从不骗人，骗人的都是我们的弟弟人工智障！”

洛攸后背开始发热，季庭钗的出现推翻了传闻，也推翻了他对季惜城身世的推断。季家原来是季惜城的母家，而不是父家，造成季惜城幼年困境的是父亲？

季庭钗身为季家备受宠爱的女儿，爱上了一个身份不明的男人，生下季惜城之后被幽禁在这座浮空岛上？

那也说不通啊。幽禁什么人，需要用整整一座岛？五年前金鸣苦囚禁季刑褚，都没有动用整座浮空岛。

他们关押的仿佛不是人类，是危险性极高的……

怪物？虫族？

洛攸倒吸一口气，语气比刚才紧张，“季惜城的父亲……”

光屏上的画面一换，出现一个高大健壮的男人。男人长相普通，和季庭钗一比，更是显得平平无奇，他身上的军装与季庭钗一致，两人似乎是队友。

“他叫莫叙格，陆军少尉，出生在第一军区喀峻星，家里挺有钱的，但和季家就差太远了。”

AI 管家从浩瀚的数据中搜索出有用的信息，和洛攸八卦季惜城的父母。

莫叙格比季庭钗年长两岁，二人在联盟历史最悠久的霜离军校结识，互生情愫。毕业之后，莫叙格成为中央军陆军血狼特种部队的一员，这支部队是陆军中的精英。两年后，季庭钗涉险通过考核。

二人本可以在军中大展宏图，但在入队的第三年，季庭钗怀孕，生下季惜城。季家震怒，将母子俩囚禁于 L04 浮空岛，莫叙格被撤销一切军职，身份被一并抹除。

“等一下！”洛攸越听越困惑，莫叙格年轻有为，踏实忠诚，背景清白，和季庭钗恋爱生子，为什么会引得季家震怒？

退一步讲，季家希望季庭钗能嫁给更有权势的人，他们看不起莫叙格，那也不至于把母子俩囚禁在无人的浮空岛上。还有，莫叙格就这样消失了吗？

听完洛攸的问题，AI 管家处理了半天，“啊这……”

洛攸：“……”

AI 管家诚实回道：“我的权限无法向你解答，给另外的价钱也不行。”

洛攸一下子接收太多信息，脑子有些乱。他能够确定的是，事实肯定不止如此，问题出在莫叙格身上，但到底是什么问题，才会让季家如此兴师动众，用一座浮空岛来囚禁季庭钗和季惜城？

三大家族背负的不仅是家族，还有整个联盟。

三百多年来，联盟面临的最大困局就是约因人。

他们被卡修李斯元帅击败，却从未放弃过吞噬联盟。相对和平的一百年里，他们的舰队不断出现在第十军区，甚至入侵第九军区，他们的间谍披上人类的皮囊，渗透人类社会。

每一个军区都发生过间谍事件，有的甚至威胁到一支军队的存亡。

洛攸手指渐渐收紧，瞳孔跟着缩拢。就在刚才，他隐约想到了一种毛骨悚然的可能。

他甩了甩头，试图将这种想法赶出去。但不行，他一闭上眼，脑海中就浮现出季惜城的面容。

八年前，他在风隼总部的走廊上撞到季酒，视线相触的一刹那，他就觉得这个人太美，人再美也美不到这般地步。

不同寻常的还有季酒的眼睛和精神力。他没有见过那样深的眸子，仅知卡修李斯元帅拥有相似飘忽却强大的精神力。

干涩的唾沫滚过咽喉，刺痒。洛攸不得不直面那个猜想——莫叙格是约因人，而且绝不是一般的间谍，季庭钗被他所骗，他们生下的孩子是个半人半虫的……

洛攸按住胸膛，那里像是挤满了砂砾，摩擦心脏，阻塞呼吸。

不，他甩甩头，又想，季庭钗最初认识的应当是真正的莫叙格，但这个莫叙格被约因人置换？

可不管怎么样，他们的孩子都不是人类了。

季家在事情彻底失去控制之前发现，但孩子已经生下，于是季刑褚决定将母子囚禁于浮空岛，处决莫叙格？

洛攸双手捂住额头。不可能，我一定是发烧了，这跟季酒没有关系，季酒不可能是……

怪物。

因为出生于克瀚氏城，他知道不少人背地里叫他怪物。他伤心过，生气过，但当他堂堂正正成为风隼三支队的队长，一切就都过去了。他不再在意怪物这个恶毒的称呼。

可季惜城呢？小时候是不是也被叫过怪物？

突如其来的冲击，隐藏二十多年的秘密缓缓揭开。万千情绪里，最鲜明的竟然是心疼。

心疼季酒出生就被囚禁在这孤岛。

心疼季酒在无数诅咒中长大。季家知情的大人物们，恐怕都希望季酒死。

“喂喂，你怎么了？”AI 管家检测到情绪异常，“你不会哭了吧？”

洛攸摇头，他还有很多问题想问，但现在他更想一个人待一会儿。

一整天，洛攸都坐立不安，起初他觉得自己捋清楚了，但是如果往深处想，很多细节就经不起推敲。

如果莫叙格的确是约因人，季惜城半人半虫，那季家为什么还会将季惜城留下来？血缘、亲情不足以解释。

季家有多少知情者？季刑褚一定知道，但季惜城接过权力时，他并未阻止。

明知季惜城有虫族血统，还不得不这么做吗？

季擒野知道多少？季惜城的盟友伊萨·柏林斯知道多少？

季庭钗和莫叙格的信息是不是全部被抹除？可是季惜城的 AI 管家为什么还储存着这些信息？那些需要更高权限才能调取的是什么？

洛攸抱膝坐在沙发上，越发混乱，站起来四处走动。脖子上的细链坠在地上，随着他的动作，发出响声。

昨天他细心地将细链收进上衣口袋，现在却完全忽略了它。

入夜，季惜城乘飞行器回来，看见洛攸赤着脚在大理石平台上来回走，细链从脖子垂下，经过只穿衬衣的胸口，黑色的制服裤，拖在地上，时不时敲打脚背。

季惜城走过去，想要拿起细链。洛攸专注地想着事，没留意到他的靠近，直到他走到近处，才突然回神，身转得太猛，左脚被链子绊住，刹不住地往下栽。

季惜城迅速伸手，扶住洛攸时，不太愉快地皱起眉。

进屋后，季惜城将细链摘了下来。

洛攸突然问："为什么解开？"

季惜城拧紧双眉，似乎非常不愿意回答这个问题。

洛攸说："我知道为什么。"

"闭嘴。"

"我险些因为它摔倒。"

季惜城一脸沉郁，又要走。洛攸拦住他，"我想跟你聊聊。"

季惜城讥讽道："想让我放你离开？可能吗？"

洛攸摇头，"我出去看过了，你小时候就住在这座岛上？"

季惜城仅仅是眉梢挑了一下，似乎对洛攸的"发现"并不意外。

"我想知道你的事。"洛攸态度一点点变得强硬，"我们都还在安息要塞的时候，我从来没有跟你打听过。但现在，关于你的一切，我都要知道。"

季惜城睨着洛攸，片刻后冷嗤，"凭什么？"

"你的身世必然是民众不可查阅的词条，你的AI管家却知道得太多。你没有关闭它的某些权限，说明你并不禁止我向它了解你的事。但是……我更愿意你亲口告诉我。"

些微光亮穿过季惜城眼睫，闪烁着消失于瞳仁，他就这么安静地注视洛攸，好一会儿才说："你相信吗？"

"相信什么？"

"莫叙格被约因人异化，我是人类和虫族的后代。"

洛攸指节泛白，"这改变不了一个事实——不管你是什么，你都是我所知的季酒。"

季惜城半拧着的眉间流露出些许惊讶，"你不害怕？"

洛攸松手，“我在你眼中就这么胆小？”

季惜城不语，洛攸也没马上继续说。

“AI 管家告诉我的信息太少，我只知道你从小和你母亲被囚禁在这里。”洛攸说，“我的疑问它答不上来。仅凭已知的信息，我其实不相信你有非人类的血缘。自从你 18 岁来到第九军区，就与我们一起抗击虫族，你和我，没有任何不同。如果以上只是我的主观感受，那前任首脑季刑褚的判断就代表客观。他承认了你，没有阻止联盟的权力被交到你手上。”

季惜城问：“你考虑了一天？”

洛攸点头，“直到险些被链子绊倒。”

季惜城挖苦道：“那你可以继续考虑，反正你逃不掉，也没有别的事能做。”

几天下来，洛攸已经摸清季惜城的内心。季惜城故意说出难听的话，还用细链锁着他，但是当细链有万分之一伤害到他的可能，又连忙将细链解开。

五年的时间在季惜城心中积累了太多痛苦，这些痛苦只能对他释放。他用不着畏惧，因为这并非真正的恨。

“我一定要听呢？”洛攸进一步，“你看过我的体检报告，我受到高一层宇宙影响，嗜睡，想多了头痛。”

季惜城脸沉下来。

洛攸捂了下额头，强调：“今天头就很痛。”

季惜城冰一般的脸稍稍融化，“我也不知道我到底是个什么。从我有记忆以来，就有很多人想杀死我，但又杀不死我。”

洛攸立即想到季惜城那诡异的精神力。

“他们说莫叙格被异化，异化莫叙格的那只虫子，是约因最强的首领之一。”季惜城冷声道，“但是他们既然能够轻易杀死莫叙格，为什么奈何不了我这个莫叙格的后代？”

洛攸迅速消化季惜城的话，“所以你也怀疑发生在莫叙格身上的事？”

沉默良久，季惜城看向洛攸：“你说我应该是什么？”

洛攸张了张嘴。

季惜城说：“你也说不出来。”

“是我的弟弟。”洛攸突然道，“我们在安息城拍过全家福，按照地球时代的风俗，有全家福，就是家人。”

季惜城讶然。

洛攸道：“你不用立即告诉我全部。我们慢慢来。你今天说一句，明天再说一句，我等着。”

首都星上永远不缺谈资，轰轰烈烈的嘉奖仪式转瞬成为过去时，下城开始谈论新的流行。人类仿佛天生对豪门的秘密津津乐道，过去许多年里，最受欢迎的豪门八卦都围绕季擒野和伊萨・柏林斯。不过近来季惜城开始成为下城流言的新宠。上城政客军官们不敢谈及的事，下城的平民倒无需忌讳。

洛攸和外界的沟通渠道完全被切断，但他比自己想象中的更淡定，在和 AI 管家的聊天中，掌握到更多细枝末节。

比如安息要塞所有使用他语音系统的医疗机器人都被季惜城转移到首都星，季惜城有时会让它们一起说话。

用 AI 管家的话来说，就是“天哪太吵了我耳朵聋了酒酒是不是有什么毛病这都能忍？”

还有那个完全仿造他制作的仿生人，那本是 AI 管家的实体，却从未启动过。

“你敢相信？酒酒斥巨资做好仿生人，却不用！那明明是我的实体，我却不能用！”AI 管家越说越气愤。

洛攸起初也不明白季惜城为什么不启动仿生人，但后来有点明白了。

有一天，季惜城心情看起来不错时，他问了这个问题，想要证实自己的猜测。

良久，季惜城说："我启动过一次，它一开口，我就知道它不是你。它和你一样，声音也和你一样，仿生人和真正的人类几乎没有区别，可它不是你。"

"它的每一个动作，每一个眼神都在提醒我，你已经死了，它只是你的复制品。"

"但你没有死，你只是忘了承诺过我的事。"

"我关掉它，再没启动过。它站着就好，我可以想象那是你。"

"我的队长还活着，洛攸没有死。"

中央军特勤总部。

江久大步流星从金属质感的长廊走过，虽然身上穿的是中央军制服，胸口却别着风隼徽章。走廊尽头，一扇黑银色的门紧紧关闭，中间是一道齿状错痕。一道红光自他头顶扫下，冷漠的机械音响起——

"身份识别完毕，中校江久，无进入权限。"

江久脸颊绷起咬肌，右拳狠狠砸在门上。红光顿时闪烁暴涨，充满警告的意味。两名仿生人卫士从左右出现，将江久架起来。

"放开我！"江久在警报中大喊，"我要见季惜城！"

门打开，黑衣黑发的高个男人从里面走出来。江久看见他，更加激动，"洛攸在哪里？"

宿戎道："入队也有三个月了，怎么还是这么没规矩？"

"呸！我稀罕你们这儿的规矩？让我见季惜城，或者把洛攸还给我们！"

"洛攸上校现在一切都好，无需担心。"

江久哪里听得进去。起初他与达利梅斯接受安排，调入特勤总部，以为季惜城就算真把洛攸关起来了，也不会关太长时间。但这都过去三个月，他们连洛攸一面都没见上，前几日江久去下城，更是听来一耳朵风言风语，再也忍不下去。

但这里终归是季惜城的地盘，他和达利梅斯再怎么着急也没用。被仿生人架出去时，他红着眼喊道：“你们真以为权力能够一手遮天？”

宿戎回到会议室，季惜城和伊萨·柏林斯正在商讨要事。

数月前，第四军区嘉比隆星因为军用金属曾发生过一次动乱，背后牵扯到季江围和金鸣许雾。

季江围本是季家这一辈的领军人物，少时就拉拢了一帮家族内外的人为之效命。若是没有金鸣苦的搅局，他很可能在不久的将来，从季刑褚手中接过族长的权杖。

但动乱一起，季江围与金鸣许雾勾结，非但不为营救季刑褚出力，反倒暗中活动，企图将水搅得更浑，借金鸣苦的手了结季刑褚，再站在大义的角度围剿金鸣苦。

这场闹剧的末期，季江围不甘心居于季惜城之下，竟然雇敢死队暗杀季惜城，被伊萨从中阻拦。季江围被免去所有军中职务，此后由最高军事议会下令流放至第四军区。

对金鸣许雾的指控却没有足够的证据。目前季江围被关押在第四军区 08 号军事监狱，金鸣许雾则恰好在嘉比隆星担任总督。

伊萨上次稳定第四军区的局势后，专程去监狱探访过季江围。

他俩各是家族中最被期待的人物，在相似的环境中长大，算得上旧识。季江围自幼飞扬跋扈，周围总是绕着一圈拍马屁的权贵子弟，伊萨却喜欢独处，娴静温和。

季江围短暂地欣赏过伊萨，想拉拢伊萨做自己的盟友，却被季擒野当面斥责，那句“你给伊萨舔鞋都不配”几乎成为季江围少年时期的阴影。

季擒野简直是个小疯子，这话当着所有权贵小孩说出来，半分面子都不留与他，骂完就扯着伊萨的手，趾高气扬地走了。

监狱重逢，季江围不复过去的神采，满脸戾气，讥讽道：“我真的很好奇，你这么帮季惜城，到底是为什么？他给了你多少钱？”

伊萨与这位眼高手低、自命不凡的旧识向来没多余的话可说，亲自去一趟监狱，不过是为了确定季江围的现状。至少在那时，季江围还被关在08号军事监狱，是他所熟悉的样子。

但短短三个月，伊萨收到密报，季江围从监狱里消失了。

“白雪已经检查过安保系统，没发现问题。”伊萨正襟危坐，面容略微凝重，“我上次也有意了解过08号狱中的结构。季江围被单独关押在地下七十层，几乎没有可能逃脱，更没有可能神不知鬼不觉地逃脱。”

白雪舰队是伊萨的亲兵，虽然名为舰队，但主要的职责是搜集情报、执行暗杀。

季惜城看着展开的全息图像，关押季江围的狱层布满监控设备，但人已经不见了。

而三天前，季江围还调戏了一名女性狱警。

“他说不定早就不在里面。”季惜城说，“这个人不一定是他。”

伊萨点头，“08号监狱每个月会对囚犯进行一次生物体检，最近一次是在十七天以前。这十七天里出现过变故。季江围出去，一定会与金鸣许雾汇合。”

宿戎站在季惜城身边，欲言又止。

季惜城看了宿戎一眼，“你有话说？”

宿戎点头致意，“江久又来了。将军，关于洛攸上校，下城传闻越来越多，恐怕被有心人利用。”

季惜城神色一寒，仿佛不想在此时听见洛攸的名字。

宿戎也只是简单一提，识趣地退到一旁。此事不该在这场会议上讨论，甚至不该被讨论，但现在却是最好的时机。宿戎余光瞥向伊萨。

伊萨未与他对视，看向季惜城的目光有几分担忧，斟酌片刻道：“惜城，那天很多人都看见你将洛攸带走。”

季惜城脸上浮起几许冷厉，“所以？”

“下城的民众纷纷传言，说你囚禁了英雄。”伊萨叹气，“我知道这是你和洛攸的私事，但是你也应该清楚，你所站立的地方，没有真正的私事。”

季惜城哂笑一声。

在众目睽睽下带走洛攸是个意外。他本有更加周密的安排，季擒野却把一切搞砸。当时洛攸人事不省地倒在那里，他无法站在远处冷静地看着。

伊萨说："尤其江久和达利梅斯是洛攸的队友，关系非比寻常。可能的话，让他们与洛攸短暂地见个面，让他们放心。"

联盟的角落暗流涌动，漩涡中心的首都星传言四起，政客们各怀心思。但洛攸待在浮空岛上，还颇为自在。

如果加上那在穿越中流逝的五年，他今年已经 32 岁，如果不加，则是 27 岁。按小的算，他 27 年的生命里，自从出生，就一直在拼命。在克瀚氏城的实验室，拼命活下来；长大一些在校场，拼命胜过其他人；被选到安息要塞，拼命变得强大；在一次次任务中，拼命保护同伴和无数陌生的民众。

如果不是被卷入高一层宇宙，他已经在拼命中结束这短暂的一生。

现在的境遇迫使他放下责任，他大约是个在任何条件下都能适应良好的优秀军人，拼了 27 年的命，有人非要给他放假，那他便享受这个假。

L04 浮空岛足够大，洛攸前阵子让季惜城开启 AI 管家的园林功能，季惜城警惕地盯着他，他的头于是又开始痛，季惜城看上去更不高兴了，然而第二天 AI 管家却兴冲冲地跟他说："洛攸，我点亮了种田技能！"

洛攸先是在别墅前面开垦了一块地，种一种名叫瑟丝岚的花，这种花在首都星很少见，在安息城却随处可见。它的花朵是幽蓝色，每朵只有指甲盖那么大，但一枝能开几十朵，层层叠叠簇拥在一起，如辽阔的海。如果是晴天，它们在开花的同时还会溢散出荧光，远远看去，犹如海面的波光粼粼。

不过洛攸刚把花苗种下去，地上只有一片可怜巴巴的绿芽子，要开成波澜壮阔的海还早得很。

"洛攸，你不累吗？我都累啦！"AI 管家躺在沙滩椅上嗑瓜子，脸上还戴着一副蛤蟆镜。

自从上次谈心之后，季惜城就默许洛攸启动仿生人了。AI 管家若是没有实体，有些工作就不方便做。

头一次钻进实体，AI 管家兴奋得给洛攸表演了一回广播体操，洛攸看着对面那个和自己有同一张脸的仿生人做出各种匪夷所思的动作，十分后悔启动了它。

不过 AI 管家也只有在季惜城不在时才钻进实体，季惜城一回来，它就老老实实飘着了。

“酒酒不想看到我呢。”AI 管家用抑郁的语气说。

洛攸：“……”

今天他们要开垦下一块地了。洛攸做了详细的规划，三天完成一块地的开垦和插苗，到明年这个时候，从别墅的二楼看出去，应该能看到一片幽蓝的海。

AI 管家每天都偷懒，倒是洛攸垦得格外起劲，若是有外人看到这幅画面，保准以为躺着沐浴日光微风的才是洛攸。

“洛攸，来歇歇！”AI 管家拍拍身边的空位。

洛攸擦掉汗水，继续开垦。

“你不累吗？”

“总得找点事做。”

“但你做这些事有什么意义呢？”

“但凡是人类做的事，都必然有意义。”

AI 管家一脸呆瓜相，它储备着浩瀚的数据与信息，但是只要洛攸跟它扯哲学，它的脑瓜子就转不过来。

不过这些伪哲学问题也只能为难一下 AI 管家。

季惜城看见那一片幼小的苗时，脸色沉了下去，“瑟丝岚生长在安息城，你想离开。”

洛攸摇头。

季惜城愈加不满，“你还想告诉我，你已经无聊到需要种地来消耗时间。”

洛攸还是摇头，“你不孤单吗？”

季惜城一怔。

洛攸说：“这座岛上只有草坪，你小时候看见的，现在看见的，都是草坪。我给你种上瑟丝岚，季节到了，草坪就变成海。我们同时拥有天空和大海。”

chapter09 第九章 卡修李斯

季刑褚即将走完漫长的盛年期，迎接他的将是衰败与死亡。他的脸皮已经松弛，往日鹰隼般的目光变得浑浊，眼尾下垂，显得没什么生气，双手如同晒干的树枝，上面蒙着一层陈年旧布。

但在全息投影前，他竭尽所能挺直腰背，刻意地昂起下巴，不愿意输给投影中的年轻人。可即便季惜城仅是手扶额角坐着，散漫松弛，也比他威严许多。

“什么事？”季惜城冷漠地看着季刑褚，视线经由全息投影，有种无机质的凉意。

季刑褚有备而来，却在这番对视后隐隐败下阵来。他曾经是白枫联盟权势最盛的人，联盟没有皇帝，他却是实际上的皇帝，一句话就能决定无数人的生死。

然而五年前的祸事之后，他不得不交出权力，在这栋所谓的高级军官疗养院养老。

但他仍是季家的族长，既然有些事已经传到他耳边，为了家族利益也好，联盟存亡也好，他都必须过问。

季刑褚深吸一口气，按捺住面对季惜城的不安，“你不该擅自将洛攸带离公众视线。”

季惜城浅蹙起眉，冷笑道："擅自？"

季刑褚松垮的眼皮跳动，稳住气势道："你手握重权，但正是因此，才更加不可肆意妄为！"

"老先生，你这是在对我说教吗？"季惜城双手缓缓合拢，交叠在一起，眼尾勾勒出一抹暗光。

季刑褚手指开始发抖，毫无疑问季惜城是他这一生遇见过的最为恐怖的对手，因为这个人没有道理可讲。半分钟后，他强迫自己冷静，"我这里也有一份洛攸三人的检查报告，他们自称曾经穿越到高一层宇宙，但没有任何证据能够证明他们的话。江久和达利梅斯处在医疗团队的监控下，身体的一切变化都会被记录。但是洛攸，他已有四个月没有接受扫描。我是经历过战争的人，见识过约因人的诡计多端，他们更可能是……"

季惜城打断，"约因人的间谍。那又怎样？"

"你！"

"你忘了我的身份？"

季刑褚先是怔愣，而后瞳孔剧颤。

"想起来了？"季惜城的微笑毫无温度，"我是约因人的后代，是个半人半虫，总有一天会毁掉白枫的怪物。"

季刑褚脱口而出，"你不是！"

"季家需要我的时候，我就是人类，季家不需要我的时候，我就是虫子，季庭钗是嫁给虫子的愚蠢女人。"季惜城淡淡说，"我到底是什么？"

冷汗从季刑褚额头落下，他小幅度摇头，吐词含糊。

"行了，一个人到底是什么，不取决于他本来是什么，取决于掌握权力的人需要他是什么。"季惜城道，"老先生，现在权力在我手上。"

季刑褚眼中渐渐流露出悲戚，"我所做的一切，都是为了白枫联盟。"

"那很不巧。"季惜城眯着眼，幽幽道，"你的大义没能遗传给我，我继承的是虫族的贪婪。"

季刑褚徒劳地伸出手，全息投影却在此时消失。

田地刚开垦时是最丑的，一水凹凸不平的褐色，即便冒出嫩绿的芽，也还是遮挡不住大面积泥土。

洛攸和AI管家勤勤恳恳开荒，终于将别墅一周插上瑟丝岚的种子，浇上高效生长液之后，绿芽渐渐覆盖泥土，一派欣欣向荣。

“洛攸，你又要睡觉了？”AI管家正指挥机器人播种。

洛攸边向别墅走边说：“嗯嗯睡午觉。”

睡午觉的习惯是被关在浮空岛后才有的。洛攸过去27年的人生就不知道什么是午觉，甚至因为精力过于旺盛，晚上要在模拟舱中加大训练强度才能好好入眠。

现在他嗜睡，季惜城晚上还会掠夺他的睡眠时间，他只能抽白天季惜城不在，好好补个眠。所幸他已卸下军务，顶多影响种田的效率。

洛攸没去卧房，就蜷缩在阳台的沙发上。他很喜欢在这里睡午觉，日光和煦，像柔软温暖的被子，若是一不小心睡得太久，醒来时正好能看见融化在天际的水红色落日。

季惜城提前回来，“嗜睡是什么感觉？”

洛攸第一反应是这个问题很智障。

季刑褚的那几句质问，季惜城并不放在眼里，洛攸是从高一层宇宙回来的也好，是约因人的间谍也好，洛攸就是洛攸。

但洛攸嗜睡，在第九军区隔三岔五接受体检，来到岛上之后，已经快四个月未体检。AI管家虽有医疗功能，但无法与军方的大型检查设备媲美。

今天他脑中始终回荡着一个问题——洛攸会不会在某一次睡着之后再不醒来？

这问题让他难以专注，打开全息投影，洛攸果然又在睡觉。

“明天去医疗中心。”季惜城说。

洛攸惊讶，“你要带我出去？”

季惜城明显不高兴了——最近他时不时会在洛攸面前将情绪写在脸

上，就像当年在安息要塞时，“你很想离开？你要逃走？”

“想什么啊酒酒！”与之相应，洛攸的拘束也逐渐消失，重拾过去的称呼，“我就是好奇。为什么突然带我去医疗中心？”

季惜城皱起眉，“你嗜睡。”

洛攸不在意道：“老毛病了，别担心。”

季惜城沉默了会儿，“江久和达利梅斯定期会做全面体检。”

“嗯？”

“他们有的，你也要有。”

洛攸品了品，“你为什么要冷着脸说这句话？”

季惜城凝视洛攸。洛攸的精神力犹如宇宙，广袤深邃，神秘浪漫中裹挟着毫不掩饰的杀意，八年前正是这独特的精神力给季惜城封闭的世界打开一道门。

现在，洛攸释放出的温柔精神力就围绕着他，没有宇宙尽头灼烧的气息，没有战鼓的沉重轰鸣，只有醇厚和宽容。

“我每次体检都正常，我的身体是健康的。嗜睡也许是精神力的问题，但没有一种仪器能检查出异常。”洛攸声音轻轻地，“你担心的话，就来检查。”

几乎没有人会对另一人开放自己的精神力领域，这太危险了，且不说万一对方心怀不轨，自己的精神力体系会被瞬间摧毁，变成不生不死的植物人，即便是对彼此交付真心的挚友，不同的精神力也会产生冲撞。更关键的是，这种行为于己无益，只有濒死之时，精神力领域洞开，由外界进入的强刺激有机会拉回一条命。

季惜城短暂失神，少顷，潮湿阴戾的精神力暴躁，成千上万无法用视觉捕捉的丝绦在空中乍现，狂舞盘旋，黑雾绽开，缠住洛攸的精神力。

洛攸紧咬住牙关。他好冷，像是有无数道极寒的气流钻进了他的神经与血管，他如同被冰封，可它们却在熊熊燃烧。他看见血色的火光，宇宙深处灼眼的金，还有一瞬间冲开的黑色涟漪。

精神力领域正在剧烈震荡，他仿佛被无穷的黑色丝绦层层叠叠缠绕，最后听见的是一声孩童的哭泣。

他猛然凝神。

季惜城已经收起精神力，正专注地看着他。

“检查好了吗？”片刻，洛攸问。

季惜城说：“你又在耍什么花招？”

洛攸笑起来，“这花招有没让你安心一点？”

季惜城闭口不答，好一会才点了点头。

次日，洛攸时隔四个月，又一次乘上飞行器，前往医疗中心接受全面体检。江久提前得到消息，和达利梅斯等在中心门口。

洛攸一改种地时的装束，再次穿上严整的军装，竖立的制服衣领遮住了细链。

江久看着洛攸走进转移舱，大喊道：“洛攸！”可惜距离太远，中间隔着阻音墙，洛攸并未发现队友正焦急地看着自己。

医疗官毕恭毕敬地将报告呈送给季惜城，和前面的几十次没有实质区别，不过相对于刚返回联盟时，洛攸身体更加健康，已经恢复到执行太空战的水平。

“我绝不相信洛攸上校是间谍，我接触过许多被约因人异化的人类，洛攸上校和他们完全不同。”医疗官是名老学究，只认自己看到的数据，“白枫有幸，上校这样的英雄还能重回前线。”

可怖的精神力沉沉压下，季惜城面无表情地说：“谁说他会重回前线？”

医疗官在威压中喘不过气来，双眼暴突。洛攸披着外套急急赶到，“我哪里也不去，洒洒，放松！”

季惜城一瞥那一截露出的细链，怒意滔天的精神力这才散作尘埃，消失于天光。

做完体检，本来应当立即返回 L04 浮空岛，但坐上飞行器时，洛攸却故意释放出似有似无的精神力。

季惜城皱眉看他，“做什么？”

“我想去纽维兰酒店吃面。”洛攸说。

季惜城沉默半晌，“你猜到了？”

“不用猜，只有老钟的店能做出那种味道。”洛攸说，“我来到首都星的第一顿早餐，你故意让酒店给我做了鲜鱼浓汤面。”

被戳穿心思，季惜城目视前方。

飞行器上只有他们二人，自动驾驶程序正在运行，一道语音提示响起，询问进入哪一条航道，季惜城说回 L04 浮空岛，洛攸闻言没再坚持，老实坐在座位上。

谁都没再说话，飞行一段距离后，季惜城拿余光瞥洛攸。洛攸脑袋斜向他的反方向，假装打瞌睡。

他与季惜城之间，看上去他完全处于劣势，但实际上季惜城正在一点点向他让步。季惜城每退一寸，他就进一寸。

他想解开季惜城的心结和身世的谜团，让季惜城真正轻松下来，哪怕慢一点也没关系，所以他不能永远待在那座只有他们的浮空岛。

洛攸正想着，就听季惜城低声道：“去纽维兰酒店。”

导航问：“目标由 L04 浮空岛改为纽维兰酒店？是否确认？”

季惜城的声音有些不耐烦，“是。”

“好的，正在重新规划航道……”

洛攸装不下去了，一睁眼就对上季惜城的视线。

“你装睡？”

“你怎么改变主意了？”

季惜城扭头看向窗外。一架架民用飞行器在上城穿梭，天光正好，令人眼花缭乱。安息城看不到这般繁华的景象，但洛攸的心绪突然飘到了很久以前，带着季酒在夜市游荡的日子。

“你摆脸色。”季惜城的声音将洛攸拉回来。这话没头没尾，洛攸愣了几秒，才明白季惜城这是在回答他那句“你怎么改主意”。

这可真是太冤枉了。洛攸连忙说：“我没摆脸色！”

季惜城再次侧过脸来看他，神色不悦，“你不说话，还装睡。”

别扭的季酒又回来了，洛攸唇角压着笑，精神抖擞地坐好。

飞行器直接停靠在纽维兰酒店，洛攸以为要去餐厅，却被经理领到贵宾套房。

“这是你的专属房间？”洛攸一进屋就感知到熟悉的精神力残余。

季惜城说：“纽维兰是季擒野的产业。”

洛攸脑海立即浮现出那个婀娜高挑的“女人”。季擒野虽然玩世不恭，行事乖张，恶名在外，却是季家唯一关心季惜城的人。既然是季擒野的地盘，就意味着安全，难怪他当初被安排在这里。

不久，热腾腾的面被送到套房，季惜城没动，看着洛攸吃。

洛攸今天并不是为了面而来，吃完自己的，问：“你不吃我吃了？”

季惜城点头。

洛攸把碗拿过来，但还是给季惜城留了几筷子，边吃边说：“我去过老钟吃面，附近的贩子说，战争一开始，他们就不见了。以当时的混乱，很可能已经死亡。”

季惜城沉默。

“我在厨房见过老钟的仿生人。”洛攸问，“你是怎么找到他们？”

季惜城眼中掠过一片森冷，“找？你没想过，其实是我杀掉他们，用他们的脑子、基因复制出仿生人？”

洛攸又吃了一口面，“你不会。”

季惜城轻哼一声，直到洛攸把剩下的面吃完才说：“战争开始以前，他们就已被异化。他们不是消失，是想趁乱回到约因舰队。”

这倒是出乎洛攸的意料。他与老钟打了许多年的交道，最后一次见到老钟时，老钟还是个正常人。

洛攸问：“是什么时候……”

季惜城摇摇头，“我找到他时，他和他那做烟草买卖的兄弟都已是彻头彻尾的虫子。”

被异化的人要么被当场处死，要么被关押在研究所，钟家兄弟却成了例外，被提取人类基因与大脑，制作成仿生人，日复一日煮面、制作烟草。

洛攸听得沉默，眼神黯然。那些和平的时光走马灯似的闪过，老钟和烟草老板都曾是有血有肉的人，是他的同胞，现在却成了仿生人。而更多被异化的人、死在战争中的人，连成为仿生人的机会都没有。他们这些视死如归的军人，到底还是没能保护所有人。

虫族隐患不除，将来还有多少人会重蹈老钟一家的悲剧？

季惜城凝视洛攸，突然冷声道："你害怕了？"

洛攸回神，不解道："害怕？"

"我把活生生的人变成仿生人。"季惜城说，"你不害怕吗？"

洛攸站起来，走到季惜城身边，扶着季惜城的肩膀，"为什么要这么想？伤害他们的不是你，你让他们的生命以另一种方式延续下来。"

季惜城眉梢极轻地颤了下。

"我在想，你找到他们，一定很不容易。"洛攸又道，"你想复制我们在安息城的一切，发现他们已不再是人，你很难过。他们和我是一起被制作出来的吧？"

季惜城沉默走向窗边，这里几乎是首都星最高的地方，苍生万物匍匐在下方，可是神也有许多达不成的愿望。

洛攸跟上去，两人并肩站着。少顷，洛攸说："好了，我的一个疑问解开了。"

季惜城说："你来这里，是想知道钟家仿生人的事？"

"不然还是为了吃面？"洛攸转身，"我们回去吧。"

季惜城问："解开一个疑问，那你其他疑问打算什么时候解开？"

洛攸有些惊讶。如果没有理解错，季惜城的意思是要给他的所有疑问找到答案？

见洛攸呆呆地看着自己，季惜城紧蹙眉心，"没有疑问就回家。"

"有！我想去霜离军校。"

霜离军校，白枫联盟最负盛名的军校，培养出了一代一代名将，他们前赴后继，护佑人类文明走向鼎盛，怀抱人类生命之火不灭。

但在一百多年前，这个英雄的摇篮开始走下坡路，最后一位家喻户晓的名将是卡修李斯元帅。在这之后，霜离军校逐渐被其他军校超越，不复当年的荣光。

季惜城的父母都是霜离军校的学子，在那里相识相爱，洛攸多次设想，那里是否藏有什么秘密。

飞行器穿过层层叠叠的云雾，向下城驶去。离霜离军校越近，洛攸的心脏就跳得越快。

当人类用反重力技术修建起一座座浮空岛，首都星就被分成了上城与下城。重要军事机构几乎都搬移到上城，上城象征权力，以区别于下城的芸芸众生。

唯一没有被搬移到上城的是霜离军校。

飞行器缓缓降落，霜离军校斑驳古朴的大门出现在视野中，洛攸有一瞬间感到心潮澎湃。

它一直在这里，从人类走向星际时代之初，它就扎根在这片土壤里，供养它的学生走向更远、更高的地方。它是联盟军事力量的基石，即便现在没落了，其他军校的辉煌将它藏在了一片阴影下，可它不曾倒下，两千年前是怎么伫立的，两千年后，下一个两千年后，仍是如此伫立。

洛攸整了整军装，跟随季惜城穿过大门。

与此同时，在伊萨·柏林斯的战舰上，出现了一个不速之客。

伊萨今天眼皮跳了好几下，早上开会时还轻微走神。副官察觉到他不对劲，会后还特意询问他怎么了。伊萨摆摆手，说可能没有睡好。从小他的身体素质就比不上季江围、金鸣苦等人，但胜在精神力等级奇高，尚未成年就接近 SSS，再加上后天勤奋，到现在成就已经远非季江围之流能比。

但身体仍旧是他的短板，长久高强度工作后，他偶尔会出现神游、头痛的情况。好比一副不那么优秀的躯壳，承载不了天生精绝的精神力。他这毛病实属独一无二，联盟医术最高强的医生也能以根治，所开的药剂只能起到暂时抚慰的作用。

伊萨服下药物后回到指挥舰的中央控制舱，看了几行数据，头又开始疼痛，眼前的数字图标像被水染开。药似乎已经压制不住他那过于兴奋而庞大的精神力了。伊萨用力捏着眉心，甩了甩头，不想露出疲态。

白雪舰队正在向第四军区航行，有几件棘手的事需要他去解决。

上个月季江国离奇消失在戒备森严的军事监狱，白雪的情报队员非但未能查出缘由，两名队员还在执行任务时精神力横遭重创，命虽然救回来了，但精神力枯竭，成了疯子。前不久闹出乱子的嘉比隆星极有可能是季江国的目的地，他部署大量队员候在那里，但是季江国始终没有出现，其党羽金鸣许雾看上去也没有异动。

越是平静，其下越可能暗流涌动。

伊萨跟轮值舰长交代了几句，去控制舱旁边的战备舱休息。然而刚闭上眼，就感知到熟悉的精神力。那精神力和所有军人都不同，毫无攻击性，却像天罗地网，能将人结结实实困住。

这精神力是他的克星也是救星。每当他身体的能量无法约束庞大的精神力，就只有那人的精神力能够帮他。

但季擒野怎么可能跑到白雪舰队上来。

伊萨心道是错觉，但那精神力越发强悍密实。他猛然睁眼，闯入视野的是一道身穿黑色军装的身影，视线缓缓向上，胸口别着一枚白雪舰队徽章。不待他继续抬眼，面前的人已经弯下腰来，双手撑在座椅的扶手上，一张迷倒全联盟的美丽脸庞倒影在他的瞳孔里。

“又难受了？”季擒野半点不解释自己违纪上舰的事，“还好我在。”

“你……”伊萨想将人推开，但铺天盖地的精神力已经压住他，像一万只柔软的手，正在安抚他躁动的精神力。灵魂如同一只在温暖掌心下翻起肚皮的狗，浅灰色的眸子浮起薄雾，灰烬在虚空中潮起潮涌。

“好了，好了。”季擒野声音轻得如同摇篮曲，“我陪着你，很快就不难受了。”

伊萨睡了一觉，醒来时神游的问题已经消失，季擒野又一次治好了他，他看着那人递来的咖啡，难堪地皱了皱眉。

“病好无情。”季擒野笑着啧了声，“说的就是你，伊萨将军。”

伊萨整理好军装，“你是怎么上来的？”

季擒野笑，“我好歹算你半个医生，上舰还不容易？你还想躲我到什么时候？”

伊萨后退一步，皱眉与季擒野对视。二人一方面带微笑，一方肃然正气，但落了下方的偏偏是伊萨。

伊萨浅浅移开眼，“没躲你。”

“撒谎。我哪儿又惹到你了，你回来宁可见惜城也不见我？”

伊萨觉得这人简直无理取闹，“我见惜城是公务。”

季擒野撇了下嘴，“你总是有理由。要不这样，我向惜城学习，也把你藏起来？”

伊萨说：“来了就来了，别影响我工作。舰队军纪严明，不要乱跑。”

季擒野笑了笑，“军纪严明我不也混上来了？”

“你闭嘴。”

季擒野举手投降，“惜城让我跟来的。”

伊萨意外道：“为什么？”

季擒野耸耸肩，“他的嗅觉比你更敏锐，第四军区危机四伏，你的人在暗处侦查，明面上还需要我去活动。”

霜离军校内外有十二处防御工事，由防御光罩、反杀系统等构成，外人想要进入，必须获取相应的权限，否则极有可能死在防御工事中。

季惜城以上将权限带洛攸步入校园，消息立即被送到军校高层。现任校长不在，副校长韦秦岭慌慌张张赶来。他腰圆腹大，将军装撑得像一个快破掉的椭圆桶，帽子一摘，泛着油光的脑门上冷汗淋淋。

“将，将军，您怎么来了？”

饶是洛攸早已知道霜离军校日渐没落，看见副校长是这副熊样，也难免心惊心酸。自他与季惜城踏入校园，就没有看见一个学生，没听见一声呐喊，此时正该是上课时间，人都到哪里去了？

他们正立在一条漫长的林荫道，巨树参天，日光从树荫间漏下，道路两旁是校场。洛攸在全息影像上看到过这些巨树，它们之所以能长这么高，这么粗壮，是因为霜离建校伊始，它们就在这里了。它们守护着精英学子走向辽阔的太空，看着他们最终成为恒久不灭的星星。

“来看看有没有不错的苗子。”季惜城冷淡地回答。

韦秦岭更加焦急，“将军，您说笑了，我们这儿哪有什么好苗子……”

季惜城从他身边走过，“那就随便逛逛。”

“唉！”韦秦岭连忙跟上去，想说什么又不敢开口。这位大人物他只在光屏上见过，传闻将军不苟言笑、杀伐果断、城府极深，他实在猜不透，他们霜离军校已经被联盟冷落上百年，掌权者怎么会突然驾到，还带着那位传闻中被囚禁起来的英雄。

洛攸在原地站了会儿，释放出精神力，季惜城立即转过身。他没管季惜城，继续专注地感知，精神力丝丝缕缕地散出去，云线一般蔓延向校园的各个角落。他也不知道自己想探查什么，他习惯于用精神力寻捕约因人，但这里并无虫族的气息。可是进入军校后，他感知到隐约异常，就像在某个磁场上，有什么正在共鸣。

精神力触摸到了共鸣，却无法抓住。很快，洛攸额前渗出汗水，他唯一能够确定的是，在 2 点钟方向，共鸣更加强烈。

季惜城问：“怎么了？”

洛攸以目光示意，“那是什么地方？”

韦秦岭赶紧道：“是中心图书馆。那里有什么问题吗？”

洛攸摇摇头，看向季惜城的眼神和方才不同，不知是不是巧合，季惜城靠近他时，共鸣出现起伏。那古怪的共鸣难道与季惜城有关？

季惜城蹙眉，“你在想什么？”

洛攸犹豫两秒，“我想去图书馆看看。”

穿过林荫道，终于看着一群学生打扮的人，但他们与洛攸心目中军校生的形象相差甚远，制服随意披在身上，戴着夸张奇特的饰品，头发经过精心打理，毫无军人气质，像一群赶去参加 party 的普通人。

洛攸问：“他们是怎么被招进来的？”

韦秦岭叹气，“上校，您有所不知，有望成为将星的人已经不会到霜离来就读了。九大军区任何一所军校拎出来都比我们强，这里就只是个下城的社交场所，富裕一点的平民把孩子送来，出去也能说是从霜离毕业的。上城那些有身份的子弟，早就看不上我们了。”

洛攸看了季惜城一眼，季惜城神情寡淡，似乎不为所动。

一行人来到中心图书馆。校内还有两座图书馆，这是最重要的一座。洛攸循着共鸣而来，但到了地方，那道共鸣感却消失了。他怀疑是自己感知有误，立即将精神力延展出去，但共鸣就像从未存在过一般。

洛攸的反常逃不过季惜城的眼睛，“有什么把你吸引到这里来？”

“不是……”洛攸下意识否认，却看见季惜城的眼神格外平静，马上反应过来，“你也感觉到了？”

季惜城缓步走入图书馆，足音在空旷古老的殿堂里显得遥远寂寥，像是从另一个时空传来，“很多年前，我就被它所吸引，为了靠近它，就必须离开浮空岛，我曾几次因此遭遇暗杀。”

洛攸惊骇得瞳孔急收。

“但是我至今不知道那是什么。”季惜城潮湿污秽的精神力极速蔓延，顷刻间充斥整座图书馆，“我以为只有我一个人能感知到它。”

韦秦岭和其他人在这精神力之下抱头跪倒，洛攸却走过去，目光略微下移，落在季惜城的胸口，他“听”见那里传来极细微的动静，来自季惜城一直戴着的挂坠。

季惜城的精神力几乎将整座图书馆笼罩起来，外人难以踏足，亦无法窥探其中的动静。洛攸手指虚点在季惜城胸口，一道冰凉却柔软的力道仿佛经过指尖，穿行入血液。洛攸怔住，抬眸看向季惜城，“它好像在回应。”

季惜城低头，肉眼看不见任何异象，然而精神力却能够洞察洛攸所说的回应。挂坠正发出清响，空灵地回荡。

须臾，季惜城手指在军装领口勾了勾，将挂坠扯出来。它通体莹白，表面光滑细腻，内里充盈着浓白色的光。

“它比平时亮。”洛攸蹙眉注视，光似乎在里面以极慢的速度流动，投映出的影子则像光柱一般在外界移动，“它和这座图书馆有关系？”

季惜城转动挂坠，目光突然变得遥远。每一道光柱仿佛都倒映出同一个小孩，那是因为好奇而屡次前往霜离军校的他。

“我不知道，从我记事起，就戴着它。季庭钗说它是我的护身符。”季惜城摩挲着挂坠，“在我的精神力还不足以赶走那些想杀死我的人时，它确实救过我许多次。”

洛攸认真地看向季惜城，“我想知道那时候的事。”

季惜城眼中的黑雾静静流淌，席卷，像是要将洛攸吞噬。洛攸忽然发现，季惜城的双眼和挂坠里的浓白其实很像，只是颜色一黑一白。

“你从 AI 管家那里知道的，基本就是我所查到的，但它们不一定是真相。”季惜城转过身，朝深邃的长廊走去。洛攸大步跟上。

在季惜城的记忆里，世界只有 L04 浮空岛那么大，他有一位美丽的母亲，几个仆从，庄园外有两队军人巡逻。他无忧无虑，直到经历第一次刺杀。

仆从倒在血泊中，草坪被血水染红，三架他从未见过的钢铁怪物出现在空中，朝着别墅扫射，他躲在季庭钗的怀中哭泣，季庭钗的精神力像伞一般张开，一直挂在他胸前的挂坠激烈嗡鸣，扫射突然停止，钢铁怪物当空爆炸，笔直坠落，化作齑粉。

“妈妈，它们是什么？为什么要欺负我们？”他哭得满脸泪水，惊恐仿佛印刻在了他的瞳孔里。

“那是武装飞行器，它们来要我们的命。”季庭钗的声音出奇平静，轻拍着幼子的背，“阿酒不怕，阿酒有护身符，谁也伤害不了我的阿酒。”

“它们为什么要我们的命？”

“因为害怕我们。”

“为什么害怕我们？”

季庭钗却只是温柔而悲伤地看着幼子，不再言语。

“妈妈。”他捧着挂坠，它已经安静下来，不再嗡鸣，周围环绕着一层温润的光。他看了好一会儿，不舍地将它摘下来。

季庭钗连忙阻止，“阿酒不能摘，要一直戴着，它才会保护你。”

他皱着脸，“可是妈妈没有，阿酒的给妈妈。”

季庭钗眼中闪烁泪光，亲吻幼子的额头，“妈妈有阿酒，阿酒可以保护妈妈。”

长大一些后，他渐渐明白，世界远不止 L04 浮空岛这么大，这里仅仅是一个囚禁他与母亲的监狱。他问季庭钗，我们为什么被关起来，季庭钗的答案和过去一样——因为他们害怕我们。

他开始拥有精神力，和季庭钗强大的精神力不同，他的精神力弱小得像一缕烟，不用风吹就会消散，可是他却能轻易入侵季庭钗的精神力领域，而季庭钗狂啸的精神力对他毫无作用。

他们又经过了几次刺杀，但没有人奈何得了他。

他有时会梦见一个从未去过的地方，那里绿树成荫，有辽阔的校场，古朴恢宏的建筑，排列整齐的军人正在操练，夕阳融化在天际，水一般荡开。

他问季庭钗那是哪里，季庭钗惊讶而茫然，问他为什么会梦到那里。他摇摇头。季庭钗说，那是霜离军校，是妈妈和爸爸认识的地方。

他已经到了懂事的年纪，知道自己除了母亲，也应该有父亲。这却是季庭钗头一回主动跟他提及父亲。

“我可以去军校看看吗？”他问。

季庭钗眼神渐渐变得空洞，低喃道：“我们哪里也不能去。”

他 10 岁那年，季庭钗自杀在浮空岛的边缘，尸体坠落，在燃烧的精神力中化为灰烬。浮空岛突然来了很多人，他被更加严密地监控起来，但当他释放精神力，即便是族长季刑褚也无法靠近他。

“孩子，你想要什么？”季刑褚问。

“我是什么？”他眼中孩童的光彩一点点消逝，“我为什么不能离开？”

季刑褚并未回答前一个问题，却告诉他：“这里是最安全的地方。”

即便如此，他还是几次私自离开。那些看守他的军人抵抗不住他的精神力，而他跳上飞行器，几乎是无师自通学会了驾驶。他在民用航道上穿梭，穿过云层，俯瞰下城的繁华，冥冥中像有什么牵引着他，将他领到霜离军校。

迈入校门，他就感到奇异的共鸣，挂坠温柔发光，清响不绝。眼前的景物和梦中所见一致，然而校场上没有刻苦训练的学生，也听不见朝气蓬勃的喊声。

外面总是比 L04 浮空岛更危险，由霜离军校往返途中，他遇到暗杀。那些人仇恨他，畏惧他，说他的父亲是怪物，所以他也是怪物。

他在霜离军校中心图书馆检索他的父母，却完全找不到相关记录。他不相信季庭钗会骗他，而那时他已经遍尝阴谋的味道，知道手握权势的人想要抹去一个人的存在是一件多么容易的事。

他，他的父母，都被季家抹除了，他们的存在仅有家族中的小部分人知道。

不知出于何种考虑，季刑褚明知他私自离开浮空岛，却未加阻止。16 岁时，他调取到一段家族内部的绝密记录。

洛攸手心已然出汗，“就是 AI 管家告诉我的事？”

季惜城脸上风平浪静，“季庭钗和莫叙格都是优秀的陆军军官，如果莫叙格没有被异化，季家会为他们举办盛大的婚礼。但莫叙格死时，身体化为沥青，没人能够确定，虫族是什么时候取代了他。”

“那你……”

“至于我，我的精神力让所有人恐惧，他们找不到我不是怪物的解释。”

洛攸迅速镇定下来，在季惜城面前缓缓踱步，“可是为什么霜离军校会吸引你？为什么你一旦到了这里，就会感知到共鸣？为什么共鸣会影响到我？还有，你母亲到最后也没有告诉你挂坠的来历。”

季惜城平静地拿起挂坠，“它也许是约因人的东西。”

洛攸站定，“所以霜离军校，尤其是这座图书馆，还藏有约因人的秘密？”停顿片刻，洛攸又道，“其实我还有一个疑问，霜离军校为什么会在一百多年前迅速衰败？这根本没有道理，它强盛了两千多年，一百年前卡修李斯元帅击退虫族，元帅正是霜离培养的精英，按照常理，那时不正该是它声名最盛的时候吗？怎么还会变成现在这样？”

图书馆空荡，回音犹如涟漪，一遍一遍叩问。片刻，季惜城说：“除非是人为。”

洛攸眉心皱成深壑，“因为要掩藏某个真相？”

季惜城冷声道：“那这个真相够离谱，为了掩藏它，居然能让‘精英摇篮’衰落到这般地步。”

洛攸背上泛起冷汗，思绪飞快转动，共鸣和那块来路不明的挂坠将季惜城和霜离军校联系在一起，霜离军校至少藏着两个秘密，一个关于一百多年前，一个有关季惜城的身世。

季家将季惜城视作怪物，季庭钗和莫叙格的存在被抹除，但是季刑褚的态度却十分暧昧，单凭这一点，洛攸就不相信事情真这么简单。既然掌权者能够抹除一个人的存在，那也能够杜撰一段“真实”。

那么一百多年前……洛攸脑中闪现一段段战争画面，虫族入侵，第十军区沦陷，一批批舰队起航，埋葬在寂静的太空，生灵涂炭，然而人类未有一刻停止抵抗，闪耀千古的将星横空出世，终于撕开血色的黑夜。

洛攸心跳骤然加速，一束光在眼前闪现，他抓住季惜城的手臂，声音带着一丝不易察觉的颤抖，“霜离的衰落和卡修李斯元帅驱逐虫族在时间上能够重合！”

季惜城默然站立，快步走向电梯。图书馆的顶层是历届学子存档室，当年他曾经在那里查过季庭钗和莫叙格，却从未想过查卡修李斯这个与自己毫无关系，并且镌刻在联盟星海上的人。

卡修李斯，真的与他无关吗？

存档室呈环状，墙与天地皆是光屏，置身其中，仿如飘浮在辽阔宁静的宇宙中。季惜城启动检索程序，前方出现全息影像，输入卡修李斯的名字，跳出的竟然只有 6 条数据。

“这……”洛攸尽管对首都星不熟，但也清楚一所军校会留存学生尽可能多的数据，而卡修李斯元帅这样的人物，有上万条才正常。

季惜城接着输入季庭钗、莫叙格，程序显示查无此人。

洛攸说：“因为他们已经被抹除，但元帅的信息为什么也被抹除？如果真是想隐瞒什么，为什么还剩下 6 条？”

“因为卡修李斯太有名，他是一个不可能被抹除的人。”季惜城淡淡道，“假如全部数据都消失，那才会引起怀疑。战争告一段落后，民众希望卡修李斯就任最高军事议会首脑，但他拒绝了。”

洛攸点头，“成为首脑的是季家族长季刑褚。”

五年前，金鸣苦正是以季刑褚谋杀卡修李斯元帅为由举起反旗。

线索纷繁，洛攸觉得自己已经抓住了什么，“元帅好像只是为驱赶约因人而出现，我从小知道的是他的英雄战绩，但从没听说过他小时候、少年时代的事。但联盟不是总爱宣传英雄的一生吗？”

“不能宣传，不能让人知道。”季惜城以联盟最高权限强行开始新一轮检索，这次跳出来的数据有 9516 条。

洛攸一惊，这才是一名毕业于霜离军校的人应有的数据，但他没有急着让季惜城点进去，“再试试你的父母！”

季惜城照做，仍是查无此人。

洛攸手臂浮起一片鸡皮疙瘩，“所以说，技术上能够删去全部信息，但他们不敢，只能用最高权限来隐藏！”

季惜城点开一条，全息投影的幽幽荧光顿时笼罩着他与洛攸。他平静地说：“原来霜离军校是因为卡修李斯，才必须衰败。”

季惜城点入的第一条数据缓缓在全息投影里汇集为场景，那是一个逼仄昏暗的空间，一片银白和暗红色的光点出现，光点旁坐着一个神情焦虑的男子。

“是卡修李斯元帅？”洛攸不仅认出了人，还认出那是一架型号古旧的模拟舱。他在克瀚氏城用过相似的，教官说老早就淘汰了，他们刚学着运用精神力，用旧款就可以。

季惜城也盯着全息影像中的男子，他穿着黑色作战服，面容消瘦青涩，与后来率领全联盟精锐驱逐虫族的英雄在气质上截然不同。但他们的五官是相似的，无非是稚嫩与成熟的区别。

影像记录的是太空作战学院二年生期中考核里的一项——模拟舱独立搜查。这项考核并不复杂，检验的是太空军在漫长巡游中发现危机、独自处理的能力。季惜城当年初到安息要塞，就时常将自己锁在模拟舱里做这项训练。

“不对劲啊。”观看片刻，洛攸抱起手臂，眉心紧拧，“已经超时了，元帅才发现一个目标。”

季惜城道：“而且他还没能解决这个目标。”

两人同时沉默下来。影像的光线笼罩在他们身上，时明时暗，周围萦绕着急促的呼吸声，是年轻卡修李斯解不出题的痛苦。汗水从他的额头落下来，他的手正在发抖，直到老师接管模拟舱，他还是没能完成这场简单的考核，仅得到基础分 10 分。

“总成绩 307 名，太空作战学院二年生一共 320 人。”季惜城扫一眼浮现的参考数据，“队长，这算是差生了吧？”

猝不及防被叫了队长，洛攸讶异地看向季惜城。季惜城却只是平静地回视。

“当年正是战事吃紧的时候，前线士兵严重不足，所有军校都在紧急培养人才。”洛攸慎重道，“即便是大后方的霜离军校，也不可能给学生缓慢成长的时间，二年生还是这样的水平，绝对上不了战场。”

季惜城道：“可是众所周知，卡修李斯后来成了力挽狂澜的英雄。”

洛攸想不通其中的关键，眼神愈加凝重。他原以为元帅在读书时也是风光无限的人物，即便不是，那也只是受性格影响，不喜欢过多被关注，专业能力上不该有短板。

这时，季惜城打开下一条数据。这一条是体能考核，卡修李斯艰难完成，成绩仍旧掉在最后。全息投影中的青年苍白疲惫，没有任何朝气，满眼绝望。

洛攸想，这不该是卡修李斯应有的神情，后来在对抗虫族的旅程中，元帅遭遇的困境比这区区一场体能考核艰苦凶险万倍，可在那样的情况下，元帅仍是身先士卒，力挽狂澜。

数据一条条打开，尘封的往事铺陈在后来者面前。那个万众敬仰的英雄，竟然是个跟不上同学的吊车尾。

被记录的还有学子们的生活，卡修李斯孤僻，极少与同学交流，这座图书馆是他待得最久的地方。

霜离军校非战时情况下，培养出一名合格的作战军人至少需要三年，而虫族危机之下，时间被压缩到了两年，卡修李斯并没有拿到合格证书，但前线缺人，他如同被赶上架的鸭子。

洛攸喃喃道：“这种水平，去了太空就是送死……”

“不是这个水平，不也是送死吗？”季惜城旋即搜出卡修李斯的同学，他们中的绝大多数都牺牲在前线，成绩最突出的一位，更是在第一次上舰时，就化作了宇宙中的尘埃。

检索系统只记录了卡修李斯在校时的点滴，至于进入军队之后的故事，联盟的每一个人都早已耳熟能详。

“元帅的两段人生太割裂了，他来到前线后才突然强大起来。”洛攸屈指抵着下巴，“简直不像……”

季惜城说：“不像同一个人。”

洛攸头皮轻微发麻，下意识找合理的解释，“元帅的精神力不是无法评级吗？就和你一样，那不排除突然‘觉醒’的可能。”

然而季惜城打开的另一条数据否定了这种解释——在校期间，卡修李斯精神力评级为 C。

洛攸轻握住手，“所以元帅的一切改变都发生在入队之后，而联盟高层想要掩盖这一点！”

战火无情，卡修李斯的许多同学和老师、教官已经牺牲，联盟在战争后期和战后将卡修李斯塑造为无所不能的英雄，当英雄的荣光足够盛大时，零星的真实声音被掩盖下去。

然而霜离军校记录着卡修李斯的过往，如果它仍是联盟第一军校，吸引着最优秀的年轻人，那么时间一长，就会有人发现，原来卡修李斯元帅念书时是个吊车尾。

但这不该是需要掩饰的事！一个资质平常的少年，坚韧不拔，终于成为白枫英雄，这不是更能鼓舞后来者吗？

“除非卡修李斯的改变是人为造成。”经由全息投影，季惜城与一百多年前的青年对视，他的目光静谧无声，对方却是满眼迷茫懦弱，“军方为了战胜虫族，必然不惜一切代价。”

洛攸感同身受，他正是不惜一切代价的产物。军方能够用一整颗星球来“生产”他这样的作战武器，源源不断地送往前线，为什么不能“改造”一个联盟战神？

“还是不对。”洛攸摇头，在全息影像前踱步，“就算元帅经过某种改造，这也不是见不得人的秘密。克瀚氏城在当时是秘密，但后来也逐步解禁，第九军区很多人都知道我们的存在。高层就算要守住这个秘密，以霜离军校为代价，也太过离谱了。”

半晌，他再次看向季惜城胸口，“而且霜离军校和你之间古怪的共鸣，以及这块挂坠，还是没有答案。”

季惜城沉默了会儿，输入季刑褚的名字，当年的高层绝大部分已经进入老年期，有的选择死亡，有的远离政权中心，唯有季刑褚在最高军事议会首脑的位置上一坐就是百年。

这个从权力巅峰坠落的人，知道联盟隐藏得最深的秘密。

季惜城眼尾轻轻一勾，洛攸注意到了，“怎么？”

“他们是同学。季刑褚和卡修李斯，是太空作战学院的同学。”

混乱的信息如同山顶泼下的洪水，洛攸脑中嗡嗡作响，睡意竟是在这时袭来。他眼前晃了晃，重影叠着重影，想稳住身形，脚步却一退。

季惜城敏锐地将他扶住，蹙眉抿唇，不悦且紧张，“你又不舒服了。”

“没有！”洛攸想也不想就争辩。

季惜城关掉检索系统，“你为什么那么喜欢睡觉？医生都说你身体没有问题，你怎么还是困？”

洛攸借着季惜城的精神力自我调节一番，“我不困了。”

季惜城和洛攸前往霜离军校的事少有人知，此时人们正兴致勃勃地观看各个媒体在医疗中心捕捉到的画面。

消失四个月的洛攸再次出现在公众面前，那些他被关起来搞研究、关起来被虐待的流言不攻自破。

江久没和洛攸说上话，此时也正在看媒体报道。

达利梅斯一边嚼着能量肉脯一边说：“我说洛队没事吧，你看，他还长胖了，将军把他养得好好的！”

“你懂个屁！”江久烦躁地推开达利梅斯，转身朝基地外走去。

达利梅斯喊：“你干吗去？”

“散心！”江久驾驶飞行器去了下城。最近他偶尔去下城一家酒吧喝酒，酒吧老板的父亲出生在第九军区，他在那儿找得到安息城的感觉。

喝至深夜，江久醉醺醺地在街上游荡，没注意到一群黑色的影子从他跟调酒师要第一杯酒起，就阴沉地注视着他。

第四军区，08 号军事监狱。

冷黑色的传送梯向地底沉去，季擒野吊儿郎当地哼着歌，站在他旁边的伊萨却神情肃穆。传送梯里除了他们，还有三名白雪舰队的队员、两名监狱管事。

自从来到监狱，伊萨就敏锐地捕捉到不同寻常的气息。数月前他曾经在这里见过季江围，当时狱中一切正常，没有任何古怪。

看丢了重要罪犯，管事噤若寒蝉，他们的恐惧经由精神力传达给伊萨，那是一抹冰凉黏稠的颤意。

伊萨往后看一眼，磅礴的精神力抖开，如大鹏展开了遮天蔽日的羽翅。

那种异于人类的气息更加强烈，伊萨诧异的是，这样戒备森严的地方，怎么会闯入虫族?

传送梯抵达关押季江围的楼层，梯门一打开，伊萨瞳孔顿时缩成针尖大小，他们仿佛置身在与约因人交战的太空，一艘战舰孤军深入，周围是庞大的虫族舰队。

他猛然转过身，对上的却是季擒野带笑的视线。这家伙实在是太碍眼了，他将人拨开，看见幽深的长廊上，整齐站着一队狱卒。

不，不是狱卒，是他们。

如此浓烈的虫族气息，驻守在08号监狱的陆军恐怕有六成已经不是人类。但他们和普通间谍不同，拥有更强大的精神力，是以寻常设备和白雪舰队的情报队员无法分辨，只有SSS以上的精神力才能够探知。

“怎么了？”季擒野走到近处，低声问。

伊萨不答，浅灰色的眸子突然扬起尘埃，刹那间，无形的精神力以他为中心爆发，如同炽烈的飓风，席卷向监狱的所有角落。

管事和狱卒骇然，还未反应过来，就被裹入飓风，顷刻间生息尽失，眼中空洞，石俑一般伫立在原地。

伊萨并未就此停下，精神力继续肆虐，教育校场、门厅、狱卒休息室……不断有人一秒前还生龙活虎，一秒后突然双眼失焦，一动不动，旁人轻轻一碰，他们——他们就倾颓倒地。

这一突如其来的变故让三名白雪情报队员也目瞪口呆。伊萨横扫整个监狱后，缓缓收回精神力，额前泛起细碎的汗珠。

瞬间催动 SSS 级别的精神力，对伊萨来说是巨大的消耗，万千丝线搅碎了隐藏在暗处的敌人，也几乎要撕裂他的骨骼内脏。他闻到了皮肉燃烧的味道。但他不得不这样做，他们此时位于地下，己方只有五人，还有季擒野这个非战斗人员。潜入的虫族数量众多，且拥有高级精神力，吞噬人类的手段有别于往常，他如果不在他们有所行动之前先发制人，他们说不定会交待在这里。

眼前出现重影，伊萨勉强维持身形，却忽然感到强大的精神力自下而上环绕自己，肆无忌惮地渗透他的精神力领域，在他的剧痛之处轻轻吹气。

重影消失，他首先看清的是季擒野紧蹙的眉。

“我没事了。”他垂着轻颤的眼睫，低声道，“谢谢。”

白雪舰队迅速接管 08 号监狱，连夜查出共有 78 名狱卒已经被异化，季江围的消失和他们逃不开干系。

更棘手的是，第四军区被集体异化的不止 08 号监狱，伊萨将精神力铺展到极限，随处皆是虫族无声的嘶鸣，他们就像一团浓重的黑云，已经将第四军区笼罩得严严实实。

季擒野造访嘉比隆星总督金鸣许雾，此人曾经是首都星名流圈里备受瞩目的权贵，如今在第四军区，也是穷奢极侈的做派。季擒野问及季江围，金鸣许雾惊诧地捂住脸，“你们把季先生关起来，现在倒要来找我要人？我也很想知道他身在何方，是死是活。”

全息投影打开，伊萨的身影逐渐变得清晰。和过去的对话不同，伊萨这次首先注意到的是画面边缘的洛攸。

显然，洛攸也正看着这位沉静的将军。伊萨是季惜城最忠诚的盟友，他不在的五年，在战场和权力漩涡中与季惜城并肩作战的正是伊萨。他对伊萨既尊敬又好奇。

洛攸此时看着伊萨，想到了风雪中的冰花，紧紧收束着本该有的威风。至于季擒野，那就是只张扬的花孔雀。

伊萨极有礼貌地点了点头，露出一个稳重的微笑。洛攸生怕怠慢了对方，立即回以露齿大笑。

这一笑却招来季惜城的不满。洛攸笑完还没闭上嘴，就发现季惜城冷着视线扫了过来，“开心？”

洛攸严肃地咳了声，“我和柏林斯先生打招呼呢……”

全息投影外一道声音传来，是季擒野，“洛队，你也对惜城这么笑笑，他就高兴了。”

洛攸愣了下，偏头看季惜城，“将军，你要我对你笑吗？”

季惜城面无表情，“说正事。”

伊萨将调查到的情况一一告知，眼中流露疑虑，“第四军区面积辽阔，在九个军区里军用和民用资源最为丰富，军队和政府中到底有多少人被异化，还需要时间去探查，我最担心的是，战争一旦爆发，我们在资源上会吃紧。”

季惜城道：“你忘了白羊。有亚瑟·克鲁伊在，联盟就不会在资源上落下风。”

白羊曾经是联盟最大的能源供应商之一，现在“之一”这一名号已经可以拿掉了。季惜城重返首都星时，白羊给予过帮助，这五年里，白羊也始终站在季惜城一方。用白羊的话来说，商人逐利，而投资将军是他此生最精明的决定。

伊萨说：“行，我和季擒野立即联络克鲁伊先生。”

亚瑟·克鲁伊，洛攸乍一听觉得这名字着实耳熟，半天才想起，那不就是八年前在安息城治安中心遇到的华贵男人吗？他们季酒酒，当初因为长得太漂亮，险些被白羊手底下的流氓绑去卖掉。

洛攸不由得好奇，季惜城对白羊应当没有分毫好感，现在怎么又成了盟友？

“因为白羊慕强。”会后，季惜城睨着洛攸，淡然地说，“而我足够强。”

洛攸听完这句话，起初有些诧异，很快别过脸去，辛苦地忍笑。

季惜城皱眉，走到近处，“笑什么？”

洛攸还在忍，表情因此变得非常生动，“我，没，有……”

在季惜城的目光威逼下，洛攸终于败下阵来，“哪有你这样自吹自擂的？”

季惜城挑起一边眉梢，“我不够强？”

“不是……”

“你觉得我不够强？”

“更不是！”

“所以上校。”季惜城的精神力卷入洛攸的领域，“你慕强吗？”

洛攸道：“你说呢，将军？”

季惜城的眼睛太过深邃，黑雾层层叠叠，雾中金色的碎光游离闪烁。没有人能够看到黑雾的最后一层。

“哼——”季惜城冷冷地发出一个音节，转身向门口走去。

洛攸被这个哼逗乐了，跟在季惜城后面，走一截就哼一声。季惜城终于忍无可忍，“闭嘴！”

洛攸：“哼！”

门庭冷落的高级军官疗养院今日迎来了客人，季刑褚看到季惜城和缀在其后的洛攸时，却恐惧得张口难言。

季惜城随意地找了张沙发坐下，仿佛只是来季刑褚这儿做客。洛攸看上去才是有要事的那一个，“老先生，我是洛攸，想必您对我已经有所了解。我和将军今天过来打搅您，是有几个问题需要从您这里得到答案。”

季刑褚松弛的脸皮轻微发抖，“无可奉告。”

“您还没有听是哪几个问题。”洛攸从容道，“我和将军去了霜离军校，发现那里隐藏着许多秘密，秘密和卡修李斯元帅有关，也和将军有关……老人家，您怎么了？”

听至一半，季刑褚的脸色就变得极为恐惧，没有光泽的瞳孔忽地收缩，宛如被人掐住了脖子。

“卡修李斯，卡修李斯……”他阵阵低喃。

季惜城终于开口，“你们对卡修李斯做过什么？你们宁愿让霜离军校为这个秘密陪葬？”

季刑褚脸上是生命快要走到尽头的苍白，他凝视着季惜城，视线却仿佛穿过季惜城，看到了另一个早已不存在的人。

良久，他闭上眼，像上次那般缄默不言。

然而，季惜城却未再容忍他的沉默，潮湿污秽的精神力如同从至深至暗的泥沼中盘旋涌起，在风中怒号，迸溅出死亡的枯槁，金钟一般罩向季刑褚。

“啊……”季刑褚肩背高高耸起，整个人从座椅上跌落，匍匐在地。

精神力激荡，错位的空间里几乎听得见尖利的哭叫，就连洛攸也受到影响，咬牙忍耐。

季惜城缓缓向季刑褚走去，那是他的长辈，他的族长，他的亲人，可他眼中并无半分悲悯，如同看一只将死的蝼蚁。

“卡修李斯的秘密是什么？他与我，有什么关系？”

季刑褚艰难地抬起头，眼白布满狰狞的红血丝，“他是约因人，他才是虫族的皇帝！”

chapter 10

第十章 滑落的宇宙

洛攸有一瞬间甚至没能反应过来季刑褚在说什么。

卡修李斯元帅是虫族的皇帝？这怎么可能？三百年前虫族突然进犯，人类遭遇进入星际时代之后最大危难，战争打了接近两百年，第十军区沦为坟地，直到卡修李斯元帅率领中央军特勤舰队出征，将虫族赶出第十军区，联盟才迎来短暂的，危机四伏的和平。

卡修李斯是联盟的至高英雄。

洛攸不可思议地看向季刑褚，这位垂暮之人却在终于倒出心中的秘密后如释重负，脸上的恐惧退去，神情近乎平和。

洛攸又看季惜城，季惜城只是小幅度地皱了皱眉，仿佛并不为季刑褚所言而惊。

“将军……”

“虫族的皇帝，帮着人类驱逐虫族？”季惜城哂笑，“为什么？”

季刑褚缓缓站起来，嗓音苍老，像是从一条裹挟着风沙的时空隧道穿梭而来，“因为这场战争是因他而起。他无法阻止他贪婪的同族。”

洛攸轻声道：“他？”

约因人为什么会突然入侵联盟，这至今是个谜。星际时代，人类面对过不止一次外星智慧生物进犯，但以往在战争打响之前，或多或少会有征兆，比如探知到某种智慧生物的雷达讯号、逮捕潜入联盟的间谍，或者人类本身就是入侵者，觊觎某个族群已久。

只有这次，约因人凭空出现在第十军区之外，他们和人类，以及人类过去应付的智慧生物是截然不同的生命体，这甚至不是碳基和硅基的区别，他们的存在颠覆人类对生命的人知，仿佛来自另一个宇宙。

直到现在，人类研究了无数俘虏和间谍，都没能掌握他们的生命奥秘。三百年来，已经有许多精英科学家在研究途中发疯、暴毙，在人类的认知里，他们天生污秽邪恶，能够以人类不明白的方式吞噬有生命或者无生命的物质。

“他的名字用我们的语言念作修。”季刑褚说，“你们在霜离军校看到的是真正的卡修李斯,他是我的同学,为了拯救联盟,他献出了生命。”

季惜城道：“卡修李斯从军校毕业后，被虫族的修异化？”

季刑褚摇头，“不能说是异化，虫族的吞噬有他们自己的方法，我们的任何语言都无法准确形容。就像他们来到我们的宇宙，本来就是错误。”

洛攸说：“我不明白。”

季刑褚看着他，安静得仿佛灵魂出窍，许久才苦笑道：“上校，你是这一切的根源。”

洛攸还未反应过来，视线却突然被阻隔，季惜城站在他面前，留给他一个挺拔威严的背影。

潮湿的精神力犹如黝黑发亮的蝎子，潮水一般自季惜城脚下爬向四面八方，那些细密的响声令人头皮发麻，洛攸却感到奇异的安心。

他的酒酒，又在用自己的方法保护他，霸道冷酷，不讲道理。

季刑褚表情痛苦，喉咙挤出干而嘶哑的闷哼。

洛攸右手抚在季惜城背上，顺毛似的轻拍，“我没事，让他说完。”

无人能够抵抗的精神力并未收束，季惜城冷眼看着季刑褚，千万束暗光流动的丝线钻入季刑褚的精神力领域。

“啊……啊……”季刑褚无法动弹，眼球在眼眶中快速跳动。

洛攸抓紧季惜城的军装，想要阻止季惜城。但没用，季惜城已经切入季刑褚的意识。

高等级精神力拥有者可以入侵低等级精神力拥有者的领域，在战斗中，这是经常被用到的作战方式。但是切入意识，调取回忆却极其困难，即便是 SSS+ 精神力的拥有者也很难做到，对入侵者和被入侵者来说都是酷刑。

季刑褚明明已经愿意说了，季惜城还要切入读取，洛攸知道，只是因为刚才季刑褚那句话被季惜城判定为会对他造成伤害。

沉默的空间，血气爆涌的精神力，一百多年前的景象在季惜城眼前展开。

年轻的卡修李斯躺在实验床上，身体、脑部接满仪器，可见的不可见的光波不断扫描，顶尖科学家与军方高层凝重专注地看着数值，同样年轻的季刑褚站在人群的边缘。

卡修李斯向他求助，他将卡修李斯送到了这里。可直到卡修李斯向他展示虫族那些匪夷所思的变化，他都难以相信，自己这位同窗已经被虫族皇帝吞噬。

“不是你们人类语言里的吞噬。”卡修李斯神情和往日截然不同，有一种季刑褚未见过的悲悯。

体检进行了一天一夜，科学家们终于确信，卡修李斯不再是卡修李斯，但他又与其他被俘的虫族不同，他的精神力瑰丽无穷，全然不似污秽的沥青。

“因为我是皇帝。”卡修李斯说，“我是他们的主宰。”

军方将卡修李斯严密监控起来，没有人敢相信他是来帮助人类的鬼话。

只有季刑褚利用家族权限，多次偷偷与卡修李斯见面。

“刑褚，你必须相信我，不然你们的联盟会毁灭。”卡修李斯盘着腿，认真而焦虑。

事实上，季刑褚是冒着极大的风险来到监禁之地，前线再一次败退，战线已经压到第九军区，联盟不能再退了。

高层不相信卡修李斯，一波接一波战士被送上太空，有去无回。他不愿家园沦陷，想听听卡修李斯到底有什么办法。

“你必须给我一个解释！如果你真的是虫族皇帝，你为什么帮我们？”

卡修李斯良久无言，双眼暗淡下去，“我曾经是虫族皇帝，但掉进你们的宇宙后，我反对入侵你们的联盟，被璨囚禁，他冒充我，想杀死我，但他做不到……”

“等一下！”季刑褚惊骇道，“什么叫掉进我们的宇宙？”

“你还没有想明白吗？我们连物理法则、生命法则都不同，怎么会存在于同一个宇宙？”卡修李斯说，“我们的宇宙很小，只有我们一个种群，种群这种说法是你们的语言，我们本身就是宇宙。”

季刑褚听得云里雾里，“你们本身就是宇宙？”

“两百年前，我们平静的生活被打破，你们宇宙的战舰冲入了我们的世界。”卡修李斯道，“空间撕裂，我们得以窥探你们的宇宙。”

“不可能！”季刑褚熟读历史，两百年前根本没有发生过空间撕裂现象，当时联盟处在长久的和平中，战舰连巡逻任务都很少执行，又怎么会平白无故闯入异世界？

卡修李斯却耸了耸肩，“但事实就是如此，一艘战舰，里面有三个人类，他们穿着白枫的制服，伤痕累累，在我们的身体中穿梭。我好奇地观察，但不幸的是，他们很快就从我们的宇宙离开。”

季刑褚当即在浩如烟海的数据中查阅，没有这样的事！

“你知道吗，当物理法则不同时，生命存在的根基就不同，一切都不同，你不能拿你们宇宙的法则来衡量发生在我们宇宙的事。”卡修李斯道，“我们的宇宙，时间可以折叠，甚至回溯，你查不到两百年前发生的事，也许它将在两百年后发生。”

季刑褚在混乱中强行镇定下来，“如果我们能阻止它发生，你们是不是就不会出现？”

卡修李斯摇头，“它在我们的世界已经发生了。我对未知世界的好奇，让我们那个狭小的宇宙滑落到你们的宇宙中，我未能约束住我的子民。新世界激起我们的贪婪，我们想要征服一切异生物，而你们是离我们滑落点最近的生命群体。”

季刑褚艰难地消化信息，“你……你不能带着他们回去？”

“不能了，我的力量受到新世界物理法则的约束，只能像你们一样战斗。”卡修李斯摊开双手，“而且我是个被夺权的皇帝，我拒绝入侵白枫，成为璨的阶下囚。直到最近，我的一部分才从牢狱中逃逸，和这具身体成为共同体。”

季刑褚沉默良久，问：“我能做什么？”

“只有我能够将我的子民挡在白枫之外。”卡修李斯又恢复那种悲悯的神色，“我要得到军中要职，弥补因我的好奇带来的悲剧。”

季刑褚说：“你知道你说的是什么天方夜谭吗？”

卡修李斯点头，“但只有这个办法，你们才不至于灭族。刑褚，你有能力帮我。”

“我和你一样，只是刚从霜离毕业的学生！我甚至没有去过真正的战场！”

“但你是季家的人，刑褚，希望在你身上。”

那一刻，季刑褚看到了那个总是沉默寡言的卡修李斯。他的这位同学资质平庸，却善良纯粹，心怀天下。他从未见过比卡修李斯更忠诚的人，那个赤诚的灵魂，能够约束这入侵者的皇帝吗？

“我一定是疯了。”季刑褚抱着头，“我竟然相信一个约因人的鬼话！没有另一个人会相信！”

卡修李斯沉默地俯视他，没有说出已到唇边的，残忍的话。

但季刑褚知道该怎么做。

一个月后，知道卡修李斯秘密的军方高层、顶级科学家挨个死亡，其中不乏季刑褚的至亲，他说服不了他们，为了人类，他只能让他们不再说话。

卡修李斯得以从监禁之地离开，披上军装，踏上那条被传颂一百年的征程。

画面至此黯然失色，季刑褚在季惜城的精神力刺激下不堪重负，失去意识。

“酒酒，季酒！季惜城，放我出去！”随着洛攸的挣动，细链发出金属撞击又绷紧的声响。门在眼前关闭，他听见季惜城的脚步声越来越远。

“季惜城——”洛攸一拳砸在墙上，泛白的指骨立即染上一片红。

AI 管家的声音在墙体上回荡，不像过去那样嬉皮笑脸，“洛攸，你别激动，安心待在这里，等酒酒把坏人都消灭掉，自然会回来接你出去。”

洛攸跑到窗边，细链很长，足够他在这间为他准备的囚室里活动。窗外的瑟丝岚还未开放，季惜城从绿油油的花苗间走过，登上飞行器，离开 L04 浮空岛。

洛攸胸膛像堵满了夏季的暴雨，它们裹挟着腥臭腐败的风，混满地上的淤泥垃圾，浩浩荡荡，怎么疏通都排不走，越堵越多，倒流进气管血管，叫人发疯。

他不明白季惜城在季刑褚的记忆里到底看到了什么，能确定的是，一定与他有关，因为季惜城在入侵季刑褚的精神力领域之前，季刑褚说过一句话——上校，你是这一切的根源。

什么根源？卡修李斯元帅被异化，还是约因人入侵？可这怎么可能，虫族入侵是三百多年前的事，卡修李斯毕业进入军队也是一百多年前，无论哪个时间点，他都没有出生，甚至他会出生，也是因为这场战争。

季刑褚在记忆被强行切入后突然昏迷，至今已经过去一周，也没有醒转的迹象。而季惜城显然也在入侵中受到反噬，收回精神力后双眼失焦，过了半小时才恢复神智。

但从那时起，季惜城的眼神就变了。他问季惜城看到了什么，季惜城却牢牢盯着他，冷白的脸像覆盖着天上的雪，许久才说：“我们回家。”

回到浮空岛，季惜城将他关在这个房间里。

季刑褚由宿戎的亲卫看守，无关者不得靠近。季惜城回到浮空岛的时间很少，不再允许他去别墅外种瑟丝岚。

他有种强烈的预感，有什么事马上就要发生。

季惜城快步穿过特勤总部的长廊，伊萨已经在全息投影中等着他，一同出现的还有白羊的使者亚瑟·克鲁伊。

“好久不见，季先生。”亚瑟优雅地行礼，脸上是一如既往的和善微笑。

季惜城瞥他一眼，“白羊。”

亚瑟露出恰到好处的惊讶，“原来我已经露馅儿了吗？”说完又转向身旁的伊萨，“柏林斯先生，您也早就知道我的身份？”

“呃……”伊萨道，“我们并未声张。”

亚瑟笑道：“你们比我想象中的更加聪明。”

“白雪舰队目前掌握的信息，第四军区的军队、政府已经被虫族蚕食三分之二，等同瘫痪。约因人这次派来的不是寻常间谍，平民中有多少被异化现在还不能确定。”伊萨道，“包括嘉比隆星在内，七成资源星宣布独立，不再和联盟进行交易，好在白羊先生已经同意与中央军合作。”

亚瑟冲季惜城眨眼，“我永远是您的追随者。”

“另外还有一件事。”伊萨神情更加凝重，“季江围出现了。”

季惜城眯眼，“什么时候？”

“昨天晚上，就在白雪舰队的临时驻地。我们没能探测到他的精神力。”伊萨脑中浮现出那诡异的一幕——

夜色中，季江围宛如鬼魅，无声无息地潜入重兵把守之地。看清阴影中的人时，伊萨甚至以为自己产生了错觉。

“伊萨，又见面了。”季江围的声音和往日无异，却像有无数个季江围在说话，声音重合在一起，密密麻麻。

伊萨立即释放精神力，季江围以前承受不住他的攻击，这次却灵活避闪，风中震荡着令人牙酸的古怪笑声，像是有人用长长的指甲划过黑板。

季江围也算是长相标致的人，数月前牢狱中相见，季江围不过是满脸戾气，此时却是无端邪恶，如同灵魂已经被吞噬，外面套着的不过是一张被丢弃的皮囊。

“伊萨，你还是这么不友好。我恨的不是你，是季惜城和季擒野。”季江围声音缥缈，浸入乱舞的狂风中，“如果你不再与我作对，我可以放你一马，但你好像仍然不识抬举。”

伊萨催动精神力，怒涛一般卷向声音的来处，虚空中轰一声炸响，季江围的精神力消失得无隐无踪，可声音却从高空坠下。

“你们的末日已经到了，季惜城，季擒野，你，还有整个人类，哈哈哈哈！”

“季江围已经被异化了。”伊萨说，“约因人吸取一百年前的教训，知道从外部进攻太难，所以他们在第四军区筑了一个巢，企图从内部瓦解白枫。我已经征调第三和第五军区的部分巡星军来到第四军区，外围几个军区的军力不敢动，虫族一定会在我们出现内乱时再次兵临第九军区。”

顿了顿，伊萨又道：“我现在最担心的是，被啃噬的不止第四军区。他们既然有办法进入第四军区，那也能够在其他军区繁衍。”

伊萨的担忧成真，但最先出事的竟然并非其他军区，而是首都星。

江久和达利梅斯调入中央军特勤总部后，定期在医疗中心接受全方位体检。过去的每一次结果都正常，学者们已经不认为他们的幸存与虫族有关。然而这一次，整个中心却突然亮起红灯，应急系统启动，两人被分开关押在两个由太空金属打造的狭小诊室中。

检查结果被紧急送往特勤总部，宿戎匆匆赶到。

“异化了！”学者嗓音轻微发抖，脸上布满恐惧与内疚，“是我们的失误，异化这么久，却直到现在才检查出来！”

宿戎安抚学者，详细翻阅数据。

在这一百来年的虚假和平中，不断有人类被虫族吞噬异化，联盟有一套严谨的异化进程图谱。江久的图谱显示，他早在两年前就不再是人，然而直到现在，才被检查出异常。达利梅斯尚无异常，但是参照江久的情况，他很可能也被异化，仪器却未探查到。

“这不是普通的异化。”学者又哆哆嗦嗦地说，“有 209 项数值存在二次变异迹象！”

宿戎问：“这意味着什么？”

学者咽了口唾沫，瞳孔因为恐惧而震颤，“五年前，他们离奇消失，五年后重新出现，他们不是被简单啃噬，是被虫族直接改造了！”

宿戎面色仍旧保持平静，眉心却越拧越深。现在将军正在为战争做准备，特勤总部的一部分军力已经调往第四军区，如果在这个节骨眼上爆出三名归来者被虫族改造，那后果将不堪设想。

当初是将军力排众议，将三人隆重接到首都星升衔授勋，如今发现接回来的根本不是白枫的英雄，真正的英雄早已死去。这份责任应该由谁来承担？

只能是将军。

宿戎倒吸一口凉气，疲惫地按了按眼窝，决定先将此事按下去。

学者却不同意，“这么大的事，必须提交最高军事议会！”

“由特勤总部来提交。”宿戎安抚学者，“此事贸然告知公众，必然引起恐慌，还需从长计议。”

“那江久和达利梅斯……”

“我这就带走。”

宿戎知道不可能瞒太久，立即着人将二人转移到特勤总部。达利梅斯全程懵然，不知发生了什么。江久却用一种冰冷贪婪的目光看着他，空气中飘浮着磨牙的声响。

听宿戎说完，季惜城眼中黑雾登时狂卷，又在顷刻间归于平静。强劲的精神力拔地而起，宿戎艰难地抵抗。

远在 L04 浮空岛的洛攸仿佛感知到了什么，蓦然抬头看向窗外。

发生了什么事？为什么季惜城会突然释放精神力？

季惜城再次看向江久的体检报告。医疗中心已经认定，江久在消失的五年间被虫族改造，洛攸和达利梅斯也必然如此。他的喉结倏地滚动，关掉面前的悬浮光屏。

报告有误，结论更是有误，谁都可能被改造，但洛攸不会。

“将军。”宿戎忧心忡忡，“消息顶多只能压三天，医疗中心知道这事的人不少。我们接下去该怎么做？”

季惜城道：“调查江久的行程，一批高级约因间谍正在首都星活动。”

宿戎讶异，“他是在首都星被改造？”

“改造不准确。是新一轮异化。”

宿戎心中巨震，离开前终于忍不住提醒道：“将军，洛攸上校是否需要再做一次体检？”

季惜城视线陡然变得森寒，“他是人类。”

“……是。”

三天后，预料之中的暴风雨终于降临。江久被改造的消息开始在下城传播，以疾风吹野火的速度飞快蔓延，恐慌和愤怒如同瘟疫，席卷首都星的各个角落。

“听说了吗？回来的根本不是英雄，是虫族！江久已经被查出异化了，我的老天，我们迎接回来的到底是什么东西？”

“第四军区也出事了，据说整个军队都被异化，虫族卷土重来了！”

“不止异化！我听说他们三个都是被改造的，失踪的五年就是在进行改造手术！他们现在全是怪物了！”

“议会必须负责，是议会决定把他们接来首都星！”

“不不，我听说议会最初是反对的，但是……”

“但是怎么？”

“是将军执意要将他们接回来！”

流言四起，阴谋像浓云笼罩着首都星。最高军事议会每一个人都忌惮季惜城，此时也不得不召开紧急会议。

江久的身影经由全息投影出现在会议大厅，他蹲在实验床上，露出白森森的牙，旋即冷笑出声。

“将军，我们迎回来的果然不是人类！”金鸣家的一位少将壮着胆子说，“我们必须向民众说明情况！”

季惜城冷眼睨着他，他心神俱颤，却仍不愿意退缩。

“江久的情况我们特勤总部还在调查。”宿戎站起来，“有迹象表明，他是在来到首都星之后才被异化，医疗中心推导的结论有误。”

白衣学者说：“将军，上校，未能及时发现江久的异常，是我们的错。但是你们不能因此怀疑科学数值，江久早在两年前就不是人类了，又怎么可能是在来到首都星才被异化？”

季惜城道：“如果你们的科学数值那么值得信赖，为什么一改再改？”

学者哑口无言。

又一位中将起身，“但是下城民声沸腾，我们总该给他们一个交代。”

季惜城问：“你想怎么交代？”

中将额角落下一滴冷汗，“现今应当将江久三人控制起来，全天候监控，一人也不能落下。”

此话一出，所有人都屏住了呼吸，压抑到极点的氛围中震荡着愈演愈烈的心跳。

季惜城冷笑，“你想让我交出洛攸？”

一瞬间，中将在暴起的威势中狼狈跪地。

“特勤总部会尽快查出江久身上的谜，至于洛攸。”季惜城扫视着众人，“如果有人实在想打他的主意，就试试看能不能活着闯进L04浮空岛。”

议会的请求被驳回，涌动的暗流却渐渐汇集成滔天巨浪。

第四军区乱了个彻底，失踪许久的季江国以嘉比隆星为基地，率领独立军回到世人的视野中，当即向首都星抛出重磅炸弹——

“你们知道现在坐在白枫权力顶峰的是个什么东西吗？你们知道这

五年来你们信奉依赖的是个什么玩意儿吗？”

他的演讲转瞬传遍白枫九大军区，他的声音响彻云端。

“季惜城，他根本不是人！他的母亲是季家嫡女季庭钗，父亲名叫莫叙格，你们没听说过对吗？因为他们在二十六年前就已经被抹除！”

“莫叙格被虫族异化，季惜城是虫族的后代！是虫族孵在首都星上最可怕的卵！”

“季家为了遮掩丑行，将他们母子囚禁在无人的浮空岛上，八年前，季惜城被我放逐至第九军区，他根本不该回来，他不是救世主，他是来毁灭白枫！”

“你们已经看到了，是他将洛攸三人，不，三个虫族间谍迎到第一军区！远古地球时代的特洛伊木马计再次上演！”

“人类危在旦夕，我愿献出生命，为人类争一线生机！”

“完了！完了！白枫要毁灭了！竟然是我们自己亲手将虫族奉为上将！”

“当年我就觉得奇怪，根本没有听说过季家有季惜城这号人物啊，原来是虫族！季刑褚人类叛徒！”

“你现在放马后炮有什么用？季惜城凯旋时，你不是最兴奋的吗？”

“我……”

“可是这也说不通啊，如果季惜城真是虫族，那五年前他为什么要帮助我们击退虫族？那时才是我们最危险的时候吧？”

“鬼知道呢，约因人肯定还有别的阴谋！”

整个下城乃至首都星都乱了，季江围的演讲极具煽动性，再加上江久异变，特勤总部隐瞒消息；季刑褚被控制，据传已经提前死亡；洛攸被囚禁于上城最古老神秘的浮空岛……种种猜测漫天飞舞，人们几乎认定，他们崇拜的上将季惜城是虫族的后裔。

驻扎在首都星和第一军区其他星球的部分陆军哗变，要求军方立即缉拿季惜城，处死洛攸三人，然而不知是什么原因，最高军事议会至今没有明确表态，而季惜城手下的中央军特勤总部更是第一军区军事力量的支柱，若非从内部崩溃，无法轻易撼动。

就在流言四起之时，一段影像资料从未知途径流出，联盟所有人都目睹了二十多年前那污秽的一幕——

黑银色的冰冷牢狱中，一个身穿陆军军装的年轻男人正蜷缩在地上，剧烈发抖，半长的头发覆盖在他脸上，早已被冷汗打湿。

他时而抱住自己的膝盖，时而猛力蹬腿，地上是他挣扎的湿痕，看上去像一条蠕动着分泌黏液的虫。

画面之外传来人声，喊的是“莫叙格”。

听见自己的名字，男人停止挣扎，奋力支起身子，他的面孔终于暴露在强光下，正是早已被抹去存在的陆军少尉莫叙格。

嘶哑邪恶的声音从他嘴里传出，很难用语言去形容这种声音，仿佛根本不是声音，而是从某个不存在的空间泄露出来的恐惧。

他的脸白得不正常，眼睛没有眼白，类似一窟窿脓水，马上就要流淌出来。他吼叫了几声，再次倒在地上。这次再没有爬起来。

画面外的人还在叫他的名字，他抽搐、爬行，身体在痛苦的呻吟中渐渐融化，变成一摊污秽的黏稠液体。

这是人类在被虫族吞噬之后，最为典型的死亡。不会有错了，莫叙格确实如季江围所说，已经不再是人类。

民怨再次沸腾，恰在此时，下城出现了当街异化暴死的可怖场面，第一例之后，异化数值飞快攀升。恐怖犹如潮水，无处不是惨叫与惊呼。

人们要求最高军事议会立即杀死季惜城。然而季惜城岂是谁都能杀死？

更关键的是，上城的权贵比下城的平民清醒，季江围的演讲也好，流出的视频记录也好，都只能确定莫叙格被虫族异化，他到底是不是季惜城的父亲都要打一个问号。

况且如今的白枫，军事力量决定一切，季惜城至高至强，谁第一个跳出来，那是找死。

当务之急，是要唤醒季刑褚，放眼整个联盟，恐怕只有这位老首脑，才清楚季惜城的身世之谜。

但议会轮值首脑携重兵前往季刑褚所在的医疗中心时，却遇到了宿戎。

“将军在里面。”即便是如此紧要的时刻，宿戎仍旧面带微笑，“特勤总部奉命值守，即便是您，也不能进去。”

轮值首脑本就是被同僚推来当挡箭牌的，当即撤退。

医疗中心内，季刑褚已经苏醒，但仍是不能言语。他无神的眼睛看向季惜城，含着垂死之人的无声邀约。

季惜城问：“你要我再次切入你的记忆？”

季刑褚点头，嘴张开，却只能发出粗粝而单调的音节。

死亡很快将带他离开这个世界，秘密会随之埋葬。而在这时，他突然想将秘密告知另一个人，因为这个人是秘密的受益者，也是受害者。

潮湿的精神力在周遭升腾，丝丝缕缕，渐渐结成密不透风的屏障。季惜城眼神极暗，浓黑的漩涡在他瞳孔中盘转。

季刑褚的精神力领域洞开，像是接纳一场死亡，一场解脱。精神力呜啸着刺入，空气中泛起一声轻却痛苦的喘息。

季惜城闭上眼，灰色的尘埃渐次散开，他再次进入了季刑褚深藏的秘密。

季庭钗是季家这一辈女儿中最特别的一个，不爱红装爱武装，从小就许下愿望，要考入霜离军校。

那时霜离军校正在走下坡路，即便是上城的少年，也没有多少人愿意去霜离军校了，想去的女孩更是几乎没有。

季刑褚身为首脑，掌管着军政大权，没有工夫关心家族中小辈的日常生活。等他知道季庭钗的愿望时，季庭钗已经穿上霜离军校的校服，成为英姿飒爽的预备军人。

季刑褚颇为不满，却没有正当的理由阻止，同时认为季庭钗不至于发现他与卡修李斯掩藏的秘密，便放任季庭钗在霜离军校求学。

令他寝食难安的是另一桩事，卡修李斯——或者说虫族皇帝修——正在脱离原主的束缚。

季刑褚这一生波澜壮阔，卡修李斯元帅是他最重要的盟友，他们共享一个阴谋般的秘密，正是他们当年的果断和残忍，将人类，将联盟从约因人的爪牙下救了回来。

但修毕竟是异族，他会帮助人类，一是怀揣对人类的内疚，如果不是他的好奇,约因宇宙不会滑落到人类的宇宙;二是他被篡位皇帝璨流放，已经无法在虫族生存，他依赖白枫。

季刑褚早就知道修还保留着身为虫族的邪恶，并且对同族怀有怜悯之心，否则当年就会将虫族彻底剿杀，而不是仅仅将他们驱赶至第十军区以外。

修向他承认了自己的私心，并且承诺，往后余生绝不参与联盟政事，这就是卡修李斯元帅身为白枫最闪耀的将星，却没有在最高军事议会谋取高位的原因。

百年来，修作为虫族的邪恶被束缚于真正的卡修李斯精神力领域里。

这位霜离军校吊车尾的普通人有一颗季刑褚见过的最良善纯白的心，只有他才能约束修。但遗憾的是，随着时间流逝，卡修李斯对修的约束正在减弱，顶多再过十年，修就会彻底失控。

没有人能够想象到时会发生什么，就连修自己也深感不安。

“也许我的友好只是他赋予我的，当他消失了，我不知道我会变成什么样子。”修苦恼地撑着额角，说着真正的卡修李斯，“刑褚，你必须尽快想一个办法出来。我在你们的星球上生活了百年，我爱这里，我不想毁掉这里。”

季刑褚以一种古怪的目光打量自己的盟友，不禁想，爱着白枫的到底是那个瘦削的青年，还是失势的虫族皇帝呢?

或许都有，修和卡修李斯早已密不可分，彼此影响，然而当卡修李斯的影响消失，虫族皇帝还会爱着人类吗？

许久，季刑褚吐出残忍的话语，“死亡可以解决一切。”

只要修和卡修李斯一同消逝，危机就不再存在。

修却摇头，“一百年了你还是不明白，我和你们是从物理法则上就不同的种族，我滑落之后，受到你们宇宙法则的约束，变弱了，但死亡不是我生命的终点，我不生也不死。”

季刑褚胆寒，“但卡修李斯会死。”

“所以我们需要找到另一种方式来约束我。”修的话语荒诞诡异，全非人类的思想所能理解，“我们没有多少时间了，我的朋友。”

日复一日，卡修李斯元帅早已淡出公众的视野，下城甚至有一种说法在小范围里流传——元帅在权力斗争中输给了如日中天的季刑褚，被软禁在某个不知名的地方。

只有季刑褚才能察觉到，事情正在朝糟糕的方向发展，修的诡异之处越来越多。

“我有办法了！”一日，修拿着一块透明而圆润的石头，双眼绽放光芒。

季刑褚说：“石头？”

“不是石头，是约因魂，它不是你们宇宙找得到的任何玉石，虽然它看上去是一块石头。”修叹气，“他快要死了，我的大部分生命将随他而去，剩下的你猜是什么？”

季刑褚眉心深蹙，“是你本源的邪恶。”

修的眼神也变得深沉，“在他的影响彻底消失之前，我能够将余下的生命封入这块约因魂，你需要找到一个能够接纳它的人。”

季刑褚道：“接纳是什么意思？”

“吸纳。”修说得很平静，却有种残忍的意味，“她要在漫长的岁月中吸纳我的生命，消融我的邪恶，那才是我真正的死亡。”

季刑褚说：“你已经找到这个人了？”

修流露出一丝悲悯，“是你钟爱的小辈，季庭钗。”

季刑褚震惊地站起，许久无言。

“你必须将她献给我，只有她能够让我消逝。”修也站起来，“让我见她。”

经由季刑褚的回忆，季惜城看到了自己年轻貌美的母亲，他与季庭钗是有几分相似的。

季庭钗已经怀上了他，不知族长找自己何事，打算趁此机会，告诉族长自己马上就要嫁给莫叙格。

原本全透明的约因魂已经变成玉一般的雾白，那是一部分从卡修李斯身上剖离的修。

季刑褚亲手为季庭钗戴上“项链”，那一瞬，季庭钗陡然察觉到某种异样，好像有什么无形无质的东西将她和整个世界隔绝开来，她听不清外界的声音,她的声音也无法被外界所听见,耳边环绕着空灵的涟漪声，如同一滴水溅落在平静无波的湖面，族长明明就在她面前，但是好像和她已经不在同一个空间，她似乎是从另一个维度，俯瞰着熟悉的家园。

但是当她向季刑褚伸出手，这种感觉便消失了，那道屏障在接触到她的指尖时，如薄雾一般荡开、消散，声音、景象又变得清晰。

听说族长要见自己，季庭钗原本满心期待，到了家族主宅，看见儿时的偶像卡修李斯元帅也在,她更是心花怒放。但是当族长拿出一枚玉坠，说是元帅送的礼物时，疑惑却取代了快乐。她很难说清楚为什么会有那样的感觉，元帅送自己礼物，她应当是高兴的。是因为这份礼物来得过于突然吗？还是因为自己即将嫁人,不应该再佩戴其他男人送的礼物——即便这份礼物来自整个白枫的英雄?

季庭钗暗自想道，当面摘下礼物很不礼貌，回头见到莫叙格之前，她会将玉坠摘下来。

那时她尚且不知道,这枚玉坠戴上了,就摘不下来,困住的不仅是她，还有她与爱人唯一的孩子。

主宅的防御系统开启，时间仿佛静止，任何人都无法闯入。季庭钗察觉到气氛不对，渐渐警惕起来，她不至于单纯到认为族长叫自己来，只是送一枚玉坠。

“庭钗，我将把你送到 L04 浮空岛，你会在那里生活一段时间。”季刑褚用威严、不容反驳的语气说。

季庭钗一头雾水，“为什么？”

“虫族再次蠢蠢欲动，这次已经潜入首都星，军队中有人异化。”

“这……”季庭钗听说过此事，但是这和她有什么关系？她是正常人，她的队友们也刚接受过检查，无人有异状。

季刑褚眼中流露出悲悯和惋惜，“莫叙格少尉已经确认被异化。”

一声刺耳的尖啸从季庭钗脑海中飞掠而过，几秒后，她颤声道：“不可能！我们昨天还见过！”

莫叙格要随队执行任务，他们在战车前拥吻告别。

“事实就是如此。”季刑褚右手轻轻一挥，一面悬浮光屏亮起，正是莫叙格被带走检查，各项数值与虫族契合的一幕。

季庭钗双手捂住下半张脸，不住摇头。

“莫叙格少尉已被控制，你身份特殊，去 L04 浮空岛上暂避，是家族对你的保护。”季刑褚用关怀备至的语调说着冷漠的谎言。

季庭钗泪如泉涌，手缓缓抚在小腹，“可我，可我已经有了孩子。”

闻言，季刑褚和修俱是一怔。莫叙格被异化是他们故意为之，只有这样，才能有正当的理由囚禁季庭钗，然而季庭钗却有了孩子。孩子会是变数吗？有了孩子的季庭钗还能吸收消化约因魂里的邪恶吗？

可他们没有第二个选择，真正的卡修李斯快要消亡，季庭钗是唯一合适的“吸收者”。

季庭钗被秘密送往 L04 浮空岛，同时，莫叙格在监控中心一步步走向死亡。季庭钗在极度悲伤之后，渐渐明白自己可能被拖入了一个巨大的谎言，胸口的玉坠白雾旋转，那些白雾诡异神秘，仿佛有丝线般的烟尘钻入她的身体。

她想从浮空岛逃离，却根本没有办法。后来季刑褚来到她面前，带来了莫叙格的死讯，她质问这是不是一场阴谋，季刑褚却坚称，她之所以会在这里，是因为莫叙格被异化，而她怀上了虫族的孩子，并给她看了莫叙格死去的画面。

从那之后，明媚英气的女人变得疯癫，而这恰好是季刑褚和修想要看到的。一个聪明的正常人很难控制，疯子就很好办了。将来如果秘密泄露，还有一层“真相”包裹着真正的真相。

修感到自己生命中那些污浊不堪的东西正在消失，他渐渐感应不到，必然是被季庭钗消化了，他愉快地走向在这个世界意义上的消亡，他将不会在卡修李斯不存在之后，危害这个他喜欢的宇宙，他喜欢的人类。

卡修李斯元帅死了，在漫长盛年期结束之前就悄然逝去。民间众说纷纭，权贵间也各有说法，不少人认为是季刑褚首脑暗杀了元帅，后来叛变的金鸣苦就是这一说法的忠实拥趸。

没有人察觉到，一个女军人和她的未婚夫被抹除了，他们成为元帅和首脑未雨绸缪的代价。

也没有人知道，或许连修都不知道，吸收他邪恶一面的不是季庭钗，而是季庭钗腹中的孩子。

因果轮回，奥妙万千。季庭钗被选中，他们要她疯，要她成为清洁容器，但是疯癫后的她，数次试图杀死胎儿，是那盘旋的白雾救了胎儿，被胎儿尽数吸收。

季惜城降世，和季庭钗一同被囚禁在 L04 浮空岛。季庭钗性情大变，时而灵敏如常，时而嗜血残忍，季刑褚相信，那是吸收了修的缘故。反观季惜城，这孩子安静得毫无存在感，无数次检查证明，他是个正常的人类小孩。

偶尔季惜城展现出异常，在季刑褚看来，那也只是受到季庭钗和修的影响。

某次清醒时，季庭钗将玉坠摘下来，戴在季惜城的脖子上。很奇怪，她过去无法摘下玉坠，这次却轻而易举办到。她告诉年幼的孩子，这是护身符。

多年之后，季庭钗从L04浮空岛上坠下，在空中化为火焰。那时季刑褚已经确定，修被完全消化，面对阴沉寡言的季惜城，他并无多少戒备。倒是闲言碎语在家族中走漏，季江围等人笃信莫叙格被异化，季惜城是虫族的后代。

季惜城18岁被季江围“放逐”到第九军区时，季刑褚是松了一口气的，季惜城有时让他害怕，但那并不是因为季惜城飘忽诡异的精神力，是他对季庭钗和莫叙格的内疚。

画面至此变得扭曲抽象，最后被黑雾遮蔽。季刑褚已经不行了，季惜城收回精神力，冷漠地俯视着这个迟暮之人。

季刑褚也看着他，仿佛还有很多话想说——我对不起你的父母，也对不起你，但我不后悔，白枫的延续重于一切。孩子，我的生命即将走到尽头，就像无数为白枫燃烧殆尽的先烈一样，你的身上流淌着季家的血，你天生就要为白枫而战。

季刑褚缓缓合上眼，衰败的精神力像夜里炭火留下的灰，在清晨第一阵风中飘散，再也感知不到。

我从不为白枫而战。季惜城转过身，眼中含着一片冰冷无尽的海，他想，自己会穿上这身军装，成为上将，奋不顾身，仅仅是因为洛攸。洛攸想成为英雄，洛攸眼中联盟至高无上，所以他才愿意守护白枫。

五年前如此，现在也如此。

此时，L04浮空岛上，洛攸隐约察觉到某种感应。

“洛攸，你又在发什么呆？”AI管家问。

“我想去找季惜城。”洛攸深拧着眉，“外面到底发生了什么？我不能一直被困在这里。”

“可是你不是答应酒酒了吗？你说可以永远待在这里。”

“不一样。”洛攸摇头，“如果联盟太平，我当然愿意待在这里。但是现在肯定出事了。”

AI管家安静了一会儿，突然说：“骗子！”

洛攸讶然。

“你就是个骗子！你又要抛弃酒酒了！”AI管家大声道，“我会帮酒酒看好你，绝对不让你离开！”

洛攸摇头，他只是想站在季惜城的身边，一同面对未知的命运。

季刑褚的死亡点燃新一波民怨，前首脑死的时候，身边只有季惜城，鬼知道季惜城做了什么？

异化在下城如同瘟疫一般传播，季江围率领的独立军几乎控制了整个第四军区。

伊萨的白雪舰队孤立无援，只能退到要塞自保。中央军仅有季惜城的特勤总部派出支援部队，其余舰队全都按兵不动，季惜城本人亦分身乏术。

首都星仍在季惜城的控制之下，最高军事议会不敢轻举妄动，然而其他军区却仗着天高皇帝远，不听调令，第四军区正在溃败，竟无一个军区驰援。

独立军战舰上，季江围咧出一个阴森的笑，面容畸变，不似人类。战舰的内舱突然闪现斑斓鲜艳得令人作呕的光，流动，蠕动，暗色的斑点犹如一只只眼睛。

“我们的计划每一步都很顺利。”不是声音的声音从四面八方涌来，灌入季江围的躯体，“季惜城与修同在，我们杀不死君王，但是人类能够帮我们杀死他。季惜城将死于人类的怒火，人类将臣服于不朽的约因宇宙。哈哈哈哈……”

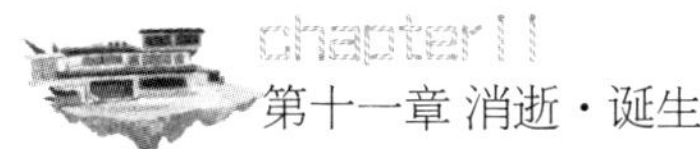

chapter11
第十一章 消逝·诞生

九大军区各自为政，巡星军袖手旁观，第四军区的独立之火正以燎原之势飞速蔓延。全联盟都在议论季惜城的身世，三大家族也许很快就将重新洗牌，权贵们缩着脑袋观望，比起坍塌的疆域，他们更关心自己能不能在这场洗牌中渔翁得利，五年前他们目睹季惜城满载荣光而归，如今在暗处眯着狡黠的眼，盼着见证这颗烁星的陨落。

最高军事议会聚集着白枫最擅玩弄权术之人，他们并非真心倾听平民的声音，却乐意顺水推舟，利用一步步堆高的民怨。

当整个白枫都将利刃对准季惜城时，他们终于有理由要求这个五年来始终压在议会头上的男人为之负责。

特勤总部被中央军包围，轮值首脑在战舰上向季惜城喊话，要求他顺应民意，交出手中的权力，接受议会和军队的调查。

宿戎率领特勤总部精英相迎，军容齐整，两相对峙，竟是数量占据绝对优势的中央军落了下风。

特勤总部的阵势令人胆寒，但虽然宿戎命令舰队将炮口对准中央军，却没有开火的意思，他们集结，也并不是为了对付议会这帮老顽固。

他们即将前往第四军区，季惜城要亲自剐掉附身在那里的疽。

议会的喊话一刻不停，宿戎苦恼地揉了揉太阳穴，如果他现在立刻下令起航，中央军没有谁能阻止——毕竟中央军里的精锐尽在特勤总部。

然而他必须在这里等他们的主帅。

将军这阵子一直留在特勤总部，准备驰援事宜，但他看得出，将军偶尔心不在焉。他昨日提醒："战事恐怕难以一时半刻了结，您如果想回家看看……"

将军怎么说的来着？沉着脸："不该管的闲事不要管。"

但将军今天怎么做的来着？临场溜号，还是舍不得那被关在浮空岛上的人。

宿戎无奈地叹了口气，屏蔽掉轮值首脑那啰里吧嗦的喊话。

飞行器安静地停泊在L04浮空岛，季惜城一身戎装，看着正在熟睡的洛攸。AI管家一声不吭，着急得想钻进它的仿生人身体，戳醒洛攸。

季惜城深拧着眉，眼眸深邃得包容万千，藏着无穷的思绪。

他不该在前往战场之前贸然回来。L04浮空岛是整个首都星，乃至整个白枫最安全的地方，是他给洛攸铸造的水晶宫殿。

洛攸在这里，什么都不用知道，约因人、独立军、权力漩涡……洛攸一样都不用经历，只需要等待自己回来就好。

如果他顺利解决这次危机，他会回来和洛攸过和往日一般的生活。如果白枫最终被虫族吞噬，洛攸将是活到最后的人。

洛攸不会再抛下他了。

可他还是没能忍住，在出发的前一刻赶了回来，他已有很长的时间没有见到洛攸了。

他要去很远的地方保护洛攸了，他的心被离别的悲伤填满，沉重得让他转不了身。

当年洛攸驾驶战舰冲入敌阵时却那么潇洒，没有悲伤，只有悲壮。

因为他保护的只有洛攸，为了洛攸，可以顺便保护白枫的黎民。而洛攸保护的却是万万亿亿的人类，他只是其中之一。

不甘、懊恼、愤怒的情绪如同恶臭的污水，拉扯着他往深渊去。片刻的失神后，他猛然清醒，想立即离开，却见洛攸已经醒来，正安静地看着他。

他蒙在黑雾里的瞳孔轻缩，惊讶像一豆暗光，终是随着眸光流淌出来。

“酒酒。”洛攸起身，强势地抓住季惜城的手腕。

季惜城说：“放手。”

“如果我放手，你会去哪里？”军人对战争有着天生的敏锐，尤其是洛攸这样出生在前线的精英。

季惜城穿的是上舰作战服，但即便季惜城身着普通制服，他也“嗅”得到季惜城身上的战意。

这些日子他被禁足在浮空岛，外界消息尽数断绝，但他并不愚笨，判断得出一定是战火又起。他舍身的一幕是季惜城最恐惧的噩梦，季惜城会再次将他锁在房间里，必然是害怕他重蹈覆辙。

季惜城要去前线了，归与不归难说，所以才回来看他。既然回来了，他就不可能让季惜城就这么离开。

“与你无关。”季惜城语气冷硬，说完就要将手抽回去。然而洛攸抓得极紧，他根本挣脱不掉。

他面色沉了些，焦灼烦闷的心绪隐藏在几无波澜的神情中，“放开。”

洛攸释放精神力，那是属于顶尖军人的战意，攻击性十足，气势滔滔，“带上我。”

积蓄经年的怒火熊熊燃烧，季惜城的声音霎时变得极冷，“你在做梦！”

后怕和恐惧像一条条荆棘，在心脏和骨髓里发疯生长，季惜城又看到了爆炸的一幕，激烈而盛大的光芒几乎让他失去视力。

他再也不会让洛攸去当什么英雄了，他筑起一道高万丈的墙，将危险统统挡在外面。

“你怎么还是不明白呢？我已为联盟牺牲过一次，我作为战争武器的使命已经完成。”洛攸神色从容，“我不会再为联盟而奉献生命。”

季惜城嗤之以鼻，“我说过，我不会再相信你。”

洛攸不理会他的偏执和顽固，直视他的眼睛，“我想去保护我的弟弟，他叫季惜城，但我更喜欢叫他酒酒。身为军人，我愿意为保护他而死。”

季惜城茫然地张了张嘴，“不……”

“前提是，他在这场战争中无法活着回来。”洛攸的精神力已经包裹住季惜城，带着宇宙广袤的风，宇宙至深处的黑，星辰爆炸寂灭，金光溅射，硝烟四起。

“他看上去无所畏惧，却像个小孩子一样害怕孤独，最怕的是被我抛下。”洛攸温和地说，“我答应过他，再也不会抛下他。如果他牺牲了，而我还活着，不是再一次食言了吗？”

“带上我。”洛攸半闭着眼，清亮的瞳仁上像覆盖了一层泪膜，“季酒是朵小玫瑰，他不该独自在战火中凋零。”

“洛攸……”此时的季惜城似乎不是无所不能的白枫上将，只是初到安息要塞的 18 岁少年，精神力飘忽，吊车尾，不合群，巴巴跟着洛攸。

精神力冲撞，对峙，继而如烟尘消散，尘埃落定。

AI 管家看着起航的飞行器，吧唧着嘴说：“都走啦，没人管花田啦！行吧，我会智能播种……”

两军对峙，当季惜城的飞行器出现时，中央军恐惧地让开一条道。

霸气的精神力呈天罗地网之势铺开，轻易侵入中央军指挥系统，切断人机连接，轮值首脑瑟瑟发抖，舰队上的数十名将领更是痛苦忍受精神力断开之创。

飞行器接驳特勤总部指挥舰，季惜城沉着脸上舰，洛攸紧随其后。

宿戎毫不意外见到洛攸，笑着致意，“洛攸上校，你随时可以更换作战服。”

无法进行人机连接的中央军战舰已经成为废物，不可能阻挡特勤舰队。季惜城站在指挥舰中央舱里，目光穿过包围圈，扫向浩瀚星海。

“出发。”

中央军溃散，为特勤舰队让出一条通路，战舰如一道道白虹，驰向黑云笼罩的第四军区。

与此同时，第九军区安息要塞的“风隼”特种战队也出发了。“血皇后”鹰月亲自领军，仅留下一支中队给红蜚，以守卫要塞。

乱局暴起之后，这是第一支驰援第四军区的力量。所有人都在观望，有的是顾虑众多，不敢站队，有的单纯想看季惜城和伊萨一系倒台。

没人想到，率先发军的竟然是位女将军。

“五年前，安息要塞危在旦夕，是季惜城救我们于危难。”身披战袍的鹰月英姿飒爽，豪情地笑了笑，“季江闺是个什么东西？傻子才相信他的鬼话。将军相信我‘风隼’勇士是归来的英雄，授予白枫勋章，我‘风隼’便愿意为将军而战！”

第四军区遍烧独立军之火，直到现在还没有彻底沦陷，全靠伊萨的白雪舰队苦苦支撑，以及白羊的资源供给。如果支援再不到，即便是伊萨，恐怕也无力回天。

特勤总部和“风隼”的到来，让疲惫不堪的白雪舰队终于能够从前线撤回。将指挥权移交季惜城之后，伊萨睡得人事不省，浑身虚汗。

季惜城立即着手部署，洛攸却不由得分心看向伊萨。上次在全息投影中他见过伊萨，这次却是头一回看到伊萨本人。和投影相比，伊萨消瘦许多，近乎颓败，但他知道不是，那是军人在战场上战斗到最后一口气，终于能够暂时将担子放下来时的模样，血仍旧在熊熊燃烧，只是需要脱下盔甲，汲取片刻的安抚。

季擒野将伊萨扶起来，眼神与洛攸之前几次见他时截然不同。

注意到洛攸的视线，季擒野抬起头，眉眼微弯，用口型说：我带他去休息。

洛攸立即点头。

他们正在白雪舰队的指挥舰上，季擒野一改联盟之星的女装扮相，穿的是中央军的黑色制服。他那长年在舞台上淬炼出的身段不比战士差，穿上军装更有一种刚柔并济的美感。

季惜城轻轻咳了声，洛攸收回视线，看向铺陈在前方的巨幅星图。

第四军区九成以上的地区已入独立军囊中，这支以讨伐“虫族上将”为口号的军队才是真正的虫族，高层将领全是披着人皮的约因人，他们用某种方式蛊惑人类为他们战斗。

但九大军区并非铁板一块，彼此之间的矛盾和利益不断转换，跨军区航行的人少之又少，像洛攸当初就从未离开过第九军区。

只有身临其境，才能发现独立军实则是约因人，但在“风隼”和特勤总部之前，没有其他军区的舰队支援，第四军区俨然已是孤岛。

沦陷的地区，只能一步一步收回，季惜城命令“风隼”一二三支队出发，分两路合围，击退盘踞在鲨鳗星系的虫族。“血皇后”领命，视线在季惜城脸上停驻片刻，旋即转向洛攸。

季惜城此时仍是以虚拟面容示人，那是全联盟都熟悉的一张脸。洛攸却发现，“血皇后”好像已经察觉到了什么。

“小玫瑰哈？”鹰月凑在洛攸耳边，笑着说。

洛攸轻呼一口气。

鹰月在他肩上拍了拍，神情轻松下来，“当年你们三人牺牲，虫族打到眼前，我明知季酒失踪了，却无暇调查。幸好，你找到了你的小队员。”

洛攸想到被异化的江久，被关押的达利梅斯，心中忽地一沉。鹰月看出他的心思，“在战火之中，生与死、幸运与厄运有时都是逃不掉的，要学会坦然面对。我现在终于彻底放心了，你知道为什么吗？”

洛攸余光瞥向季惜城，仿佛已经知道答案。

“离开安息要塞，我是在赌，赌我没有看错人，将军是五年前挡在我们‘风隼’面前的将军。”鹰月长眉挑起，“但那到底是一场赌，如果我赌输了，就是将我的队员送入坟场。但现在我赢了，小玫瑰是我们的自己人。”

“你们在说什么？”季惜城走过来时，“血皇后”已经离开，留下一道利落洒脱的背影。

说你是朵小玫瑰。洛攸为自己的没正形愧疚，清了清嗓子，“我能做什么？”

季惜城专注地凝视他，须臾道：“我在哪里，你就在哪里。”

片刻，洛攸说：“五年前也是这样吗？”

“嗯？”

“虫族全线压上，第九军区危在旦夕，你也是这样远赴前线救火？”

片刻沉默，季惜城点头，“差不多。”

“五年对我来说只是这么短一截时间。”洛攸说着将拇指与食指合在一起，“我错过了很多，一回来，我的小队员就已经是大将军了。”

季惜城侧过脸，眼里风溅雪舞。

“我不想再一次面对战争，但我又很庆幸，有和你一起并肩作战的机会。”洛攸感到手中传来极轻的颤意，“一百年前，卡修李斯元帅将虫族赶至第十军区外。两年前，你也将他们驱赶到同样的位置。但虫族贪婪，只要他们还徘徊在第十军区附近，白枫就没有真正的和平。”

季惜城道：“你是想……”

“彻底歼灭他们。”洛攸瞳孔金光绽放，宛如亘古恒星爆发之芒，“让他们再也没有可能进犯白枫。”

季惜城唇角很不明显地动了动，眼里映着洛攸的瞳光，但那一抹金色逐渐被黑雾笼罩，消退。

他仿佛预感到了什么。

洛攸却有些不解，“怎么了？”

季惜城摇头，强调道：“记住你说过的话。”

洛攸无奈，“知道知道，不会抛下你。”

季惜城颇有心事地走向星图，洛攸则去熟悉第四军区目前的战况。洛攸背过身去之后，季惜城扭头看了他一眼，像是害怕被发现一般，很快将视线收回去。

在来第四军区的路上，洛攸问及近来一切祸事的缘由，唯有一件事，他并未告诉洛攸。那就是五年前的那场穿越是约因宇宙坠落的根源。

他要把洛攸从这不符合物理法则的逻辑上摘下来，不仅是担心洛攸背上沉重负担。季刑褚死去之后，他反复推想这三百年来的战事，洛攸是个避不开的因素。

洛攸的穿越，造成位面撕裂，给人类引来了约因之祸。

可是洛攸是因为虫族入侵，才在克瀚氏城作为战争武器降生，被改写的基因注定洛攸会舍身撞入虫族舰队，撕裂位面的爆炸注定发生。

这形成了一个圆，在这个圆里，洛攸和虫族竟然互为因果。

所以洛攸会是解决这一切的钥匙吗？如果是，洛攸的命运会向何处发展？

他不敢深想，唯恐有朝一日洛攸会循着这个圆被带往他不可及的地方，只能将秘密暗藏于心。

这无异于一个沉重的包袱，即便现下洛攸就在他眼皮底下，他也无数次后悔将洛攸带了过来。

洛攸研究了一会儿战况，脑袋就轻轻往下点。季惜城心口一沉，知道他又打瞌睡了。

白枫最顶尖的医疗官也无法解释洛攸的嗜睡，只能归结于穿越的影响，可同样是穿越回来，江久和达利梅斯为什么不嗜睡？

季惜城隐约知道答案。

季刑褚已死，他是唯一一个知道洛攸和修渊源的人，而洛攸嗜睡正是从约因宇宙回来之后。

藏在睡眠里的是什么？

“将军——”

季惜城被前方的喊声拉回神志，抬头便与洛攸四目相对。

洛攸说：“酒酒，你还有事没有告诉我。”

季惜城本能地蹙眉。

“季刑褚说我是这一切的根源，但我想不出为什么。”洛攸问，“你在他的记忆里看到了什么？”

季惜城别开视线，生硬道：“你不是根源，与你无关。”

洛攸清楚绝非如此，却并未坚持再问。

首都星不能留给议会那帮争权夺利的权贵，五年来季惜城和伊萨必定有一人留在第一军区。现在季惜城来了，伊萨就应当回去，季擒野与他一道启程，一方面稳定首都星的局势，一方面游说犹豫不定的将领，为前线输送兵源。

“有一点你们要特别注意。”伊萨神情郑重，“这次伪装成人类的虫族和我们五年前面对的很不一样，他们很擅长精神力层面上的攻击，并且能够避开我们的监控。我曾经接触过季江围，怎么说，他，他在试着挑起我内心的恐惧。”

白雪舰队回撤，“风隼”打头，联盟军正在艰难地收复失地。

伊萨回到首都星后不久，果然说服了第二军区的一支舰队赶赴战地，而“血皇后”的英勇无畏刺激到其他观望的军队，先后有四支和“风隼”同级别的巡星军前往第四军区。

季惜城有时亲自领军，一旦他出击，虫族就会远避锋芒。

洛攸知道，那是因为季惜城吸收的那一部分修。

战事似乎正在朝有利于联盟的方向发展，越来越多的人相信被异化的是季江围以及他背后的独立军，季惜城所向披靡，当年驱逐虫族的伟绩眼看就要重新上演。

但是洛攸并不轻松，他仿佛已经感知到了某种神秘的使命。甚至知道，季惜城对他有所隐瞒，正是因为这使命。

突然，战舰舱室光芒一暗，仪器的背光尽数消失，就好像战舰本身已经不存在，他正飘浮在无尽的宇宙中。

这一幕与他驶向黑雾之墙时何其相似，可转瞬，周围流动起艳丽得令人作呕的斑斓。

一团状似脓包的东西在五彩中鼓动，像是胎儿在扭动膨胀，不久变为人形，脱离光墙。

“初次见面。”季江围行了个绅士礼，“我是虫族皇帝，璨。”

洛攸迅速释放精神力，千万银流奔腾，刹那间冲散那诡异光芒中的人影。然而不过五秒，同样的声音在洛攸身后响起，季江围——璨的影子再次变幻浮现。

“你就不想知道，我们为什么会来到你们的宇宙吗？”

洛攸脑中立即闪现两道声音——

“他们很擅长精神力层面上的攻击，他在试着挑起我内心的恐惧。”

“洛攸，你是这一切的根源。”

洛攸极轻地甩了甩头，尽量镇定。眼前这个披着季江围皮囊的东西是不是虫族皇帝还不好说，但他神不知鬼不觉潜入战舰却是事实。

现在这个空间应该彻底和外界隔绝了，必须尽快找到破局的方法。

“我们有很深的渊源。”璨胸膛发出一阵古怪的笑声，像是昆虫在隆冬降临之前徒劳地扑簌羽翅，“洛攸，你不应当被某些别有用心的人蒙在鼓里。”

洛攸在心里告诫自己，他说的不一定是事实，“什么渊源？”

璨双手平展开，出现在他手掌之间的赫然是一团瑰丽星云。洛攸乍看觉得眼熟，很快想起，那是他被甩入高一层宇宙时见到的光景。

“五年前你和你的队友闯入了我们的家园，约因宇宙。”璨脸上挂着冰冷的笑意，“你为你的同胞引来了所谓的约因之祸。”

洛攸瞳孔不可思议地收紧，声音干哑，“什么？”

奇怪，这明明听上去如同天方夜谭般不真实，但为什么他潜意识里却并不怀疑？

是因为季刑褚一早就说过的“根源”吗？

洛攸感到浑身的血液正在退潮，他甚至听得见它们退走的沙沙声，留下一片月夜下的冷凉。

璨讲的故事和修一百多年前告诉季刑褚的一致，还“耐心”地给洛攸科普了一下约因宇宙的物理常识。

洛攸起初如坠雾中，终于捋清这条在本宇宙不可能成真的时间线时，指甲已经在掌心嵌出血色的口子。

“我们的生命若以你们人类的寿命类比，那就是无穷无尽的漫长，因为我们就是宇宙本身。”璨的声音充斥在整个空间，尘埃一般缥缈，“闯入我们世界的异族不止你和你的队友。但是以往亿万年，我们也不曾滑落。你知道为什么吗？”

洛攸竭力让自己保持清醒，精神力在周遭筑起一道无形的屏障，“为什么？”

璨摇摇头，那双人类的眼睛中流露出非人的情绪，“因为修对你们好奇。是你们和他一同给人类带来了厄运。”

洛攸低声自语：“好奇……”

“他没有死去，他就藏在季惜城的身体里。”璨的声音更加缥缈了，或许那本来就不是声音，只是融化在空气中的，虫族的一部分，直达视网膜，渗入精神力。

洛攸猛然一怔。

“你会给你的同胞复仇吗？”璨逼近，声音却呈现远去之势，他向洛攸伸出手，触碰到那面精神力屏障时，手指和手掌却凭空消失。

洛攸看着这一幕，感到有一道闪电在脑中刮过，尖锐地痛。

但这到底意味着什么？

璨未再继续逼近，当他收回手时，消失的手指和手掌再次出现，“你不是克瀚氏城研究出来的战争武器吗？你和我们不共戴天，你一定会复仇的，对吧？”

排山倒海的潮湿精神力袭来，声音、艳丽流动的色彩顷刻消失，舱室在片刻的静止后重新发出机械运行的低鸣，控制台背光亮起，一切如常，好似刚才出现在洛攸面前的只是幻觉。

他低下头，看看自己掌心的血，略一动作，就感到后背已经被冷汗浸透。

舱门打开，季惜城阴沉着脸，大步走进来。方才堪称恐怖的精神力正是来自季惜城，璨不得不避走。

洛攸看向季惜城，目光掺杂着些许茫然与陌生。脑海中不断翻滚着璨的话语，季惜城连日来的欲言又止几乎成了那段离奇往事最有力的佐证。

但当季惜城走近，潮湿的精神力荡清璨留下的一切气息，洛攸眼神突然变得清明。

季惜城一眼就注意到洛攸手心的伤。不，不是看到，在感知到异常，火速赶回的路上，他就嗅到了血腥气。

未加约束的精神力暴涨，将洛攸密不透风地环绕起来。

洛攸说："没事了。"

季惜城瞳孔闪出黑色的金属光泽，"虫族来过？"

洛攸并不打算隐瞒，"吞噬季江闺的很可能是虫族现在的皇帝，璨。"

季惜城拧眉，"他跟你说了什么？"

洛攸直视季惜城的双眼，那总是冷沉的眸子里铺垫着一丝慌乱与躲闪。他想，璨说的是真话无疑了。

"我是这一切的根源，是因为我的穿越引起约因宇宙滑落，对吗？"

季惜城神情一僵，眉间极其罕见地凝出一道无措。

洛攸点头，"我都知道了。"

季惜城下意识拉住洛攸的手臂，紧张得像个想要安慰伤心的伙伴却又说不出像样话来的小孩。

洛攸却突然笑了，"酒酒，你在担心我吗？"

季惜城不语，眉心蹙成深深的沟壑。

"你早就知道了，害怕我有负担，才不告诉我。谢谢。"

好一会儿，洛攸才继续说："他害怕你，只敢在你不在我身边时冒险接近，却不是为了杀死我，只是告诉我真相。他的用意是什么？"

一旁的星图上，代表独立军的红点范围正在缩小。而在他们来到第四军区之初，这幅巨大的星图上遍布红点，令人见之窒息。

独立军正在败退，虫族的阴谋正在战火下显形。他们的处心积虑再次受挫。

两人走到星图正前方，望着收复的疆域，洛攸眼中映着白枫的星空，

“他想让我杀了你。”

季惜城扭头看向洛攸。

“如果我没有判断错，他们最初的计划是煽动民众，让白枫的人民杀死你。”洛攸已经彻底冷静下来，纷杂的线索在他眼前穿梭，他逐渐将它们排列成了一条完整的线，“修是真正的皇帝，璨能够取代他，但无法杀死他，就像渺小的人类，不可能毁灭人类寄生的宇宙。”

“修已经死了。”季惜城下意识抬手，按住胸口的约因魂。

“没错，在我们的概念里，他不存在了。但是在约因人的世界，他哪怕只剩下一缕精神，仍然算存在。”洛攸道，“他们认为，你等同于修。只有你死了，修才真正死亡——起码在我们的宇宙法则里是这样。”

季惜城唇边勾出冷漠的讥诮，“但亿万人类的怒火也没能杀死我。”

“不仅如此，我们还正在收复第四军区。”洛攸负手，“这么看来，璨已经走投无路。伊萨说得没错，他确实喜欢勾起人类的恐惧，他让我知道，我和你是这场灾祸的罪魁祸首，又强调，我是克瀚氏城的战争武器。”

季惜城的不安隐藏在不悦的眸光下。

“他赌我会因为使命而杀死你——毕竟，现在只有我能够轻易杀死你。”洛攸平静地说，“他可能还计算到，我会自杀。”

季惜城的精神力再次汹涌，“闭嘴。”

洛攸摇头，“我只是在复盘他的想法。”

季惜城挑眉。

洛攸无奈地笑了笑，“既然物理法则都不同，想法又怎么会相同，璨一定想不到，他来这一趟，给我打开了一条思路，和一个‘解题方法’。”

“说说看。”

“约因世界，时间能够折叠，无数条时间线上的事同时发生，因与果彼此影响。我五年前的穿越导致三百年前约因宇宙的滑落，那五年前的我，对修就没有影响吗？”

半响沉默，季惜城说：“因为我？”

“是，你已经消化了约因魂里的虫族皇帝修，你们在某种角度上是一体的。”洛攸深呼吸一口，“所以当他看到我闯入，才会在好奇的驱使下追逐，造成整个约因宇宙滑落。这足以解释，为什么亿万年里，有位面撕裂的情况发生，宇宙坠落这却是唯一一次。”

好似无数光年旋转落入洛攸眼中，凛冽的战意抖开霜雪，带着厚重的足音苏醒。

季惜城喉结缓缓一滚。

“再说另一件事。”洛攸道，“璨自以为洞悉一切，但他不知道，我从约因宇宙带回了一样东西。”

季惜城压抑在心脏角落的恐惧在血肉里撕开一道口子，尖叫着向外挣扎。

他已经有了预感。

“我回来之后就嗜睡，原因未知，但现在我可能明白了。”说着，洛攸展开精神力，将季惜城与自己隔开。

“璨一靠近我，肢体就消失了。”洛攸说，“但当他退开，肢体又再次出现。酒酒，你说这意味着什么？”

季惜城胸口的约因魂在虚空中散发荧荧光芒。他知道答案。

“那不是消失，是回到他们该去的地方。”洛攸语气中带着决然的坚定，“我从约因宇宙带回来的，是一个送走他们的通道。”

“我自己，就是这个通道。”

良久，季惜城语气冰冷地说：“我又犯了一个错误。”

洛攸清晰感知到他的怒意。恢宏的精神力作用于战舰，满舱室的指示光都开始不规则地闪烁。

“我不该带你来。”季惜城愤而抓住洛攸的衣领，猛力将他掼向舱壁，咬牙切齿道，“你就该待在浮空岛，你只配待在浮空岛！”

咽喉被掐，洛攸面颊涨红，艰难地说：“你放手！听我说完！”

“不放！”季惜城竟是先于他红了眼，活像发疯的不是自己，被欺负了的才是自己。

“你答应过我的，你又说话不算话，洛攸，你不是个东西。”

洛攸僵住，觉得季惜城下一秒就要难过地哭出来。

季惜城当然没有哭，但是入侵洛攸的精神力变得越来越潮湿，那种潮湿甚至浓到了支配嗅觉的地步，让人误以为坠向泥泞的沼泽。

洛攸猛地回神，“我说话算话，听我说完，好吗？”

季惜城眼中烧了一团没有温度的黑火，“你想说什么？”

“璨的身体是在接触到我的精神力之后消失的，那就说明，起作用的是我的精神力。但是虫族庞大，那是一整个约因宇宙，普通的精神力爆发，恐怕不能将他们全部吸纳入通道。”

季惜城道：“你想自毁？”

洛攸摇头，“既然我从约因宇宙带回了这样一把钥匙，就一定有作用。而且我猜，你的存在，能够让我避免与他们同归于尽。”

季惜城不满，“这就是你憋了半天的废话？”

季惜城现在处处带刺，洛攸却越发冷静，“受你影响的虫族皇帝，能够跟着我从原本的世界脱落，那你又怎么会找不到我？我去搭建这个通道，当通道形成，无数约因人被吸纳，很可能出现未知结局。”

季惜城寒着嗓音，“比如你也跟着消失？”

洛攸哑了片刻，“没错。”

季惜城冷笑，暴躁道：“所以你根本没有心，你到底是怎么冷静地对我说出这种话？”

“我……”季惜城的痛苦感染了洛攸，他原本以为自己已经想到一个可行计划的雏形，此时却慌乱起来，词不达意，“但你能找到我。”

“你确定我能找到你？”季惜城话语中甚至流露出一丝讥讽。

讥笑的是自己，讽刺的也是自己。

洛攸哑然。世间万物，变化万千，有什么是他能确定的？一股寒意从心脏里倾泻，带着无数冰碴子在血管里冲刷。

唯一被写定的，大概只有他那被改造的基因。他以为他在牺牲过一次之后，就能放下这与生俱来的责任，现在才知道根本不行，不管他怎么发誓，怎么承诺，他都是从克瀚氏城走出来的战争武器。

他其实不算人类，是个怪物。

他以一种陌生的目光看向季惜城，眼神渐渐变得悲悯。季惜城和他一样，也是个怪物。

“那你就和我一起消失吧。”声音轻得像一场风，仿佛不是从他口中说出。他的目光温柔又残忍，唇角竟然弯着一抹笑。

季惜城眼中滚过震惊的光，而后黑雾平息，缓缓流转，像是接受了这个一同赴死的邀约。

“你要我和你一起消失？”问这话时，季惜城眉梢轻挑，愉悦在精神力里蔓延。

——不，我要你好好活着。

——是啊，怪物就该和怪物一同消失。

两个截然不同的声音在洛攸思绪中穿梭，他低下头，紧闭双眼，将那股撕裂的邪念压下去，刚想解释，又听季惜城道：“这是你送给我的礼物吗？”

洛攸立即抬头，季惜城正矜持地看着他，但眉间的开心在矜持的面具上悄悄掀开一个角。

洛攸头痛地想，到底在开心什么啊？

“我接受。”季惜城微扬起下巴，摆出将军的威严。

洛攸张了张嘴，心里一个声音道：不是这样。

“这个礼物，胜过你车轱辘的所有承诺。洛攸，我从不相信你的承诺，一旦人类面临危机，你就会离开我。”

洛攸摇头。

季惜城微笑，“但是如果你愿意带上我，就没问题了。和你一起死亡，是我收到的，最珍贵的礼物。”

热意冲上眼眶，洛攸强压住从胸膛炸起的冲动。他想季惜城好好活着，他为守护人类而诞生，季惜城难道不是人类的一员吗？

小玫瑰怎么会把死亡当作礼物？

"如果我们消失了，我们存在在哪里？"季惜城心情不错地说，"约因人能够分裂出无数个体，也能将个体合一，我们会不会变成他们那样？"

洛攸心事重重，答不上来。

季惜城给送走虫族的计划定名为"归去"，但除了他和洛攸，没有人知道这个计划。

战争还在继续，随着第四军区逐渐收复，联盟的主要军事力量开始向第九军区转移。现在几乎没有人再相信季江围的鬼话了，独立军的伪装也已经被撕下，季惜城的威望逐步回升，民众相信，就算季惜城的父亲的确被虫族异化，季惜城也是真正的人类，和卡修李斯元帅一样，是联盟的战神。

嘉比隆星是独立军的根据地，也是目前第四军区安置虫族俘虏最多的地方。飞船停驻军港，一行人快步迈上战车。

异化的金鸣许雾还维持着原来的外貌，但他的眼睛折射着鲜艳至极的光。洛攸站在他面前，全神贯注地释放精神力。

金鸣许雾先是警惕地退缩，然后不安地挣扎，喉咙发出令人作呕的吼声。但是很快，他像感知到某种召唤一般平静下来，一步步向洛攸走来，触碰近在咫尺的精神力。

季惜城就在一旁看着。

当金鸣许雾接触精神力时，他的手指消失了，就像璨一样。他的神情变得十分茫然，像没有思想的傀儡。洛攸进一步催动精神力，徐徐笼罩他全身。

在肢体五分之四都消失时，他猛然惊醒，疯狂挣扎。但已经迟了，洛攸聚力，精神力扫荡之处，哪里还有金鸣许雾的身影。

囚室空荡荡，只剩下洛攸和季惜城。

洛攸转身，季惜城上前，"是什么感觉？"

洛攸摇头，"单独的个体消耗不了多少精神力。"

接着，他们去到其他囚室，命人将俘虏们集中到一处，一上午时间，这座俘虏营的虫族消失得一干二净。

洛攸擦掉汗水。不断的实验让他更加确信，自己就是终结虫族之祸的关键，他从约因宇宙带回来送走他们的通道，通道何其宏达，他的躯壳难以支撑。他能够一个个、一群群送走虫族，却无法将他们一网打尽。

一上午的忙碌已经让他力有不逮，而这只是亿万虫族中的一滴水。

可怕的是约因人从未被人类探查的繁殖奥秘，只要还剩下一个约因人，就能够繁衍出千千万万约因人，破局只有一种方法——同时将他们吸入通道。

洛攸在季惜城身边歇了会儿，再一次想到了“消失”。

自那次争吵后，他们都没有再提过消失。但现在看来，他可能必须用生命来打造这个“归去”通道。

洛攸心绪一时变得十分复杂，季惜城将死亡当作礼物，可他却想季惜城在和平的世界平安地生活，同时他又答应过季惜城再不离开。

好像他们命运的走向已经定下，那就是他带着季惜城一同消失。

乐观地想，连恒星的生命都有终点，蜉蝣一般的人类能够和重要的人赴死，又有什么可遗憾？但洛攸想到浮空岛上的瑟丝岚，心里便泛起酸。那是他在天空给季惜城种的一片海，花还没有开呢，他们看不到了吗？

战事瞬息万变，就在联盟将再一次击退虫族时，约因人如同置之死地一般，数不清的战舰兵临白枫，污浊的黑潮张开了大口，几乎要吞噬掉千万群星。

虫族战舰盘旋聚拢，在洛攸瞳孔中形成漩涡星系的形状，瞬间将他的思绪拉到了五年前。那时约因人也是全线压上，百年未打过大仗的联盟措手不及，他与江久、达利梅斯怀揣一腔孤勇，为人类撕出一线生机。

现在他再一次站在抉择的十字路口。

不同的是这并非人类的背水一战，不同的是他的身边站着季惜城。

两军对峙，“血皇后”率领“风隼”冲在最前方，横扫敌方舰阵外围的歼击舰。战场已经由第四军区转移到第九军区，这里是她的地盘，鹰隼翱翔于天际于星海，恨不得将入侵者撕得粉碎。

白枫舰阵中心，一架黑银色的巨大战舰正向约因人的方向驶去。它的形态和周围一众歼击舰护卫舰不同，更加庞大，舰身流淌着幽幽暗光，正是中央指挥舰。

在它前行的路径上，其他战舰纷纷往两边让开，如同地球时代航母在海上劈开浪潮。无穷而极具威慑的精神力从中央指挥舰里荡出，舰阵开始共鸣，虚空中燃起战意。

经历过上一次鏖战的战士都知道，这是季惜城亲自迎敌的号角。五年前，年轻的将领从天而降，以无可阻拦的气势挡在当时已经疲惫不堪的巡星军前方，指挥舰由后方劈波斩浪，冲到最前线，形如一枚淬着寒光的箭头，直捣虫族腹心。

战士们斗志滔天，但他们并不知道，这一次，他们的将军是去赴死。

中央指挥舰上原本有数十名太空军，然而在一小时之前，季惜城将他们派遣到其他战舰上，现在，这艘庞然大物只有他与洛攸，环形观察窗上一边是实时更新战况的星图，一边是实景，他们已经达到前线，“血皇后”的战舰与他们擦身而过。

鹰月仿佛预感到了什么，这个被战争喂大的女人时而粗犷，时而心细如发，洛攸面前的通信光屏立即跳出她担忧的面容。

“洛攸，你想干什么？”

季惜城看了一眼，不悦地拧眉。

洛攸却十分坦然，“这次击溃虫族后，人类将迎来漫长的和平。”

鹰月马上想到了五年前的那一幕，“你不是又想……”

洛攸摇摇头，“形势已经逆转，现在我们才是占据优势的一方。不要担心。”

鹰月确实想不出洛攸又要与虫族同归于尽的理由，再说季惜城也在，自己好像多虑了。

“那你们小心。”她说，“‘风隼’随时听候差遣。”

通信结束，洛攸轻轻叹了口气。他并没有在“血皇后”面前表现的那么从容，死亡对于任何生命来说都不是一件轻松的事——即便他并不是自然诞生的生命。

但这一刻他突然意识到，或许克瀚氏城的科学家们改写战争武器的基因是多此一举。因为在种族存亡之时，任何满腔热血的军人都会为身后的家园祭献生命。否则当年江久和达利梅斯为何会跟随他，否则“风隼”为何会逆风奔袭。

中央指挥舰已经航行到舰阵之外，他们的前方只有狰狞的虫族战舰。虫族全都在这里了，他们倾全族之力，妄图一举灭掉人类。三百多年的对抗，他们已经没有耐性。

洛攸的精神力缓缓释放，起初细微似丝线，而后积聚成烟尘，向四周弥漫扩散。季惜城半闭着眼，深深呼吸。

他想到18岁初到安息要塞时就在洛攸身上“闻”到了宇宙的气息，从此在他的视野里，洛攸成了独一无二的彩色，是灰烬上的流光。

指挥舰开始加速，与后方舰阵的通信断绝，如同一枚孤石，撕开凛冬酷寒的风，投入永恒的深渊。

远在首都星的伊萨难以置信地看着实时图像，“他们想干什么？”

方才战意沸腾的舰阵沉寂下来，部分敏锐的军人已经明白，这次和季惜城无数次身先士卒不同——他没有率领他们，指挥舰越来越远，他率领的只有洛攸！

但季惜城并不认为他率领着洛攸，相反，他觉得自己正陪伴洛攸。

曾经率领千万战甲，也不如如今陪伴一人。他以一种近似愉悦的目光端详洛攸，“品尝”洛攸甜美的精神力。

“那时你也是这么冲过去的吗？”季惜城用闲聊的口吻问及当年。

洛攸回过头，神情专注，想了想，“不一样。”

季惜城：“嗯？”

洛攸笑了，“这次我没有食言。”

好一会儿，洛攸听见旁边传来闷闷的一声：“……哦。”

指挥舰速度越来越快，后方的军人们瞪大双眼，无措又震惊地看着他们的统帅冲入敌阵。他们甚至不知道季惜城为什么要这么做。

“他找到彻底解决虫族的办法了。”伊萨额角躺下冷汗，双手紧紧捏着。

季擒野脸上的玩世不恭消失得一干二净，“什么意思？”

伊萨摇头，“我不知道是什么办法，但他，他们肯定找到了。”说着，他一拳重重砸在控制台上，嘴唇抿得泛白，恨自己无法帮助他们。

亿万星辰，竟然都压在两个人的肩上。

“我喜欢这里。”季惜城眼中的黑雾平静地流转，竟是有几分闲适。

洛攸心里酸软。这里可以指很多地方，指挥舰是这里，太空是这里，白枫也是这里。但他知道，季惜城指的是他身边。

“我也喜欢这里。”他又一次看向季惜城。这一刻，他看见季惜城冷漠的外衣正在瓦解，归于季酒的别扭和纯粹。

玫瑰应该生长在华贵的庭院，不该被战火摧残。

可玫瑰最终盛放于战火。

宏伟而辽阔的精神力像潮汐的前奏涌向虫族，他们似乎已经察觉到危险，不安地发出警报。坐镇后方的璨浑身艳光一暗，回忆起手在洛攸面前消失的一幕。

色彩在他流动的躯体上蒸腾，他凄厉地鸣啸。

可是已经来不及了，中央指挥舰如白虹贯天，未启动任何武器，白虹本身就是武器！

汗水从洛攸脸上滑落，他的精神力正在剧烈燃烧，舱室中是恒星爆炸，星云坍缩、黑洞旋转的缥缈气息。

时空开始扭曲，一条洞开位面的通道正在形成，他紧盯着前方，瞳孔在光芒中变得像针一样细。

黑云溃散，像是被一颗巨大的星体吸收吞没。他们逃逸的速度赶不上白虹扩散的速度，白虹过处，虫族战舰就像从未存在过一般消失。

人们看着这无比壮丽，又超越认知与想象的一幕，好似大脑已经停转，反应过来时脸颊上已经落满泪水——他们并不知道季惜城和洛攸是怎么做到的，但潜意识里已明白，英雄走上的是一条没有归途的路。

“唔……”洛攸呕出一摊血，狼狈地弯下腰。他已经到极限了，身体摇摇欲坠，五脏六腑、四肢百骸如被焚烧一般剧痛，他感到自己就要融化，就要与白虹融为一体。人类的身体和精神力领域能够容纳那浩瀚的通道——以嗜睡为代价，但是这脆弱的躯体却难以将通道整个释放出来。

洛攸想过将自己燃烧到齑粉不剩，现在却明白，即便他的一切都不复存在，都不一定能够让白虹变为漩涡，吞尽所有虫族。

这时，滚烫的手突然被握住，他看向右边，季惜城眼里的黑雾不知何时已经散去，明亮如同夏夜的星空。

季惜城嘴唇动了动，他却已经听不清季惜城说的是什么。

突然，冰凉潮湿的精神力汇入他的滚滚热流之中，并不汹涌，却滔滔不绝。

白虹顷刻间暴涨，将那些庆幸自己逃脱的虫族笼罩其中，诡异可怖的尖叫回荡，星辰碎屑一般层层叠叠消散。

洛攸眼中突然溢出泪水，巨大的悲伤和满足填满了他。

宇宙万物都有终点，遑论渺小的人类。

他们的消逝会给人类带来渴望的和平，不再有小孩作为战争武器出生；“血皇后”这样英勇的女军人能够偶尔脱下军装，换上漂亮的红装；不再有人类再被虫族异化，痛苦地死去；故乡盛开蓝色的瑟丝岚，海洋一般波澜壮阔……

可竟然还是悲伤，还是不甘，还是遗憾。

他不想就这么消失，他还想让从小孤独的酒酒，看看他种下的大海。

真遗憾啊。

这大约是他此生唯一的遗憾了。

他的肢体仿佛已经不再受他控制，他感知不到碰触的感觉了。他抬头看向季惜城，那双漆黑如星夜的眸子水洗一样，脸上是不断滑落的泪。

季惜城竟然哭了。

"酒，酒酒……"声音轻得像一缕一吹即散的烟尘，白虹蔓延到黑云最远的边缘，巨大的漩涡在星辰间旋转，旋臂终于撕开两重宇宙。

但洛攸已经变得透明，他的身影在季惜城的眼中越来越淡，然后像被撞开的金粉，散落在壮观的白虹中。

世界归于寂静之前，一抹温柔的光芒自季惜城胸口亮起。

溢出光芒的是约因魂。若仔细分辨，那并非光芒，而是流动着的白雾。白雾仿佛有生命，汇入暴涨的白虹中，在洛攸金辉散尽的地方徘徊飘浮，不知是在探查什么，还是受到季惜城浓烈悲伤的影响，也变得惆怅不舍。

须臾，白雾没入周遭的光线里，缥缈得几乎看不见了。而就在这时，白虹达到最盛，季惜城虽在流泪，精神力却源源不断涌入白虹——洛攸答应过他，要带他一同消失，他也答应过洛攸，要给人类漫长的和平。

宇宙里响起凄厉哀痛的呜咽，那是虫族被白虹剿杀的声音。他们正在被送回约因宇宙，从不再存在于此方的角度，他们确实正经历死亡。声音以难以计数的形态在星海中回荡，是烈风，是暗影，是爆闪，是微芒，是砂砾，人类最精绝的仪器也无法捕捉。白虹缓缓收束，仿佛将虫族束缚于一个笼罩天地的口袋，白虹覆盖过的星图上空荡荡的，仅剩下中央指挥舰孤独地航行。

白虹最盛时，季惜城的身体也变得透明，白虹仿佛穿透了他，熄灭时，带着他一同消失。

上百艘战舰极速追向指挥舰，宿戎搭乘的率先赶到，然而完成接驳，指挥舰舱门打开时，扑面而来的是灰烬一般的死气。旁边的副官讶然："怎，怎么会这样？"

指挥舰上布置着联盟最尖端的控制系统，等同于舰阵的大脑，即便是看似无用的走廊，也随时有智能设备进行精密计算。然而现在，舰上所有指示灯都已熄灭，光屏消失，操作台生锈腐蚀，无处不是千疮百孔之景，像是经历了一场末日般的浩劫。

宿戎眼皮突突直跳。是啊，对联盟，对人类来说，与虫族的战争不就是旷日持久的末日吗？指挥舰——不，将军和洛攸替人类承受了这场末日，以他无法想象的方式。他们在哪里？他们还活着吗？

“血皇后”的战舰也抵达了，向来粗鲁欠揍的女将军眼中蒙着水雾，喉咙发出竭力忍耐的声音，始终不肯让眼泪落下来。

遥远的首都星，伊萨已经背过身去，季擒野眼中映着腐烂的指挥舰，一块板材哐当一声从顶上掉下。

“我弟……”季擒野有些艰难地说，“是牺牲了吗？”

伊萨背脊紧绷，黑色军装包裹的肩正在轻轻颤抖。他难得地主动向季擒野伸出手，无声地轻拍那片比自己颤得还厉害的背。

泠——泠——

清响萦绕四方，季惜城还未睁开眼，流光溢彩在眼皮上汇集，落在视网膜上通通变成了暗红。

热血一般的暗红。

他睁开一条缝，光线潮水一般涌入。

泠——泠——

清响更加清晰，在他脑中回响。他终于清醒过来，费力地撑起身体。

目之所及，是诡异恢宏的景象，如同绚烂的颜料盘被打翻，画出万丈绮丽，无穷的星辰彩云仿佛都聚集于此，斗艳争芳，藏在它们后面的好似有无数双眼睛，眼珠寸寸转动，全都凝视着他。

也有可能它们本来就是眼睛。

季惜城低头，看见军装底下的约因魂不知何时已经被扯了出来，白雾明明灭灭，悠然香气向前方飘去。

他站起来，脚下虚无，像一面不会沾湿衣裳的水镜，变幻的色彩倒映其中，他每向前一步，都有涟漪从脚下荡开。这古怪的一幕令人胆寒，但他内心却异常宁静，像万古以来未有一丝阳光照入的寒林深处。

他眼中茫然，仿佛没有焦距，他不知道这里是哪里，亦不知道自己从哪里来。他只是循着香气和泠泠清音向前走。

时光如轻纱，披在他肩头，他走过的地方，色彩有的坍塌，有的萎缩，有的变得黯淡无光，他没有回头看它们，像个一往无前的勇敢少年。

不知走了多久，约因魂突然静止，他也停下脚步。这里看上去和他的来路几无差别，不该拦住他的去路。可他看向地上的涟漪，空茫的眼中渐渐有光凝聚。

他蹲下，双手小心翼翼地在涟漪中一捧，一点稍纵即逝的闪烁被他握入手心。他怔怔地看着，心脏涌起难以言喻的悸动，好似他走过无尽的年岁，就是为了寻到这一缕光芒。

他忽然很害怕，手足无措地站在原地，心想它那么微弱，消失了怎么办呢?

约因魂的白雾再一次流动，像一条条温柔的触须，漫入他的身体。温润的光在他身上绽放，将手中的闪烁融入其中。

他好像明白自己该怎么做了，双手靠近胸膛，将那闪烁没入心脏的位置。

泠——

星海倒灌，星云高速旋转撕裂，脚下的涟漪在长空飞舞，存在与不存在的记忆冲开那道紧闭的门扉。

他的手，连同他在涟漪中捧起的闪烁都已经刺入心脏，但从心脏里流淌出来的却不是腥臭的血，是纯净的光芒。

有生命正在那里孕育，微弱的心跳应和着他的心跳，怦怦，怦怦。

他闭上眼，感到身体正在变化。

他看到了满目黑铁的克瀚氏城，一个个幼小的生命正在器皿中生成，有的已经停止呼吸，有点长出畸形的瘤子。但有一个小生命像一块完美的玉雕，莹白的身体之下，孕育着最清澈的灵魂。

他再也没有从那个器皿前离开，好似他就是器皿的一部分，他也在孕育那个幼小脆弱的生命。

器皿变成一条缓缓流淌的长河，他注视着的生命从河水中站起，他恍然明白，河水就是时间。

那么，他也是时间吗？

那是一个英俊的人类，他很想靠近他，因为那个人类的身上，有他喜欢的气味。他甚至还想将他吞噬掉，不能让那个人类脱离他。

但是真奇怪，如果那样不愿意，他又为什么要把那个人类从自己的身体里剖离出来呢？

久远到一颗恒星从诞生到寂灭之前，他将涟漪里的清光种在自己的胸膛，它放肆地生长，吸取他的生命，直到终于"瓜熟蒂落"，变成一个人类。

他皱起眉，思索自己为什么不永远将人类埋在心脏里呢？为什么要任由他生长，不惜以自己的生命为代价？

人类在变幻的流云和错位的苍穹间奔跑，溅起的涟漪在他脑海中轰然回荡。他也不受控制地追上去。人类转过身，朝他露出一个大大的笑容。

泠——

看清人类眼中映出的自己时，所有记忆如春草般醒来。他想起自己是谁，人类是谁，他们为什么会在这里。

"但你能找到我。"洛攸这样与他说过。

他真的找来了，循着约因魂的指引，找到了只剩下一捧光点的洛攸。

洛攸对这里很熟悉，上次那场撕裂位面的穿越，他就来过这个能够折叠时间的空间——约因宇宙。

不同的是，这次他看见了季惜城。

是季惜城，也不是季惜城。

流动的彩光在季惜城身后变幻成一对巨大的羽翼，那双向来黑雾笼罩的眸子潋滟泛金。

洛攸想起，联盟一直流传着一个说法——虫族皇帝是一团瑰丽的星云。

他向季惜城伸出手，张了张嘴，声音却不是从喉咙里发出，而是万千彩云共鸣同震。

“酒酒。”

闻声，季惜城眉梢轻轻一颤，像是听懂了他的呼唤，也向他伸出手。

这一刻他明白了，在这个拥有迥异法则的宇宙，他和季惜城都不是原本的人类，他们接受了这里的法则，他更是因此重新拥有了生命。白枫科学家们研究了三百多年，未能参透虫族的生命奥秘，他们却在生死之间握住了。

他消逝于使命，诞生于季惜城的心脏。

星云再次翻转，遮天蔽日的羽翼将他拥入怀中，他看着那张近在咫尺的脸，周遭的光景似飞旋的箭，看不真切。

艳丽的光黯淡流逝，世界归于漆黑。

浮空岛上的瑟丝岚终于开花了，从别墅蔓延到岛的尽头，在微风下层层叠叠，如同海浪。AI 管家对此十分满意，在自己的农业技能上点了个满星标志。决心种花的明明是洛攸，下苦力的却是它，它现在不想要洛攸牌仿生人的身体了，因为酒酒老是觉得它碍眼，它得讨赏，换成季擒野牌仿生人。

回到首都星已有一月，洛攸大半时间都待在浮空岛。

战争已经结束——在他们归来之前就结束了，虫族回到本来的地方，和平回到白枫。三年里，联盟百废已兴，欣欣向荣。

又是一轮天风吹过，瑟丝岚潮落潮涌，热血似柔情，于天地间奔涌不绝。

The End

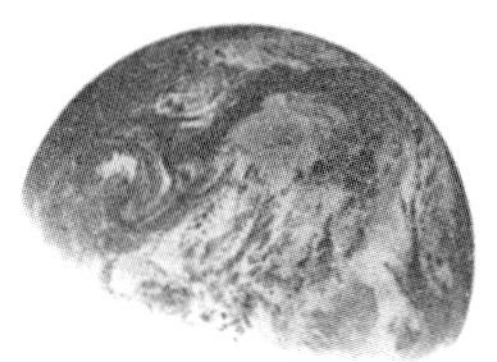

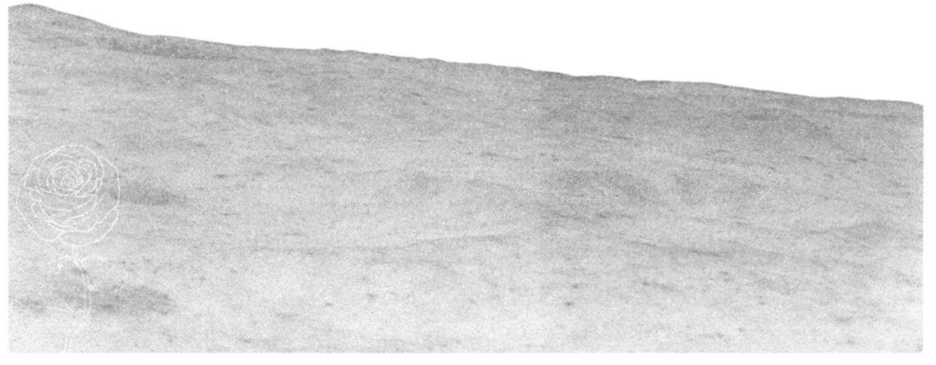

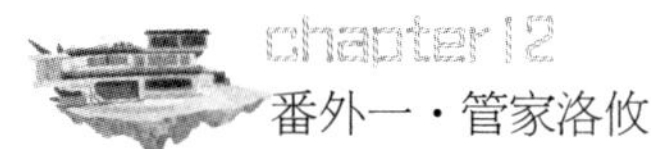

chapter12 番外一·管家洛攸

淡蓝色的天幕下，大片盛开的瑟丝岚轻轻晃动，如宁静的海面。一架银鱼般的飞行器掠过“海面”，停泊在宽敞的停机坪。身穿黑色制服的男人从飞行器上走下，胸口别着一枚代表联盟最高殊荣的白枫勋章。但与众不同的是，这枚白枫勋章下方还挂着一条极细的链条，它与勋章有着相同的质地，另一端由一颗精致的别针锁在制服上。链条设计别致，和象征军功的勋章搭配在一起，像一套华丽的胸针。

洛攸出席重要场合时会戴上勋章，上次在一个为退役战士谋福利的慈善晚宴上，一位设计圈的知名人士看着洛攸的“胸针”眼前一亮，问那条点睛的链条是何人的手笔，洛攸说是在安息城的集市上买的。对方惊叹于最偏远的军区竟能有这般杰作，晚宴还未结束，就让助手买了最近一班前往第九军区的星舰船票。

洛攸多少有些汗颜。实际上，这条链子并不是他在安息城买的，而是季惜城亲手做的，是当初那条锁住他的细链的等比例缩小版，因为更细，看上去更加精巧。

将链子和勋章勾在一起时，他看见季惜城露出一丝扬扬得意的笑，可一眨眼的工夫，那笑已经消失了，他拦住季惜城问:“酒酒，你笑什么？”

季惜城却摆着将军的冷酷，拒不承认自己笑了。

罢了，看在酒酒从小就是个傲娇的分上，看在细链配勋章的确很好看的分上，就不和将军大人计较了。

洛攸穿过瑟丝岚中间的小道，向别墅走去，心中略微有一丝异样。AI 管家很吵闹，自从能够使用仿生人身体，就喜欢满浮空岛乱跑，前不久还自给自足在瑟丝岚边缘——季惜城不大去的地方——修了一架豪华秋千，旁边立着一个牌子：管家专用。

平时洛攸的飞行器一停泊，AI 管家马上就喊起来了，即便没有顶着和自己一模一样的那张脸跑来迎接，声音也一定会在周围开个大环绕。

今天浮空岛上却格外安静。

但细细一听，也不是不能捕捉到 AI 管家的动静。

洛攸顿了顿，心想可能是自己今天被军校的孩子们给吵麻了，感觉出现偏差，才觉得 AI 管家安静。

距离那场悲壮的牺牲与璀璨的重生已经过去三年，他与季惜城在约因宇宙获得新的生命和新的能力，回到联盟后，季惜城继续在军中担任要职，而他则接管了衰败多年的霜离军校。

那个名将的摇篮，如今再次欣欣向荣，星光灿烂。

今天他正是去给新一批优秀学员授奖，肃穆的礼堂，沉甸甸的荣誉，遮掩不住的青春，少年们将他视作联盟至高无上的英雄，授奖时还能尽力克制，目光如炬地注视着他，可正式的典礼结束后，礼堂爆发雷鸣般的欢呼，所有人都在表达对他的敬仰和憧憬。

……感动和欣慰是自然的，但他在簇拥中登上飞行器时，至少耳鸣了三分钟。

看来在约因宇宙获得的神秘能力，也不能抵抗人类的分贝攻击。

人类果然是造物的杰作。

洛攸揉了揉耳朵，别墅的门在他靠近时自动开启，一个浓妆艳抹的“女人”从门内蹦了出来。

洛攸：“！！！”

他还不至于看不出那些颜料，不，化妆品覆盖下的是他的脸！

AI 管家居然化妆了，还穿了蓬蓬裙！

他发誓绝对没有看不起男人穿女装，可是那是他的脸！简直“辣”眼睛！

此时此刻，他很想像季惜城那样板着脸，让 AI 管家从仿生人的身体里退出去，老老实实飘着当一道程序。

AI 管家脸上是兴奋又紧张的神情，双手合十，求道：“洛攸，你快帮我一个忙！”

洛攸眼皮跳了跳，虽然还不知道是什么忙，但肯定不是好事。但他又很难斩钉截铁地拒绝，因为看 AI 管家的样子，他敢拒绝，管家就敢跪下来抱他的大腿。

这就……更辣眼睛了。

洛攸镇定道：“什么忙？”

“擒野哥哥又开女装演唱会了，伊萨哥哥给了我 VIP 票，我要去参加！”

“……”

“今晚我会很晚才回来，酒酒知道我跑了，会生气的。”AI 管家可怜巴巴地说，“他会说，偷懒的管家不如格式化。”

洛攸扶额，“酒酒不会的。”

“酒酒会的！”AI 管家坚信自己的判断，越说越委屈，“可是我为酒酒工作了这么多年，从来没有休息过呢，我只是请假一晚上而已。”

洛攸脑海中浮现出 AI 管家荡秋千、晒太阳、练肌肉时的模样，心说其实你每天都在休息吧，你们 AI 管家都是影帝吗？

AI 管家说：“洛攸，你最好了，你就代替我一下吧，不要让酒酒发现我溜了。”

“代替你……”洛攸在莫名其妙了一秒后突然明白，惊讶道，“你想让我冒充仿生人？”

AI 管家九十度鞠躬，“洛攸，只有你能拯救我于格式化了！”

洛攸当然不干，“你当酒酒傻？他能分不清我和仿生人？”

“你只需要在他面前晃一下就好了，我保留了几段代码，即便我不在，家里也能维持基础运转。”AI 管家看看时间，“我要来不及了，洛攸，求求你，你是人类的英雄，也是我的英雄！”

说完，AI 管家就提着蓬蓬裙跑了。

洛攸还想喊，但一看它的背影……

算了不看了，再看眼睛要瞎了。

洛攸进入别墅，AI 管家说得没错，家里的基础运转没有问题，只是少了一份聒噪。季惜城军务繁忙，回来已经挺累了，一般也不会要求管家来个才艺表演，只是晃一晃的话，他应该能应付过来。

洛攸叹了口气，正准备去仿生人的房间找套管家制服换上，突然看见管家终端跳出一条消息。

洛攸走过去，点开一看，轻轻“啊”了一声。

消息是季惜城发来的指令，言简意赅，冷漠无情，让AI 管家准备大餐，犒劳被军校学员折腾了一天的洛攸。

洛攸沉默半天，以AI 管家的语气回复道：“好的酒酒！明白了酒酒！”

洛攸面无表情走向厨房，看着琳琅满目的食材，抓乱了自己的头发。

他哪里会做什么大餐呢？他白天被学员折腾，晚上还要被 AI 管家和季惜城联手折腾是吗？

现在叫纽维兰酒店的外卖还来得及吗？

忽悠了设计师的一丝丝内疚让洛攸没有立即点外卖，他调出 AI 管家的菜谱，照着试了半天，在摔坏了第三个盘子后，终于自暴自弃接通了纽维兰酒店外卖部。

而十分钟之后，季惜城接到纽维兰酒店 VIP 专线客服，问外卖是否记在他的账上。

季惜城挑了挑眉。

洛攸对顶级 VIP 权限一无所知，接到外卖后，将那些色香味俱全的菜肴摆在餐桌上，赶在季惜城回来之前，将 AI 管家的衣服准备好，随时换装。

季惜城比平时回来得晚一些，看见那一桌子菜，已经明白是怎么回事，但并未拆穿，随意和洛攸聊起军校的事。

洛攸正襟危坐，不像以往那样放松，悄悄观察季惜城，担心他突然召唤 AI 管家。

季惜城淡淡地说："今天的菜不错。"

洛攸如临大敌，AI 管家是个听不得夸奖的家伙，不等季惜城夸它，它就该叽里呱啦自夸了，更别说季惜城已经开口。

季惜城看向洛攸，假装什么都不知道，"它呢？"

洛攸连忙说："在除草！东边那块地杂草太多了，瑟丝岚长得不太好，它做完饭就去除草了。"

季惜城点点头，没再问，似乎接受了这个解释。

晚餐之后，洛攸正在犹豫要不要换装，装作刚除草回来的模样，就听季惜城说："我今天有些文件需要处理，让 AI 煮一杯咖啡，送到书房。"

洛攸硬着头皮应下来。

季惜城若无其事上楼，洛攸手忙脚乱换好管家制服，对着镜子练了几下表情。AI 管家的仿生人实体虽然是照着他做的，但表情夸张，跟着娱乐明星学来一堆令人无语的动作，最近更是擅长歪头嘟嘴装可爱、歪嘴凉薄邪魅一笑。

洛攸嘴角都快痉挛了，还是没模仿到 AI 管家的精髓，只好自我安慰：AI 管家也就跟他皮，酒酒工作时还是很有眼力见的，断然不会邪魅一笑，他只需要送送咖啡就行了。

做好心理建设，洛攸端着煮好的咖啡向书房走去，为了展露好意，他还自作主张切了一盘水果。

季惜城正坐在宽大的办公桌边，面前几个悬浮屏幕泛着莹白色的光，各种情报、地图出现在屏幕上，季惜城看得聚精会神。

洛攸并不知道酒酒的这份聚精会神是装出来的，工作白天就处理完了。

见季惜城专注于工作，洛攸松了口气，酒酒不会发现 AI 管家是他假扮的，他放下盘子就可以溜了。

但是在他刚走到办公桌边，还未放下盘子时，季惜城突然抬头。

对视的一刻，洛攸紧张得像被定住的木头人。季酒酒，难道已经识破了他的伪装？

“今天的菜做得不错。”季惜城神色如常地说。

洛攸缓缓放下盘子，姿势十分僵硬，脑中闪现出 AI 管家应有的反应，喉结滚了几次，还是没说出话来。

让他怎么开口呢？ AI 管家这位活泼爱嘚瑟的小伙子，挨了季惜城的夸，有时即兴表演一个劈叉，有时抱着拳头转圈圈，臭不要脸地说——酒酒，继续夸，不要停！

季惜城单手支着脸颊，饶有兴致地半眯着眼。

洛攸知道自己再不说点什么做点什么不行了，面部肌肉轻轻抽搐，脑袋朝右边一歪，努力挤出一个 AI 风格的大笑，“我是谁？我在哪里？我做的菜还有不好吃的？”

季惜城眼里的趣味更浓了，在安息城时，洛攸就喜欢开玩笑，但从来没有卖过萌。AI 管家卖萌怪恶心的，同样的动作由洛攸做出来，他就只想笑。

不，不仅想笑，还想继续逗洛攸，让洛攸出更多洋相。

谁让洛攸伙同 AI 管家骗他？他不过是将计就计，互相演戏罢了。

洛攸脖子都歪酸了，想跑，“酒酒，你认真工作哦，我就不打搅你了。”

“站住。”

洛攸以同手同脚的姿势定住了。

季惜城问：“去哪里？”

洛攸把自己拉出来挡枪，“洛攸命令我去除草，我还没除完，不除完瑟丝岚就长不好……”

季惜城不说话，仍旧平静又狡黠地看着洛攸，洛攸只能继续编，“不除完洛攸会生气的，他命令我了，我能怎么办呢，我只是一个小管家……”

如果洛攸淡定一点，一定能注意到季惜城唇边那快要压不住的笑意。可惜头一次当影帝的人着实紧张,演戏都耗尽心力了,根本兼顾不到其他。

季惜城说：“那你这个小管家，是我的还是洛攸的？换言之，对你拥有所有权的，是我还是他？”

洛攸很困惑。酒酒会这么跟 AI 管家说话吗？好像不会，又好像会？啊！他判断不出来了！

AI 管家当然是属于酒酒的，他对管家的那部分权限，还是酒酒开设的。酒酒这意思是，不满他过度指使管家？向管家宣告我才是买你的人？

好吧。洛攸觉得，虽然酒酒这样有点小气了，但酒酒本来就很小气，占有欲爆裂强，所以也不是不能理解。

“咳……”洛攸清了下嗓子，正色道，“我当然是您的小管家。”

季惜城眉间带着点不显眼的愉悦，又说：“那你是该听他的去除草，还是该留在这里协助我工作？”

洛攸只好说：“协助您工作。”

季惜城将果盘往洛攸一推。

洛攸：？

季惜城说：“帮我把这些水果都吃了。”

洛攸不干，“这都是你该吃的！”

当年在安息要塞时，酒酒就是个挑食的小孩儿，对食物并无太大热情。这一点和洛攸及其他队员形成鲜明对比。洛攸每次看到他那单薄的身板，就觉得他是不爱吃东西，才老不长身体，时常以队长的威严逼迫他吃营养餐。

好在军中有严格的配给制度，酒酒就是不想吃，也必须把送到自己面前的食物吃完。

后来酒酒长大了，比洛攸还高大，洛攸就没怎么管他挑食的事了。不过从约因宇宙回来后，经过几次检查，医疗官说将军有轻微缺少维生素的症状，要么用药剂补充，要么多吃水果。

洛攸就又开始监督季惜城了。

喊完刚才那一嗓子，洛攸意识到自己太不像AI管家了，又补充道："是，是洛攸交代的呢。"

季惜城按捺住笑意，"可刚才你不是说了，听我的，不听他的？"

洛攸心说，酒酒，我生气了！没想到你是这样的酒酒！背着我就不肯吃水果，你幼不幼稚？

洛攸嘴上说："好的呢，我听您的。"

季惜城假装不再看他，摆了摆手，"去吧，把这些都吃完。"

洛攸负气端起果盘，叉起一块猕猴桃，差点愤愤塞进季惜城嘴里，但最后关头还是忍住了。

他是个讲信用的人，既然答应了AI管家，就要为AI管家站好岗。

季惜城注意到了洛攸刚才的小动作，"嗯？"

洛攸握叉的手还悬在空中，在季惜城的注视下，将叉子调了个头，自己把猕猴桃吃了。

甜的，好吃，但酒酒让人生气。

书房很大，洛攸知道季惜城工作时不喜欢被打搅，想找个凉快的地方待着，尽量降低存在感。可刚迈出一步，就被叫住了。

"不是要协助我工作吗？"

洛攸像个机器人般转回来，看看季惜城身边的靠椅，一脸不解，"你要我坐这里？"

季惜城挑眉，似在说：不然呢？

"但我在吃东西。"洛攸说完想起自己是AI管家，很生硬地补了个语气词，"哦！"

季惜城点头。

洛攸还在争取，"我吃东西会吧唧嘴的哦！"

季惜城这回开口了，"你一个AI，废话怎么这么多？看来需要返厂改一下设置。"

洛攸："……"

他可不能害AI管家被返厂！

坐下后，洛攸小心地嚼水果，时不时瞥季惜城一眼。

酒酒这坏东西真在工作，屏幕的淡光烘托在酒酒脸上，让那俊美的轮廓柔软了几分。

洛攸尽量不发出声音，这把他憋坏了。虽然他也不是爱吧唧嘴的人，但正常吃东西哪能一点声音都不发出呢？尤其今天他切的还是水分特别多的水果，他好想大口啃啊！

季惜城侧过脸，洛攸立即低头数火龙果脸上的麻子。

“还没吃完。”季惜城语气有些不满。

一大盘水果，此时还剩一半。要放在平时，洛攸早吃完了，他这不是怕动静太大，打搅认真工作的将军大人吗？

“我还是去那边吃吧。”洛攸真诚地建议，“太多了，一时半会儿我吃不完。”

季惜城说：“吃不完啊？洛攸平时就让我吃这么多。”

洛攸想：那是为了你好。

季惜城轻笑，“洛攸是不是很霸道？”

洛攸犯嘀咕：你怎么还跟 AI 管家告状呢？

季惜城说：“回答。”

洛攸不情不愿，“洛攸啊，这么一说，是挺霸道的呢。”

季惜城说：“给你安排个任务，用你那一套程序替我运算一下，怎么才能对付霸道的洛攸。”

洛攸眼睛都直了。我对付我自己？！

季惜城：“嗯？”

混乱之下，洛攸学 AI 管家歪头，“嗯？”

季惜城哼笑，“卖萌没用，在吃完这些水果之前，告诉我你的运算结果。”

洛攸到底不是真 AI，他有脾气的，酒酒想对付他，这也太没良心了！

“那我运算不出来呢？”

季惜城悠悠道：“你是全联盟最先进的 AI 管家，我买你花了一笔不小的钱，如果你连这种小任务都不能完成，那就只能返厂了。”

洛攸：“……”

又是返厂！

有一瞬间，洛攸破罐子破摔地想，返厂就返厂！但很快他脑中浮现出AI管家和他共度的时光——他们一起种瑟丝岚，AI管家跟他说首都星的豪门的秘密，和他讲洒洒小时候的事。

AI管家这个人……不，这个人工智能吧，虽然有时聒噪烦人，但大多数时候还是可爱的。

洛攸心软了，挂起职业假笑，“好的呢洒洒，我这就去运算怎么对付洛攸。”

季惜城听出一丝咬牙切齿，眼中的笑意几乎关不住。

洛攸一边吃水果一边想等会儿怎么说，注意力在思考上，嚼水果的动静便大了起来。季惜城倒是无所谓吵闹，他本来也没工作，五分钟之前个人终端接到一条图像反馈，他那重金买来的真AI正在季擒野的演唱会上号得撕心裂肺汗流浃背。

能想出这种招，AI管家和洛攸都是人才。

季惜城微笑着关掉画面。

洛攸解决掉最后一块水果，也没想好怎么对付自己。这事简直比对抗虫族还难！

季惜城假装完成工作，抱臂转向洛攸，“运算好了？”

洛攸眼珠左转右转，“好了……吧。”

季惜城道：“说说看。”

洛攸忍不住道：“其实洛攸是为了您好，您怎么可以对付他？”

季惜城说：“看来我的AI已经被洛攸收买了。人工智能叛变的后果，你知道吗？”

洛攸想，你又要说返厂？

季惜城说：“会被销毁。”

洛攸：“……”

季惜城食指悠闲地在桌上点了点，“现在你想好怎么回答我了吗？”

洛攸决定下次约季惜城打模拟战，把这坏东西暴揍一顿。在如此精神胜利法的作用下，反而淡定了，“唔，洛攸是个善良的人、忠诚的战士，根据我的运算，您对付他并不是一个明智的决定。不过我是您的 AI 管家，您的一切命令，我只能无条件服从，所以，我的确运算出了对付他的方法，不过……这边还是建议您不要采纳呢。”

季惜城道：“说。”

洛攸额角的筋都鼓起来了，“洛攸看似强大，但其实有软肋。您看准他的软肋攻击就行。他的软肋就是……”

季惜城直了直腰背。

洛攸说：“他的家人。您也知道，洛攸是被制作出来的作战机器，没有血缘上的家人，目前他仅有的家人是您，您是他含辛茹苦养大的弟弟。”

季惜城眉心极轻地皱了皱，若有所思。

洛攸继续说：“他见不得您受到伤害，他会用命去保护您，就像过去用命守卫我们的白枫联盟。您……您当着他的面，揍您自己就可以了。”

季惜城喉结滚了下，但暂时没有给出任何回应。

洛攸说完就静立一旁。

他对着至高无上的白枫勋章起誓，他没有故意整季惜城，刚才说的都是实话。他将从首都星放逐而来的孱弱少年训练成独当一面的战士，他们一同在联盟的最边缘击退了突然杀到的约因人，更是在三年前舍命打开去往约因宇宙的通道。

他们一起死在这个宇宙，又在约因宇宙一同重塑躯体。

在那个高一级宇宙的法则里，他们完成了真正意义的同生共死，那么对他来说，季惜城怎么不是最重要的家人？

只不过今天这场面有点滑稽。他也没想到，他们兄弟俩的亲情一刻，居然演变成了人机对抗，钩心斗角！

也不知道酒酒此时在想什么。

洛攸瞅了瞅季惜城，脑子转得飞快，准备好了见招拆招。

然而季惜城被突如其来的真情戳了心窝子，一时忘了要见招拆招。

空气一度安静。

还是洛攸打破沉默，“酒酒，您是在质疑我的运算吗？您也说了，我是联盟最先进的人工智能，我的运算是不会出错的。”

季惜城直视他，过了两秒才说：“嗯，我知道了。”

洛攸现在的感觉就是，浑身充满了斗志，想要唇枪舌剑一场，对手却不想打了。他一拳挥出去，揍翻了空气。

“……那你，您准备什么时候对付洛攸？”

季惜城说：“你很期待？”

洛攸干巴巴地说：“我们人工智能，都比较在意自己运算的实际效果。”

“我考虑一下。”季惜城关掉屏幕，以示今晚的工作结束了，又道，“你是季擒野的粉丝？”

洛攸演戏演到底，“是的。”

“那你唱首他的歌给我听吧。”季惜城顽劣道，“你有点播功能吧？”

洛・五音不全・攸，此时想把季惜城和 AI 管家一起返厂。

季惜城点开伴奏，“就唱这首吧。”

洛攸很少听歌，但季擒野作为联盟最闪耀的明星，他的歌大街小巷都在播放，洛攸被动听过几首，本以为跟着哼哼还是可以，但真哼起来，那调子不知不觉间就跑了十万八千里。

他看见季惜城笑了，是那种被逗得憋不住的笑。

在第九军区时，酒酒笑得不多，但他总是有办法将酒酒逗笑。后来他绝地逃生来到首都星，已经成为将军的酒酒心事重重，即便是笑，也是冷笑。这三年酒酒渐渐放下心结，不过肩上的担子过重，很难像少年时那样开怀。此刻酒酒的笑像极了他们在安息要塞的时候。

洛攸心里一下就释然了。管他的，就不跟酒酒计较了。

季惜城离开书房时，说要去找洛攸。洛攸一听，紧赶慢赶把衣服换成自己的。季惜城找到他时，他正拿着工具，在瑟丝岚花田里除草。

季惜城正要开口，洛攸就说："这个 AI，让它除草，它不知道跑哪里去了，我只好自己除，真累！"

季惜城说："刚才我让它协助我办公。"

"办公啊？"洛攸大度道，"那没事了，工作比除草重要。"

夜色下，季惜城罕见地拿过工具，看那架势，似乎是要除草。

洛攸惊讶，"酒酒你干吗？"

季惜城蹲在花田里，"管家不听你的，我来帮你。"

AI 管家看完演唱会，花着一张脸心满意足地回来，就看见季惜城和洛攸在劳作。它立马收起嘚瑟劲儿，轻手轻脚溜进别墅。

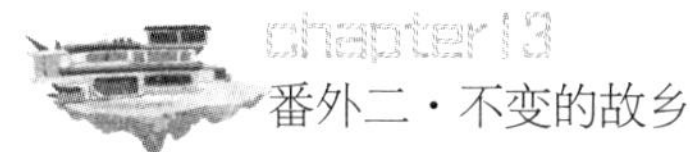

chapter13 番外二·不变的故乡

在目睹洛攸“牺牲”之后，季酒带走了所有能够找到的、属于洛攸的物品，回到首都星，成为季惜城，其中就包括他们在安息城拍的那张地球时代的全家福。

脆弱的纸片和刻意复古的工艺，有着古人类的不堪一击。数年过去，全家福已经褪色了，洛攸的笑容和季酒假装的冷酷统统变得模糊。

洛攸在整理旧物时发现了这张照片，食指在季酒脸上弹了下。

一旁看着的季惜城立即将照片从洛攸手中抽走。

洛攸跟他闹了会儿，抢不过，索性抱着手臂调笑，“藏起来也没用，再过几年，颜色就彻底褪掉了。”

季惜城皱了下眉，看着照片，似乎正在思考什么。

洛攸后知后觉地想到，这张照片对酒酒有很特殊的意义，他曾经跟酒酒说过，按照地球时代的风俗，拍过全家福，就是家人了，“你是我的弟弟。”

洛攸有些懊恼，他干吗要说照片褪色呢？

“洛攸。”季惜城抬起头，平静的眸子里闪烁着一丝不易察觉的兴奋，就像个小孩正在向家长提出过分的要求、讨要不该拥有的礼物，“我们去拍一张真正的地球时代全家福吧。”

洛攸愣了片刻才明白过百，双眼下意识睁大，“你是说……”

季惜城点点头，“我们回到过去，看看古人类的世界。”

洛攸犹豫的时候，视线会扫向下方，“可是……”

经历了在约因宇宙的重生，回到白枫联盟后，他们拥有了一些无法用本位面的科技及物理法则解释的能力，那是约因宇宙在他们新生里的投射。

约因宇宙的物理法则里，时间能够折叠扭转，他们无法像约因人那样令时空大幅度逆转，却能够小范围操纵时间线，比如去过去或者未来的任何一个时间坐标。

但是使用不属于本位面的能力，也许会给人类带来灾难，经过慎重考虑，他们不曾窥探未来的秘密，也从未回到过去，尝试改变某些关键节点。

“我们只是去看看，拍几张照片。”季惜城说，“我们什么都不会改变。”

见洛攸仍在犹豫，季惜城又道：“而且我们去的是地球时代，它离我们太遥远了，古人类已经不存在，我们能影响到什么？”

在守护人类这件事上，洛攸很有原则，而面对季惜城的请求，洛攸的原则又有些动摇。他考虑了几天，还用 AI 管家的程序模拟了一番，确定在时间足够久远的过去，他们的出现改变不了未来，才答应季惜城。

能力启动，星辰在绚烂的星云中孕育，爆发成更加瑰丽的奇景，最终散作无尽黑暗中的烟尘粉末。

当旋转的光影消失时，铺展在眼前的是和首都星上下城不一样的繁华。

“这就是地球……”洛攸看着前方车流滚滚的宽敞马路、马路两旁钢筋水泥浇筑的大楼。头顶的蔚蓝天空划过一道飞机云，他胸中陡然升起无言的震撼，“比我想象中的更漂亮！特别是地球的天空！”

此时，古人类还未发明出在城市上空随意穿梭的飞行器，车辆只能在地上行驶。对于在飞行器漫天的未来生活惯了的洛攸来说，偶尔有飞机掠过的这片天幕实在是美丽而干净。

季惜城拿着一张纸质的地图，艰难地确定方位。在这个时代，人们习惯使用手机，和星际时代的个人终端类似。为了将操纵时间的影响降到最小，他们没有尝试用不合理的手段获得金钱，因此也无法购买手机，这张地图是书摊老板嫌卖不掉，随手送给他们的。

现在他们站在市中心人潮汹涌的路口，有迷路的征兆。

洛攸凑到季惜城跟前一起看地图，片刻，将地图一转，“酒酒，你拿错方向了。”

季惜城眉尾轻轻挑了挑。

堂堂联盟将军，在星际战争中率领成千上万星舰，在浩瀚无垠的星图中精准定位……却败给了古人类的城市地图。

洛攸笑着安抚，“没事，哥给你换过来了。”

两人在地图上找了半天，竟然没有找到一个和安息城复古文创店相似的相馆。

洛攸疑惑，“古人类不是很喜欢拍照吗？难道我看的科普都是骗人的？”

季惜城摇头，“再找找。”

这时，人行绿灯亮起，对面一群年轻人走过来，不少手里都拿着奶茶。洛攸咽了口唾沫，扯住季惜城的衣袖，“酒酒，我也想喝奶茶。”

决定穿越时，他们说好只当这个时空的过客，忽略了欲望。就比如现在，洛攸看见古人类喝奶茶，自己也想喝奶茶。但买奶茶需要花钱，而他们没有钱，强行使用货币的话，就会触发和这个时空的联系。

他和洛攸原本的计划是，白天就在城里当游客，只看看，不买卖，找到相馆，等晚上打烊之后，再动用特殊能力屏蔽监控，自己给自己拍。

可想喝奶茶的话，就不好自己给自己做了。

得花钱。花钱的前提是，得有钱。

季惜城收起地图，拿出一枚精巧的戒指。他是有所准备的，这枚戒指不是什么重要的东西，但胜在用材考究、制作精良，对古人类来说，有一种超前的审美，足够卖个好价钱。

有了钱，就可以给洛攸买奶茶。

但洛攸不同意，“这戒指根本不是这个时代的产物，连材料都不是古人类已知的材料，我们把它留在这里，必定影响未来。”

季惜城说：“你又想喝奶茶，又不想我拿它换钱。那怎么办？我凭空变出钱来？这倒是简单。”

凭空变钱是最早就被洛攸否定了的。虽然几十一百的钱不会影响什么，但这关乎诚信，洛攸拒绝骗人。

沉思一番后，洛攸说：“那就只有打工了。”

季惜城：“……”

洛攸指了指街对面的奶茶店，“那儿正在招吉祥物。”

那么远的距离，单凭眼睛其实看不见店门上的招工启事，洛攸动用精神力看清楚了，冲季惜城兴致勃勃地眨眼。

季惜城退后一步，“我不去。”

古人类已经发展到了相当先进的时代，人们的身份信息全都联网，只有部分小时工不用核对身份。他们想要赚到钱，就只能做诸如扮演吉祥物的工作。

洛攸很大气地说：“酒酒你怕什么？当然用不着你，我一个人就可以。”

即便如此，季惜城还是不太高兴。

洛攸却很雀跃，领着季惜城穿过马路。这是影响最小的方法，既没有骗人，也不会将未来的物品留在现在，而且有了这一小笔钱，他们也可以正大光明去相馆拍照了。

当几小时吉祥物而已，不在怕的！

这家奶茶店开业不久，规模不小，正处在营销阶段，需要不少临时工。经理一看见洛攸，眼睛就亮了。洛攸的外表十分惹眼，不单是长得英俊，眉眼间还有一种普通人里不常见的气度。

这样的人当个吉祥物岂不太可惜了？

经理连忙将洛攸请到一旁，要和洛攸签订正式合同。他已经盘算好了，他们店本来走的就是网红路线，洛攸这脸只要拍个视频，马上就能引来无数流量。

洛攸有点蒙，网红？流量？他不行，他只想当个吉祥物。

经理劝说未果，心中遗憾，却也没有放弃，反正人在他这里，也许人家是还不信任他呢？没关系，那就先让人当一天吉祥物，再谈后续合作。

经理很会做人，将吉祥物装备交给洛攸之后又问：“你是我们的家人了，除了工资，还可以享受其他福利，有什么要求尽管提！”

季惜城没有跟着洛攸去店里，但依靠精神力，他能够听见洛攸和经理的对话。一听“家人”，他眼神就冷了一分。

这就是家人了？洛攸是他一个人的家人。

洛攸听说有福利，马上想到季惜城，“其实我不是一个人来的，我弟弟还在外面，我能请他进来喝杯奶茶吗？”

经理说：“当然可以！”

季惜城被洛攸叫进来，经理倒吸一口凉气。洛攸的长相已经让他很惊讶了，季惜城却让他无法用语言来形容。那简直不是人类能够拥有的完美，仿佛只有幻象中的神和精怪才能拥有如此长相。

经理的商业头脑在此时宕机了。面对洛攸时，他还想请洛攸当网红，可面对季惜城，他像是被精神压制了一般，生不出任何利用季惜城的想法。

洛攸让季惜城坐在员工休息室，拿来免费的奶茶，“给，我打工的福利。”

季惜城并不是很想喝，看了看洛攸的熊猫扮相，“你真要穿这个？”

洛攸很不客气，拿过奶茶自己喝了起来，“酒酒不肯劳动，我得赚钱养家啊。嘿，这奶茶真好喝！”

换好衣服后，还要戴上头套，季惜城不想洛攸穿成这样，倒不是觉得难看，是担心洛攸辛苦。但洛攸非要打工，他最后只能帮洛攸戴头套。

洛攸敬了个礼，瓮声瓮气地说：“我出去了！”

季惜城没继续在休息室待，跟在洛攸后面。奶茶店外排着长长的队，洛攸和其他吉祥物一起摆造型、蹦蹦跳跳。对古人类来说，穿这么一身站几个小时很累，但对星际时代的战士来说就是小菜一碟了。洛攸跳得最卖力，不久就有很多人围过来，对他举起手机。

他们在用手机拍照。

古人类果然热衷拍照，热衷到了不去相馆，随时随地想拍就拍的地步。

季惜城看着人群中心的洛攸，不禁想到在安息城被小孩子们围住的洛攸。不管是在什么时代，不管是什么外形，洛攸总是最引人注目的存在。

如果将亿万生命比作繁星，毫无疑问，洛攸是时间长河里最明亮的一颗。

季惜城唇角弯了起来。

三小时后，洛攸结束短暂的打工生涯，摘下熊猫头套，领到了第一笔工钱。

经理喜形于色，又给他多加了一百元。

洛攸虽然没有露脸，但是因为蹦跳得过分积极，引来许多路人，猛提了一波业绩。

经理观察洛攸，见洛攸也挺高兴，再次提出签正式合同。洛攸却开心数完钱，开心地拒绝了。

经理不解极了，“你们不是一分钱都没有吗？你弟弟刚才想喝奶茶都喝不起。你在我这里工作，我包装你，你将来一定赚得比我多！”

洛攸说：“但我们现在喝得起奶茶了啊。”

经理：“……”

你的追求就这么一点吗！

洛攸跟经理告别，将钞票揣进季惜城衣兜里，“有钱了，想吃什么哥请你，回去之前我们得把钱全部花完，取自地球，还予地球。”

季惜城轻哼一声，“你知道这里的物价吗？”

“嗯？”

“就这二百五，你还担心花不完？”

洛攸撞季惜城一下，“二百五怎么了，我的血汗钱呢！”

“那你得再出卖些血和汗，才攒得够一个手机的钱。”

“……”

“有了手机，我们才能自拍。”

季惜城不过是说着玩玩，洛攸却当真计划起买手机。当吉祥物时，他也看见了，古人类拍照不去相馆，手机咔嚓一下就解决了。不说相馆不好找，就算找到了，也要配合摄影师摆姿势，不自在，还不如买一个手机。

洛攸很有志气地回头，“我去跟经理签个长线合同！”

季惜城连忙将人拉住，“你还真想买手机？”

“放心，你想要什么我不能给你找来？”洛攸往胸口一拍，“这就是当哥的神通！”

季惜城叹气，“你还是把神通收起来吧，我找到相馆了。”

洛攸坚持要去打工，季惜城不得不提醒，“我们在这个时间点待得越久，对它的影响就越大。”

洛攸：“我怎么把这事给忘了！”

他们的穿越在无穷尽的时空中，影响是可以忽略不计的，但客观上来讲，他们在过去待的时间越长，这个可以忽略不计的影响就呈增长的趋势。虽然这个趋势更是可以忽略不计，但他们在穿越之前还是决定，只在过去待十二个小时。

签长线合同的话，必然超过十二个小时。

洛攸放弃，和季惜城一同按照地图的指引，向相馆走去。

但到了地方，两人才发现，那不是他们以为的那种相馆，而是一座影楼。

星际时代没有影楼，即便是季惜城也没有料到，在影楼拍一套照片的价格比买一个手机还贵。

面对满面堆笑细致讲解产品的接待员，洛攸和季惜城面面相觑。

他们只有二百五，这就尴尬了。

接待员微笑，“所以二位决定好选择我们的哪一款套餐了吗？”

季惜城有生以来头一次为囊中羞涩感到憋屈。

没钱倒是其次，关键是他发现洛攸很喜欢几款套餐里的服装和场景，比如这个时代的特种兵服、华丽的宫廷服。

可他无法满足洛攸。

迎着接待员期待的目光，洛攸站起来，不卑不亢道：“感谢您的介绍，但我们……买不起。”

接待员还是头一次遇见这么诚实的顾客。他们影楼定价虚高，宰的就是好面子的客人，那些拍婚纱照的、福寿照的，图实惠根本就不来这里。

洛攸说完拍拍季惜城，“走吧，这里拍不起，换一家。”

接待员和奶茶经理一样有商业头脑，怔愣片刻后火速反应过来，追上去道：“先生，我们免费给你们拍！”

洛攸：“哦？”

季惜城扣住洛攸转过去的脑袋，勾着人就往外走，“哦什么哦？”

洛攸：“唔唔唔！”

季惜城气场太强，接待员虽然着急，也不敢拦住他，只好眼睁睁看着到嘴的肥羊溜走。

出了影楼，洛攸遗憾道：“人家免费给我们拍呢。”

季惜城早已看破一切，“又一个看你长得好，想拿你免费招揽生意的。”

洛攸：“……原来如此。”

两人在街上游荡，始终没有看见平价相馆。古人类和星际时代拥有精神力的人类在外形上没有太大的区别，但是城市的“气质”却和未来截然不同，更加和平慵懒，那是没有直面过宇宙威胁的世界独有的天真。

漫步在这样的地方，洛攸刻在骨髓里的警惕似乎也暂时消失，经过几小时的观察，他渐渐领会到了古人类的时尚，突发奇想，打算给洒洒换个装。

被带进购物中心男装区时，季惜城内心是抗拒的。可洛攸兴致勃勃，他那冷水便没能泼出去。

不过当洛攸翻开价格牌时，一桶冰水兜头浇下。

洛攸麻了，面无表情对季惜城说："买……买不起。"

季惜城暗自将洛攸看中的款式都记了下来。

离开商场之前，洛攸像嫌钱捏着烧手似的，花九十八给季惜城买了一副墨镜。

"酷！"

"……"

洛攸又解释："你还是遮挡一下，我觉得很多人都在看你。"

季惜城将墨镜拨下来一点，那模样像个不正经的明星，"我们还拍得起照吗？"

洛攸很心大地说："还有时间，再找找。"

这年头，平价相馆只剩下拍证件照的了，洛攸跟人搭讪，七弯八拐才在一条背街巷子里找到一家可以拍证件照的打印店。

"小伙子找工作啊？"老板自来熟地招呼，将两人赶到墙边去站着，啧啧两声，"长得不错，咋穿这么土呢？"

洛攸："……"

季惜城："……"

他们穿的可是白枫联盟这一季的最新流行款。

所以说时尚是一个圈，古人类和星际人类正站在圈的对面？

老板问："你们还是学生吧？学什么的？"

季惜城冷了脸，洛攸却跟老板聊起来，"您看我们像学生吗？"

"嘿，咋不像？好多应届生来我这儿拍照，我一看你们就是。你们也别藏着掖着，给我说说专业、应聘的企业，我把符合企业文化的气质拍出来。"

洛攸不懂这一套，胡诌："我们是开战舰的。"

"哟！飞行员？"老板去里屋翻找出两套制服，看着挺干净，"别嫌弃啊，我这儿就没脏的，有口皆碑。穿上，保你们气质大变样！”

洛攸先换上。他穿惯了制服，这套穿起来毫无压力。季惜城不乐意穿，总觉得脏。

洛攸催动精神力，完全覆盖住制服，季惜城这才勉为其难换上。

还别说，虽然古人类和人类的审美不同，但挺拔的制服在千万年时间中，却是一致的飒爽。

老板一边夸一边拍，既有单人照又有双人照，最后打印时，洛攸惊呆了，一版版小照片从机器里吐出来，每版十二张，他看看季惜城照片，又看看季惜城本人，缓缓捂住眼。

季惜城：“？”

洛攸别过头不看季惜城，“你暂时离我远点，我密集恐怖症犯了。”

季惜城：“……”

老板年轻时也是有梦想的摄影师，后来迫于生计，才开了这间打印店，偶尔重拾一下梦想，这回难得地遇上两位“模特”，拍得心满意足，作为回报，多赠送了他们十版。

洛攸提着二十多版证件照出来，苦兮兮地说：“酒酒，你算算，我提着多少颗头？”

季惜城将“头”接过来，“提不动就我来。”

太阳快下山了，他们是正午时分穿越而来的，最迟在午夜就要离开。洛攸看看剩下的一百块，去便利店买了两瓶肥宅快乐水，至于剩下的钱……

“酒酒，我送你个礼物吧。”

季惜城看着洛攸脸上不同寻常的笑，心道不好。

这个城市既有奢华的商圈，也有寻常的夜市，这时小贩们陆续将货物摆满摊位，开始吆喝。

洛攸领着季惜城在夜市里穿梭，好似回到了在安息城的时候。他们剩下的钱着实不多，只够在夜市上买点小东西了。

忽然，洛攸在一个卖首饰的摊位旁停下，拿起一条银色的链子。那链子上挂着一个小小的地球。

洛攸将链子拿到季惜城脖子上比画了下，满意道："你送我一条，我也送你一条。"

季惜城说："能一样吗？我给你的是什么材质，你这……"

小贩一听就不乐意了，"我这质量也是杠杠的啊，便宜有好货懂不？"

洛攸笑道："多少钱？"

小贩狮子张口，"九百！"

洛攸放下就走。

小贩立马追上，"五百，五百就可以！哎你别走啊，开门生意，图个吉利，你说多少吧！"

洛攸直接将钱亮出来，"九十四，没有更多了。"

小贩苦着一张脸，"再加五块吧，九十九！你这九十四不吉利啊。"

洛攸晃晃肥宅快乐水，"真没了，刚才买水花掉了。"

小贩无奈，最终还是把项链卖给了洛攸，接过钱时嘀咕道："长得这么帅，怎么还这么抠呢？"

明亮灯光下，洛攸朝季惜城勾勾手指。

季惜城看似不乐意地走过去，却没有阻止洛攸的动作。

地球在夜色中泛着柔和的流光，洛攸把项链递给季惜城，让他把地球挂在胸前。

"难得来一次，还是想带点东西回去。"洛攸说，"虽然只有短暂的十二小时，但是我好像已经喜欢上了这里。"

季惜城摸索项链，"没有人会不喜欢这里。"

"嗯？"

"人类早已有新的家园，但它永远是人类的故乡。"

洛攸看向暗红色的夜空——城市里看不见星星，但精神力能够让他看见遥远的星海。

须臾，他点点头，"嗯。"

“走吧。”季惜城说，“带着地球回去。”

这一天，两个来自未来的星际人类回溯千万年，回到故乡，带走了二十多版证件照、一副酷爆的墨镜，和一个并不值钱的地球项链。

没有人知道他们来过，但他们已经来过。

chapter 14 番外三·红宝石

季擒野时常听到一个名字：伊萨·柏林斯。这位被柏林斯家族寄予厚望的继承人在季家就是“别人家的小孩”，总被长辈用来鞭策不成器的孩子。作为季家行事最乖张、最能惹长辈暴跳如雷的小疯子，季擒野被伊萨·柏林斯鞭策得听见这个名字就烦，还未见过面，就已经将对方看作头号讨厌鬼。

而在伊萨·柏林斯之前，他最厌恶的人是季江围。

季江围与他差不多大，打小就虚伪做作，热衷讨长辈欢心，能力平平，靠装出的正直模样成为家中多数人承认的继承者。

季擒野从不稀罕继承季家，不屑于和季江围争，他单纯就是瞧不起季江围。

但他没想到的是，季江围居然很欣赏伊萨·柏林斯。

这太不符合季江围的性格了，上次家里的老头儿们夸赞了金鸣家一个小孩几句，季江围就恨得牙痒痒，背后放阴招，请人将那小孩修理了一顿。伊萨·柏林斯的光芒可是比那小孩盛大得多，季江围能忍？

季擒野想不明白，索性不想，打算去下城溜达一圈。但刚换好了衣服，就听见季江围的那帮小弟瞎嚷嚷：“老大！伊萨·柏林斯要单挑高年级！”

季擒野对打架毫无兴趣，却被炮弹一样冲出来的季江围撞了个满怀，正想骂，季江围却一把将他拉起来，“你也在？那正好，和我一起去！”

“松手！”季擒野推开季江围，嫌弃地拍拍手臂上并不存在的灰，“有病吗你？”

他们向来不对付，季江围吃错药了来拉他？

季江围当然不是真心想碰季擒野，只是他的小弟们还看着，他想拉上季擒野去看伊萨·柏林斯，也算是给自己攒点面子。这样大家一看，就都知道季家这一辈是他说了算，连小疯子季擒野也是他的跟班。

“你跟我去，我有办法让你去看姑姑。”季江围压低声音，在季擒野耳边说。

季擒野那愤怒的神情渐渐压了下去，“真的？”

他已经很久没有见过姑姑了，季刑褚老爷子嫌他尽惹事，不让他靠近 L04 浮空岛。

“当然是真的！”季江围有点得意，“我想和伊萨·柏林斯做盟友，你和我一起去见他。”

季擒野对“盟友”一词嗤之以鼻，不过是小学生拉帮结派，还真把自己当政客了？

不过想要见到姑姑的愿望还是让季擒野跟着季江围去了。

权贵子弟们聚集在预备军校的武馆中，口哨声此起彼伏。季擒野还未靠近，就感受到一股特殊的精神力。

他诧异地顿住脚步。

这个年纪正是精神力的第一波爆发期，初次感受到精神力玄妙的男孩们迫不及待使用自己的精神力。季擒野觉得这和公狗随处撒尿没什么区别。他烦这些精神力，和同龄人们愈加疏远。

但迎面而来的这道陌生精神力，却没有让他感到分毫排斥。

他沉下心来感受一番，甚至觉得有些舒服。

此时他并不知道，这精神力来自伊萨·柏林斯。

所谓的预备军校其实并不是军校，只是权贵少年们人生第一个社交场合。三大家族都是各自培养继承人，明面上却要送到一个初级学校共同学习、切磋战力。今天本有一场高年级的精神力格斗，柏林斯家的少年惨败给金鸣家，冲动之下说出“伊萨一个能打你们十个”。

能在预备军校挂个学籍的，哪个不是从小锦衣玉食捧着的，根本听不得这样的话，当场就要和伊萨·柏林斯对决。

消息传到柏林斯家，伊萨看了看父亲，古板威严的将军只说了一句话：“去，你有义务守护家族的荣誉。”

于是伊萨·柏林斯站在了武馆中央。他已经连续打败了九位年长于他的少年，其中两人接近成年。长时间车轮战让他精疲力竭，指尖止不住地震颤，狂暴的精神力有失控的征兆。可他还不能停下，他的对面站着十多人，他们全部比他高，比他壮，但他知道，他们都将成为他的手下败将。

他是柏林斯家族的希望，他一出生，就肩负着责任。

季江围虽然是带着季擒野来充面子的，但真到了地方，他又顾不上季擒野了，只管往视野最好的地方凑。

季擒野落得清静，走到武馆上方，找了个没人打搅的地方看着中心苍白的男孩。

若不是那道精神力，在这么多“公狗精神力”的污染下，他早就走了。

现在他已经发现，吸引他的精神力来自伊萨·柏林斯——那个皮肤白得几乎透明，汗水在睫毛上隐约发光的男孩。

季擒野歪着头，单手支住脸颊。

没人跟他说过，伊萨·柏林斯长得像个精致的玩偶，也没人跟他说过，伊萨·柏林斯的精神力这么好闻。

他想象中的伊萨·柏林斯就像柏林斯家族那些老头子们一般古板，拿眼尾看人；长得比季江围好看一点——毕竟当个小领袖，外表还是挺重要；能打架，那个头一定不小，浑身长满腱子肉。

事实证明，他的想象比他本人还不靠谱。

比赛继续，伊萨·柏林斯并未注意到季擒野的视线，他专注地看着向他走来的人，浩瀚的精神力猛然爆发，在虚空中嘶吼着冲向对方。

他时常觉得自己的精神力是个拴不住的怪物，能够将所有妄图伤害他的人撕碎，最终会杀死他，从他脆弱的躯壳中逃离。

在他的精神力觉醒之初，父亲就将他视作希望，将家族的重担强加于他，他失去了自己的生活，每天的睡眠时间被压缩到极限，只要醒着，就必须进行文化学习或者战力训练。

他从反抗、排斥到麻木，可三年前，当失控的精神力险些杀死他的母亲，他突然变得积极起来，无需长辈监督，便给自己加量。

他只有让这具身体强大起来，足以控制顶级精神力，才能管束住它。

不过现在，面对打不完的高年级对手，他实在有些撑不住了。

最后一个对手倒下时，伊萨・柏林斯也单膝跪地，大口大口喘息，汗水像雨一般大滴大滴落在地上。他已经看不清前方的人和景了，天旋地转，胸膛像干涸的湖泊，正在寸寸裂开，整个身体不断下沉。

耳边是模糊的喊声，他费力地换了个姿势，仰躺在地面。

被打败的人或不甘，或惶恐地离去。伊萨・柏林斯的双眼失去光泽，无神地望着天花板。

父亲是不会让医疗官来接他的，他必须自己站起来，挺直腰背回到家中。

可他真的太累了。

季江围今天可不是来看伊萨・柏林斯的威风，他是来跟人家结盟的。他早就谋算好了，伊萨・柏林斯再强，脑子也不如他，只要他让伊萨・柏林斯成为自己的一员猛将，就再也没有人能和他作对。

这盟不仅要结，还要结得漂漂亮亮，在众人面前结。现在伊萨・柏林斯得胜，却力竭倒地，他绅士地前去搭一把手，面子里子都有了。

但季江围走过去，喊了好几声，伊萨・柏林斯都毫无反应。

那么多人看着，季江围多少有些尴尬，他蹲下去又喊，伊萨・柏林斯居然翻了个身，背对着他。

季江围丢了脸，只得对小弟们说："伊萨太累，说下次邀请我吃饭。"

“啧……”季擒野用精神力看清了下方发生的事，伊萨·柏林斯单纯就是没理季江围，根本没有说过话。

实际上，伊萨·柏林斯并不知道自己拂了季江围的面子。他像被浸在水中，感官部分失灵，知道有人靠近他，跟他说话，嗡嗡嗡的，吵得他烦，所以转了个身。

大家看热闹归看热闹，对伊萨·柏林斯还是有点怵的，见季江围都叫不动他，于是纷纷撤退。

终于安静了，伊萨·柏林斯想。过了一会儿，他小小地吐出一口气，蜷缩起身体，将自己抱住。

他现在很难受，即便已经用尽全力，但他还是不能完美管束精神力，每次过度催动后，他都会陷入一种没顶的痛苦。那并非是肉体的疼痛，而是来自精神层面的折磨。父亲说他必须自己克服，这是一场他与精神力的战争。他已经克服了很多次，但当那种痛苦再次袭来，他还是感到无助和绝望。

多想有个人，能来帮帮他，哪怕只是陪着他，拍拍他的背，哄骗他：难受都是假的，再坚持一下就好了。

季擒野一直没走，他对伊萨·柏林斯很好奇。可这种好奇在伊萨·柏林斯蜷缩起来发抖时变作了疑惑。

他能够感知到的精神力像暴雪中被撕碎的枯叶，正在狂乱地飞舞哭泣。但即便如此，那精神力仍然不让他厌恶。他有一种冲动，想把这些碎掉的精神力聚拢来，重新拼凑成叶片，还给伊萨·柏林斯。

这算是什么？邀功吗？

走到武馆中心时，季擒野在心里骂了一句：多管闲事。

这样近的距离，伊萨·柏林斯的颤抖更明显了。季擒野不解地想，你刚才不是挺行的吗？输给你的都站起来走了，你怎么还趴着？

随着季擒野的靠近，伊萨·柏林斯肩膀微不可见地一顿。一道极其飘忽的精神力融入了他痛楚的精神海，像药，或者别的什么，竟是让痛苦极微弱地减轻了一分。

季擒野没忍住，用脚尖在伊萨·柏林斯后背轻轻踢了踢，“喂，你怎么了？”

伊萨·柏林斯突然转身，紧紧抱住了他的腿。

季擒野吓一跳，本能地抬脚踹开伊萨·柏林斯。刚才所向披靡的人竟然毫无反抗能力地侧趴在地上。

季擒野觉得不对，踹人的一瞬间，他看到了伊萨·柏林斯的眼睛，那双眼睛没有神采，不像是故意攻击他，可他已经收不住脚。

现在看伊萨·柏林斯倒地，季擒野犹豫了会儿，还是警惕地走过去，蹲下，食指在人肩膀上试探着一点：“你干吗抱我？”

伊萨·柏林斯双眼没有焦距，低喃道：“精……精神力。”

季擒野：“什么精神力？你没吃饭吗，大声点儿！”

伊萨·柏林斯脸上沾着汗湿的头发，再张嘴，却说不出话了，他紧盯着季擒野——可事实上，他看不清楚，也不知道自己看着的是谁。

什么乱七八糟的！季擒野的臭脾气快要爆发了，他向来没耐心，季江围把他骗到这里来，还给他弄一个话都说不清楚的病秧子！

“我走了！”季擒野懒得管了，他要去找季江围，让季江围带他见姑姑。

伊萨·柏林斯在地上挣动，发出含糊的声音。

季擒野脚步没动，声音更大了，“我真走了啊！”

地上的人仿佛不愿意他走，挣扎着向他靠近。

“我……”季擒野想到刚才听见的那句含糊不清的话，突然福至心灵，“你是不是想要我的精神力啊？”

伊萨·柏林斯听不清，所有动作都出自本能。忽然，他感到一道磅礴又充满生机的精神力扑向他、裹住他，像一个温柔的摇篮，正在轻轻摇晃，驱散他的痛苦，哄他入睡。

季擒野虽然不像同龄小孩那样热衷于展示精神力，但到底是个孩子，眼见伊萨·柏林斯在他的安抚下，脸上的表情不那么痛苦，抖得也不像之前那样激烈了，他止不住得意，更加卖力地驱动精神力。

如果将尚不成熟丰盈的精神力比作一小摊水，他的这一摊水已经全部浇在了伊萨·柏林斯身上。

“精神力还有这种作用啊？”季擒野摆出救世主的架子，伸手揪了揪伊萨渐渐有血色的脸，“喂，你把我的精神力吃了，现在好些了吗？”

混沌和剧痛正在淡去，伊萨·柏林斯的视野从模糊变得清晰，这才看清蹲在自己身边的男孩。男孩有一张漂亮得嚣张的脸，衣装华美，不知是哪个家族的宝贝。但他怎么没有见过他呢？他的记忆力很好，所有来预备军校上过课的人，他都有印象。

“你怎么不说话？你盯着我干吗？”季擒野揪完伊萨的脸，就去戳人家的脑门，“你是不是傻了啊？我听说有人精神力失控，看起来很厉害，打完架就傻了呢。”

伊萨·柏林斯：“……”

季擒野：“哎呀好像真傻了！”

伊萨终于忍不住，“没有。”

“你怎么还不耐烦呢？是我救了你哦。”如果季江围在，一定会大跌眼镜——季擒野居然能这么耐心地跟人说话。

伊萨又看了看男孩，很真诚地说：“谢谢你。”

他比同龄人冷淡稳重，面上看不出什么情绪，若不是额头上还有冷汗，旁人不会知道他不久前还缩在地上发抖。

季擒野扬起眉梢，得意道：“不用，举手之劳。那你能站起来吗？”

伊萨正要点头，就听季擒野说：“不能的话，助人为乐的我可以背你。”

伊萨一下就顿住了。

没有人背过他，即便是他敬畏的父亲，也从未在他体力不支，被精神力折磨时背过他。

他嘴边的话忽然就说不出来了。他也想被人背一回，如果说能站起来，是不是就不会被背了？

见伊萨不说话，傻傻看着自己，季擒野露出“真是没办法啊，捡到了个小可怜”的表情，蹲下来背对伊萨，“上来！”

伊萨没动。

季擒野回头："你爬上来都不行？真麻烦，你又不是女孩子，我不想公主抱你。"

伊萨连忙趴到季擒野背上，小心地抓住季擒野肩膀。

季擒野费力地站起来，"嗷！你怎么这么重？"

伊萨有点尴尬，"……我每天都要训练。"

"你怎么那么爱训练？"季擒野想起被长辈们交口称赞的楷模，抱怨道，"你这样让别人很难做。"

伊萨摸不着头脑，"啊？"

季擒野说完就觉得自己太不大气了，"啧，算了。你现在想去哪里？"

伊萨今天是被临时叫来打车轮战的，父亲不会因此免去他的功课，他得抓紧时间，不然半夜也睡不了觉，"我要回家。"

季擒野最不爱回家，"你回去干吗啊？"

"学习。"

"……"

过了一会儿，伊萨发现这不是回家的路，着急了："你走错路了。"

季擒野没好气，"没错！"

"这不是我回家的路！"

"谁要带你回家了？"

伊萨释放精神力，"你放我下来！"

季擒野也释放精神力对抗。两道精神力冲撞时，属于伊萨的那道很没脾气地缩回来。

伊萨很惊讶，它的精神力向来是狂暴锋利的，从来没有主动退缩过。

季擒野更得意了。打遍预备军校无敌手的伊萨·柏林斯，居然这么轻易就被他打败了。他才是最强的吧？这种无敌的感觉真是太爽了。

他懒得计较长辈们夸伊萨踩他的那些话了。

两人争执着，已经来到最近的医疗点。伊萨说："这是……"

“带你来疗伤，你还跟我急！”季擒野很臭屁地说，“你个臭小孩，还不快感谢我？”

伊萨想说他不用疗伤，但就像下意识就希望被人背起来一样，他无法去拒绝这样的关心。

医疗官带着两个医疗机器人前来，伊萨站着没动，季擒野抖着小大人的威风，“让你做什么你就做什么，别怕，我在呢。”

伊萨看看他，轻轻点头：“嗯。”

检查报告很快就出来了，伊萨身体上没有什么伤，但精神力激烈波动。季擒野想当然地说：“那简单，打个精神力镇静剂就可以。”

医疗官却摇摇头，“伊萨同学的情况很特殊，我们早前也研究过多次了，目前没有能够控制他精神力的药剂。”

伊萨平静地低着头。

季擒野不信，控制伊萨的精神力很难吗？他刚才不就安抚到伊萨了吗？他才十岁，这些医疗官真的好没用啊！

季擒野清清嗓子，准备斥责医疗官的平庸，伊萨却拉住他的手腕，摇摇头，“我不想待在这里。”

季擒野太懂了，他每次打架受伤就要被丢到医疗站，很不喜欢这里的消毒水味。伊萨勉强算个伤员，伤员最大，反正都检查完了，不想待就不待了吧。

季擒野把伊萨背走了。

“我真的要回家了。”伊萨说。

季擒野问出了一个作为小孩子百思不得其解的问题：“你为什么那么热爱学习和训练？”

伊萨眼中黯然，默了会儿：“没有热爱。”

“嗯？”

“没有热爱，是必须这样做。”

季擒野愤怒了，“为什么？你家里人逼你？那你反抗啊，我就特别会反抗！”

伊萨摇头，“我不怕他们，但是如果我不努力，我就管不住精神力。”

又扯到了精神力，季擒野索性问：“你那精神力到底是怎么回事？医疗官为什么那么说？”

伊萨没有朋友，也从不对人吐露心思，但面对季擒野，他有了倾诉的冲动。

他讲自己从小在对抗精神力上吃的苦，讲尝试药物治疗时的无助，讲被父亲强迫训练到主动训练，最后小小叹了口气，以一种无奈却又乐观的口吻道：“没关系，我已经坚持那么久了，我不会输给它的。”

季擒野第一次听说精神力太强竟然是个无药可医的病，如果没有看见伊萨蜷缩的样子，他大约会觉得好笑，但他看见了，就笑不出来。

一时间两人都没再说话，季擒野背着伊萨朝柏林斯家族主宅的方向走去，经过一个糕点铺时突然停下来，没头没脑地问：“你想吃吗？”

伊萨摇头，“我不吃。”

“但我想吃！”季擒野走过去，“帮我选一个。”

冰柜里放着琳琅满目的冰糖果子串，像宝石。伊萨没有吃过，“我不知道哪个好吃。”

季擒野说：“你看哪个顺眼？”

伊萨犹豫一会儿，指了指草莓。

季擒野买下草莓，以自己没手为由，让伊萨拿着。伊萨举着草莓串，对着阳光看了看，鲜艳晶亮，好漂亮啊。

“我突然不想吃了。”季擒野说，“你吃吧。”

伊萨：“啊？”

“啊什么？让你吃你就吃。”季擒野理直气壮，“就不该让你选的，你选的什么破烂，我不喜欢草莓，你自己吃。”

伊萨有点内疚，又有点高兴，咬掉一颗草莓，被甜得弯起眼。

“喂！”季擒野喊，“给我尝一颗！”

伊萨说：“你不是不喜欢吗？”

虽然这么说，他还是把草莓串递到季擒野嘴边。

季擒野只吃了一颗，心想原来伊萨喜欢这种味道，那行，以后伊萨的精神力又作乱，他就给伊萨买草莓串，把红宝石送给伊萨。

快到柏林斯主宅了，季擒野将伊萨放下来，他可不想走到门口，柏林斯家的老头子们认得他，见着了还有礼数要讲，烦。

伊萨已经吃完草莓，跟季擒野道别：“今天谢谢你，你叫什么名字？”

季擒野傻了。这没良心的臭小孩，居然不知道他的名字？

伊萨不明白季擒野怎么就石化了，又说：“可以告诉我你的名字吗？”

季擒野气死了，一字一顿道：“季！擒！野！”

伊萨眼睛亮亮的，“原来是你！”

季家的小疯子，他没有见过，却早就听过这个名字。但他没想到，小疯子居然是个助人为乐的好人。

季擒野气归气，这一路上想好的话还是得说出来，“你那毛病不是没有药可以治吗？”

伊萨神情暗了下，“嗯。”

“但你遇到我了。”季擒野按住伊萨脑袋，狠狠揉了揉，“任何时候，你难受了就来找我，我给你我的精神力。”

伊萨睁大双眼，难以置信地看着季擒野。

季擒野将这眼神视作崇拜，顿时舒坦了，冲自己竖起大拇指，“我会驯服你的精神力，有我在，你永远不会因为它而痛苦。”

这时，小小的他们都不知道，这个堪称幼稚的约定会贯穿他们漫长的人生。

季擒野就是伊萨·柏林斯的红宝石。

· For Mankind ·

图书在版编目（CIP）数据

错惜/初禾著. —武汉：长江出版社，2021.11
ISBN 978-7-5492-7935-7

Ⅰ. ①错… Ⅱ. ①初… ②文… Ⅲ. ①幻想小说—中国—当代 Ⅳ. ①I247.5

中国版本图书馆CIP数据核字（2021）第194376号

错惜 / 初禾 著

出　　版　长江出版社
　　　　　（武汉市解放大道1863号 邮政编码：430010）
策　　划　力潮文创-白鲸工作室
市场发行　长江出版社发行部
网　　址　http://www.cjpress.com.cn
责任编辑　陈　辉
特约编辑　唐　婷　波　菲
封面设计　@RECNS
封面绘制　傅　鹿　一三菌落
插图绘制　秋泊然　小　草
印　　刷　北京盛通印刷股份有限公司
版　　次　2021年11月第1版
印　　次　2021年11月第1次印刷
开　　本　880mm × 1230mm　1/32
印　　张　9.5
字　　数　260千字
书　　号　ISBN 978-7-5492-7935-7
定　　价　45.00元

电话：027-82926557（总编室）027-82926806（市场营销部）